NICOLE C. KEAR

Now
I See
You ... moir
不完 ... 我

[美] 妮科尔·C. 基尔 著
冯春波 译

西南师范大学出版社
国家一级出版社 全国百佳图书出版单位

致我的心，
我的星星，
我的太阳。

◇

也致大卫，你的爱照亮每一处黑暗。

作者的话

为了保护无辜的人以及犯过错的人，本书中所描述人物的姓名及可识别特征已经被我更改。为使这本书不至于厚达千页、令人厌烦，有些事件已进行过顺序调整、合并及缩减。

我偶尔查阅过刊物、书信，请教过在场的人士，但撰写本书依赖的主要是自己的回忆：一层厚厚的污染沉淀物，往日的记忆在其中浮沉。这些记忆不再纯净，时间会侵蚀它们，使其斑驳，染上各种各样的色彩。如果其他人打捞起他们对同一事件的回忆，它们可能看上去会有所差异。如果情况确实如此，而且你也有意的话，我请你也写一部回忆录。不过在你的回忆录中，请改变我本人的姓名。如果你不介意，就让我长一头红发吧。

与其咒骂黑暗,不如点支蜡烛。

——古谚

目 录
CONTENTS

第二部分 / 125

序 言

我的伪装少了点儿什么。

“差不多了，”我告诉埃斯佩兰萨(Esperanza)，那个站在我旁边的娇小黑发女人，“再等我一分钟。”

我已经狠狠地把那顶针织黑雪橇帽戴上了，拽得低低的，盖住了额头。帽子上面印着大写字母“BROOKLYN”。我把外套的拉链拉好，再戴上兜帽。那件外套很长，都到脚踝了，是我从外婆那儿借的，颜色跟屎一样。现在，别人能看见的就剩我的脚和脸了。

对了，墨镜，我都忘了。

我从外套口袋里拿出一副戴上了。墨镜是普拉达(Prada)的冒牌货，在阿斯特坊广场(Astor Place)附近那条街上买的，大大的，黑黑的，挺漂亮，很像杰基·O[①]（Jackie O）的风格。不过我觉得更像是史提夫·汪达[②]（Stevie Wonder）的偏好。

“戴上这玩意儿什么也看不见。”我抱怨说。

“那就摘掉，”坦然面对着我的滑稽穿戴、脏话，或者巨婴一样行为的埃斯佩兰萨说，“你不需要戴墨镜。”

这话也不是很对。不过，她说我不需要用墨镜遮光是没错的。那是3月份的一个下午，天阴沉沉的。我也不需要用一副墨镜让自己看不见这个世界。我那双眼睛看上去很正常，甚至还挺漂亮的。我长着淡褐色的眼睛，上面点缀着黄色。不过，我太需要这副墨镜了。

“我不想被别人认出来，”我解释说，“害怕碰上熟人。”

“我觉得不太可能，”她笑起来，“从第三大街走到这儿，我们就没遇到过一个人。”

我的公寓在布鲁克林一条林荫道的路边。这之前，埃斯佩兰萨过去找我，我想她是希望在我们那个街区把这事儿解决了。然而，我领着她走了十五分钟，离开公园坡[③]（Park Slope）我朋友们住的维护良好的褐沙石房屋，离开我的孩子们经常去玩儿的阳光灿烂的操场，到了格瓦纳斯运河（Gowanus Canal）旁边的无人地带。

---

① 即杰奎琳·肯尼迪，美国第35任总统约翰·肯尼迪的夫人。本书脚注皆为译者注。

② 美国非裔盲人歌手。

③ 纽约市内居住环境上佳的一个区域。

现在,我们站在废弃货仓旁的人行道上,呼吸着垃圾的臭味儿。好几分钟过去了,没有一辆车开过去。匪徒要近距离开枪杀人,就会选这种地方。

“你想在这儿?”她竖起眉毛问我。

“对,这儿很好啊。”我说。

然后,她问我是不是做好准备了。我没有,远远没有。不过,我已经戴上了帽子、面罩和墨镜,还听她的话,从包里拿出她早些时候给我的那一束东西。为了找它,我翻遍了包里一盒盒的动物形饼干、一节节的断蜡笔、一包包的湿巾。那是一束紧绷绷的白色东西,形状和大小很像一只麦克风,不过没那么重。它的五根管子是用超轻的铝制成的,用一根黑色橡胶带连在一起。我右手攥着它,好像它会随时活过来袭击我一样。

我还是没准备好,不过我的拖延术也用尽了。

我一直在推迟这一时刻,不只是从埃斯佩兰萨半小时前来接我开始,而是从我19岁时就开始了。不可避免的事情总要到来,要击退它,我军火库里有的是武器。用来分散注意力的事情很多:性、戏剧。后来呢?又有了生孩子这件事儿。我也曾试图否认那件事正在发生。不可能再否认了,我就掩盖它,不让任何人知道。

可现在呢?十二年后,可再没办法拖延了,于是埃斯佩兰萨就来了。她是纽约州盲人协会(New York State Commission for the Blind)派来教我如何使用折叠伸缩手杖的。

不过，我觉得没必要接受正式训练。据我所知，整个过程挺简单的，不需要怎么解释。拿一根盲杖，在自己前面左右挥动就行了。如果盲杖碰到什么了，就别过去；如果盲杖掉进了一个大深渊，也不要过去。

“我不需要这个，你知道。”我一边摆弄着盲杖的橡胶带，一边对埃斯佩兰萨说，“没这个我也行。”

“我知道，”她宽慰我说，“不过你会发现在晚上或者在人多的地方，这东西还是有用的。那个时候你的视力最差，而且——”她停了一下，声音更轻柔了，“很多人都发现，在还有一点儿视力的时候，接受盲杖训练还是很有用的。”

不管埃斯佩兰萨怎么温柔地劝我吃下这一粒药丸，它尝起来还是像屎。我真想把这恶心的药吐出来——把盲杖扔进运河，逃之夭夭。不过，逃跑恰恰是我干了十多年的事儿，现在不管用了。诊断结果一直都紧跟在我身后。

为了孩子，我提醒自己，虚荣、骄傲还有恐惧都是可怕的对手，但我作为母亲的责任感更加强大。

我拆下橡胶带，盲杖自动展开了。大小相同的几个部分迅速找到自己的位置，就像一根魔杖。我把墨镜推到眼睛上方，想看得更仔细点儿。除了黑色的手柄和红色的前端，整只盲杖都是纯白色的，一尘不染。当然了，这么多年来我也根本看不到灰尘大小的东西，又能知道什么呢？

我把墨镜推回原位。盲杖，以及盲杖后面的世界，都漆黑一片了。

"戴着这玩意儿看不到什么东西,也许是件好事儿吧!"我对埃斯佩兰萨说,"更像那么回事儿,是吧?让我更像一个瞎子。"

她没吭声,不过站得离我很近。我可以看见她抿着嘴唇,礼貌地微笑着。一切不言而喻。

你就是个盲人。你只不过在假装不是而已。

Part 1
第一部分

给(秘密)失明人士的小贴士

贴士一:听到不好的消息时

不要以为自己年轻,或者乐观,或者有好看的蕾丝内衣,坏消息就不能把你怎么样。这些东西只会确保坏消息突如其来,就像一个大惊喜。

一
信使

这就是狗屁派克大街[1](Park Avenue)。我气得直冒烟儿,把那本《百年孤独》啪的一声合上了。在那个陈设讲究的候诊室坐着等了差不多一个小时后,医生才叫我的名字。然后,医生只往我眼里挤了几滴散瞳液,让我回候诊室等药水生效。那是半个小时前的事儿了,至少我想有这么长时间。因为瞳孔充分扩张,我看不清手表上的数字,也看不清书上的字。我什么也干不了,只能心烦。

这整件事儿浪费了我不少时间。除了近视,我视力没什么问题。经常给我看病的眼科大夫李医生(Dr. Lee)就这么说过,之后她让我来这儿,"只是为了更加保险起见"。当时看起来是一个好

① 纽约市的一条豪华大街,常用作奢华时髦阶层的同义词。

主意，不过在候诊室耗了大半个下午之后，就不是了。

当然，我也真没别的地方可去。我刚上完大二，回纽约过暑假，几星期后要在威廉斯敦戏剧节（Williamstown Theatre Festival）开始学徒生涯。在此之前，我没什么安排。过去几天里，我在市区闲逛，在小时候那张床上睡懒觉，见老朋友，处理烦人的小事儿，比如这次来看医生。此外，我经常无法自制地大哭。

离开耶鲁之后，我没有一天不在情不自禁地流泪，那大哭的劲头只有十几岁的孩子才有。哭鼻子很费时间。如果把我重读日记和撕毁照片的时间也算进去，一天的时间是不够用的。当然了，分手很不容易，尤其是第一次。

我要给他打电话。我盯着大腿上那本书模糊不清的蓝色书封，打定了主意。可是，等我在卫生间旁边找到投币电话时，那迟到的自尊让我的手停了下来。而且，我也没带25美分硬币。

反正也没什么意义，我如此断定，同时喉咙里有了那种熟悉的梗塞感。我昨天给他打电话了，前天也打了，可是得到的回复总是一样的。我们的感情到头了。我和“蛙腿”（frog legs）结束了。

萨姆（Sam）在我父母家过春假时，有一天上午穿着平脚短裤，被我外婆看见了，就有了“蛙腿”这个绰号。

“蛙腿。”外婆试着低声细语。她的“低声细语”从来不是她预想的那个样子。她总是把自己设定成街头公告员模式，好像声带里有一个内嵌式的扩音器。我瞪了她一眼，她咯咯笑起来，之后又哈哈大笑。后来,这个意大利裔女人不得不坐下来,以免笑得心脏病发作。

“她说什么了?”萨姆笑着问。他父母都是心理学家,在那样的家庭长大,听到的主要都是彬彬有礼的话,根本没想到外婆是在公开嘲笑他。

“哦,她只是在逗我玩儿,说我有个男朋友。”我用手指梳理着萨姆的黑色卷发,瞪着外婆。

从此以后,我们家里开始流行一个大玩笑:我男朋友有两条女人腿。我俩分手几个月后,我才看到了这里面的滑稽之处。可是在那年夏初,我的心依然是那么痛。只要有人提到“蛙腿”,我都会号啕大哭,好像一个看到冰激凌从蛋筒里掉出去的孩子。是的,萨姆就是我的一个撒了糖屑的双勺冰激凌,不过他没有从蛋筒里掉出去。他自己跳出去了。

我是在戏剧专业必修的“莎士比亚戏剧场景研究”课上遇到萨姆的。在排练《罗密欧与朱丽叶》中阳台上那场戏的时候,我们两个一见倾心。不过,就跟那两个命运多舛的恋人一样,我们的爱情也是炽烈而短暂的。四个月后,大二结束时,萨姆和我分手了。我们争吵了几个星期,但钉在棺材上的最后一颗钉子是我趁他冲澡时偷看他的电子邮件。在给一位朋友的电邮中,他说我“难伺候”“很缠人”,这让我吃惊不小。萨姆冲完澡出来时,我泪流满面,求他给个说法。

“你偷看我电邮?”他吃惊地问。我想他是第一次碰到这种事。

“就这一次,”我慌里慌张地说,“几乎没有过。”我看见他脸一绷,似乎主意已定。我开始语无伦次:“不过那不是重点。我们不要跑题！就是说,我太喜欢你了！我的意思是,这是我生命中最美好的四个月!”

“好吧,你听着,”他在床边挨着我坐下来,把手放在我胳膊上,“你很好——”

“不！我不听！我不接受你这话!”

“妮科尔,行了,让我们——”

“求你了!”

“你就不能——”

“求你了!”

因为大家都知道,男人喜欢不要脸的疯娘儿们。

我看他对我施展的魅力无动于衷,就瘫倒在地上痛哭。我号啕大哭,一把鼻涕一把泪,以至于我时不时地喘不过气。这使我心里一阵痛苦,因为我完全明白了:萨姆看着我哭得喘不过气,那就不太可能跟我彻底和好了。

对女人来说,那是一个彻底放松的时刻。

暑假回纽约后,我继续慢慢体味着情场失意的煎熬。我看到的每一样小东西——全麦黑面包圈啊，地铁上齐兹莫尔医生[①](Dr. Zizmor)的广告啊，都让我想起萨姆。连诊所的“男厕所”标志也会让萨姆在我脑海中一闪而过。他以前经常使用公共卫生间。上帝啊，我太爱他了。望着女卫生间镜子里模糊的自己，我强忍着不让眼泪掉下来。

我这头发没治了。天气又热又潮，本来很漂亮的齐肩长发跟纱线一样无精打采地耷拉着。我用手把头顶拨拉得蓬蓬松松，但马上就陷下去了，软塌塌的。我从维密(Victoria′s Secret)内衣店走过来，只走了很短的距离就出了很多汗。睫毛膏晕得污迹斑斑，眼睛下面全是连遮瑕膏都盖不住的圆圈。不过，在那些圆圈和睫毛膏之间，我的眼睛倒是闪闪发亮。

现在，我的瞳孔扩大太多，虹膜显得很黯淡，剩下的只有周边细细的一圈浅褐色。那就像一个变音符，一条分开眼睛黑白两部分的界线。连绵不断的黑色部分反射光线，使眼睛闪闪发亮，仿佛眼睛自身就是一个光源。我的眼睛又大又圆，但缺乏颜色，简直就是处于被催眠的状态。

真希望萨姆能看到我这个样子，他会彻底跟我和好的，我想。

我有整整十秒钟没有想他，创造了一个记录。我回到候诊室的座位上，继续盯着墙壁发呆。在返回的路上，我表扬了自己。

① 即Jonathan Zizmor，纽约城一位著名的皮肤科医生。他的电视及地铁广告数量巨大。

我真应该晚点儿安排这件破事儿，我不在状态，让李大夫和她那极端的细致见鬼去吧，我想。

我13岁时，中学标准眼科检查没过关。此后好几年，我一直让李医生给我看眼睛。李医生是爸爸的同事，跟我看过的所有医生一样。她的办公室离爸爸那所位于布鲁克林高地[①]（Brooklyn Heights）的心脏病诊所没几步远。妈妈就在那家诊所里当办公室主任，同时身兼医师助手和顾问。妈妈很喜欢让我未经预约就可以见到医生，考虑到这一点，李医生办公室的位置就太方便了。妈妈说，她出面就是为了让我得到VIP治疗。（“不然的话，你还不得把一整天浪费在候诊室里啊！”）不过，我觉得她就是在做试验，看看一个十几岁的孩子在不得不请求心理干预前能忍受多大的羞辱。我在皮肤科诊断室看病时，她风风火火走进去，不带姓地叫着医生，请他给我解释一下，只要不吃巧克力就根本不会长任何黑头。我都已经慢慢习惯她这种风风火火了。所以，当我第一次检查眼睛时，李医生给我开隐形眼镜验光单，妈妈则像个纸上谈兵的眼科医生一样发表没完没了的意见，而我甚至一点儿都不会觉得尴尬。

“太奇怪了，因为我们家人的眼睛都很好的，没谁戴眼镜。不过，你知道吗？我都跟她说了，如果她还是在黑暗中看书，眼睛就毁了。这孩子，就是个书迷！我意思是，别误解我，看书当然是好事。可是看在上帝的份儿上，好事也不能做过头了！我不想说这

① 纽约市布鲁克林区的一个富人区。

些，真的，我不想，可是我说的是对的啊。是不是，埃莉诺(Eleanor)？”

“她只是有点儿近视，”李医生说，“戴上隐形眼镜就又好好的了。”

每年我都会跟李医生见面，让她及时知晓我的眼睛状况。最后，妈妈不再让我走后门看医生了(她换了两个年龄小点儿的女儿羞辱)，而我竟然开始享受一年一度的眼科检查了。诊所有了吸引力，候诊室里飘着花香，温度总是很适宜，即使夏天热得要命，这里也很舒服。我真心喜欢李医生。她年轻、聪明，说话轻声细语，长及下巴的短发永远不会更长。我对她的两个小孩儿的趣事很感兴趣，她则总是想知道我在读什么书。上一次见到她是在春假期间，我提到了一直让我纳闷的一件事儿。

“真奇怪，”我说，当时检查结束了，她在更新我的图表，“我最近去了蒙托克[①](Montauk)，别人看着星星都‘哎呀’‘哎呀’地叫着，可我什么都看不到。没什么大不了的，我只是觉得该跟你提一下这件事儿，因为当时就我一个人看不见星星。”

无论如何，我都不在乎自己是否能看到群星。不过，蒙托克之行让我想到了另一次旅行。当时我10岁。才凌晨三点，爸妈就非要让我和两个妹妹去斯塔滕岛[②](Staten Island)的最南端看什么哈雷彗星。爸爸一直说这“绝对是千载难逢的事儿”，激动得

① 位于纽约市长岛东端。

② 是纽约市五大行政区之一。

发狂。他甚至花两百美元买了一只望远镜，结果让妈妈不停地唠叨了两个星期："我们难道是用钱做的吗？"在这件大事发生的那天夜里，我们一家人瑟瑟发抖，在海滩上站了一两个小时。终于，我爸兴奋地大喊，说他发现了彗星，看着像只毛茸茸的雪球。轮到我站到望远镜跟前的时候，不管怎么眯眼睛，我什么也没看到，连个影儿也没有。但我还是跟别人一起大呼小叫了一番，心里暗暗希望下一次千载难逢的事儿别再这么让人失望了。

九年后，让我突然感到奇怪的是，我看不到彗星，也看不到星星。于是，我就问李医生，是不是我可能需要度数更高的隐形眼镜。

"从验光单看，你视力还不错。"她浏览着我的病历，若有所思地说，"每个人的眼睛对黑暗的适应力都是不一样的，所以我真的并不担心。不过呢，既然你来了，我们还是做一个散瞳看一看吧。"

半小时后，她让我仰着头，她拿起手电筒，仔细往眼睛里看去。"嗯，"她喃喃地说，"嗯。"

"看到什么了？"我问。"嗯"是你在诊所永远都不想听到的。

"哦，没什么。"她说着，把手电筒关了，"我意思是，看到了一点东西，不过我百分之九十肯定没什么事儿。为了保险起见，我想让你到霍尔医生(Dr. Hall)那儿，让他检查一下。"

"哦，"我说，"好吧。"

"没事儿的，"她微笑着，"我只是想，小心不出大错。对吧？"

“对。”我说。

是很好。为了安全起见而采取进一步行动，作为医生的女儿，我都习惯了。于是，我跟霍尔医生约好我6月初回纽约后会去见他。不过，我很快就把这事儿忘到九霄云外了。后来，在放暑假回城后的一天上午，读着“蛙腿”写的情书，那些大量引用莎士比亚著作的情书，我啜泣着。正在此时，我接到了霍尔医生诊所打来的电话，确认那个周一的预约。

我想推迟见面，但“我得用电话追踪前男友”似乎算不上什么充分理由。我想，最好还是跟这件事做个了断吧，从“待办事项”单里画掉它。

“行啊，没问题，”我抽着鼻子对接待员说，“我会过去的。”

为了镇静下来，我的策略是一直假装，直到成功。在去医院的那个早上，我好好打扮了一番。我穿了一条满是蓝蝴蝶的牛仔迷你裙，还有一件从妹妹衣橱里偷来的半透明白衬衫。我赶上了特快列车，转眼间就到了市中心，还剩下半个小时可以消磨。赶巧了，诊所附近的维密专卖店正好在做夏初大甩卖。在试衣间，我把只卖半价的内衣扣好之后，一下子乐观起来。

穿戴上这件内衣，我的胸部显得很大。我想，萨姆和他那双女人腿都滚蛋吧！

我买了一件黑色的半罩杯内衣，还买了一条跟它相配的法式剪裁内裤。之后，我便匆匆忙忙赶往诊所，粉红购物袋在胳膊上甩来甩去，几乎可以说是兴高采烈。等霍尔医生终于把我叫到诊断室的时候，好心情已经完全烟消云散了。

霍尔医生胖胖的，汗津津的，戴一副金丝眼镜。跟李医生一样，他也仔细检查了我的瞳孔。不过，他干脆利落，没有发出夏洛克·福尔摩斯那种声音。我觉得这是个好兆头。

之后，他把凳子往前拉了拉，把两只手一起放在大腿上。

“我想问几个问题。”他说。

“嗯，好吧，”我说着，皱起了眉头，“没事儿吧？”

“我们先问完几个问题，好吧？”

先？在什么之前呢？在他让我走之前吗？

我点点头，控制住没叹气。有一种东西叫过分仔细。

“你是不是很容易出事故？”他往后一靠，开始问问题，“在你小时候，别人是不是觉得你笨手笨脚的，你是不是经常撞到东西上？”

这个问题真奇怪，有那么一会儿，我都不知道怎么回答。我不明白小时候动作优雅与否跟现在看不到星星有什么关系。而且，我以前不是特别笨手笨脚，从没断过胳膊断过腿，没到急诊室缝过针。我是个普通孩子。正常着呢。

“嗯，不是啊。我觉得自己不是这样子啊，真的。”我说，“我是说，我有时候也撞到东西上，但大家都会呀。没出过什么让人忘不掉的事故。”

他点点头。

“不过，”我接着说，“去年夏天，有一天晚上，我在海滩上绊了一跤，被一个大树根绊的。我的大腿都被划烂了。太不可思议了，因为我没想到树根会这么危险。我当时应该缝针的，可是跟朋友在一起，我们就……不过现在没事儿了。你几乎看不到那个伤疤。”

“啊哈。”他哼哼了一声，认真思考着我的回答。我马上就后悔自己说那么多了。

“当然，这算不上容易出事故。”我很快补充了一句，“我是说，人都会这样的。”我本能地拽着迷你裙的边，往下扯着，想盖住右大腿前部瀑布形状的伤疤。

霍尔医生把两条胳膊交叉在胸前问：“你小时候玩球类运动吗？”

这是一个“让我了解了解你”的游戏吗？关于童年的兴趣，我该提供多少信息呢？一会儿他该不会又问我最喜欢什么味儿的冰激凌吧？

“我不喜欢运动，”我回答，“一直都更喜欢看书。我的专业是英语和戏剧。”

很奇怪，他连珠炮似的提问题，却不做记录。我是说，这些问题首先就比较奇怪，但他又不记录我的回答内容，好像事先就知道答案。

“为什么不喜欢运动呢？”他步步紧逼，“是因为做不好吗？”

“抱歉，我不知道这中间有什么关联性。”我开始恼火了。

“请耐心听我说。”

霍尔医生似乎也很恼火。我可以看出来他赶时间，好结束这次“折磨”，再把下一位患者叫进来，盘问一下他们小时候玩儿童棒球的平均击球率。

“说实话，我不知道。”我叹了口气，紧了一下耳垂上银耳环的扣子，“我不喜欢运动，也不擅长运动。”

“啊哈，”他神神秘秘地哼了一声，点了几下头，“啊哈。”

我的回答似乎正是霍尔医生想听到的。意识到这一点让我很不高兴。我感觉自己在跟人玩一个从没听说过的游戏，而那个人了解所有的规则，也看到了我手上的牌。这场游戏太糟糕了，我想退出。

“你有驾照吗？”他问。

“没有。”我还击了。我不习惯对权威人物这么无礼，尤其是医生。可是，我明显感到正受到某种攻击，本能让我去努力自卫。

“为什么没有？”

“在纽约市不需要开车。”

我不想告诉他，我的驾照教练、来自斯塔滕岛的艾尔·科尔巴西（Al Corbassi），在我上完第三节课之后，停下车，毫不客气地告诉我，他会把钱退给我，不想教我开车了。“你心思不在开车上。”艾尔说。我一换车道，就会差点儿撞上旁边的车；我开过了十多个停车标志；我总是突然转向，撞上那些停着的车。“以后再找时间学吧。”在我最后一次自己开车回家前，艾尔这样安慰我。

霍尔医生意识到自己用提问这个方法是遇到障碍了，于是就把凳子移得离我近了点儿:“能看见我的手吗?”

“什么?”我问道。我脸部发烫,提高音调:“我不明白你说什么。”

“这只手。看得见吗?”

我往右一扭头,看见几英尺[①]以外是霍尔医生那肥胖的大手,那只晃动着香肠般手指的大手。

“是的,现在看到了!”我大声说,“就在那儿!”我有种紧迫感,好像地铁门快要“砰”的一声关上了,我要赶紧冲过地铁站台跳进车厢。我成功了,我想,在地铁出站之前上了车。我看到了他的手。

可是太晚了。霍尔医生转过身,背对着我,匆忙地记笔记。他写字花的时间让我明白,我没通过测试,无论哪一个都没通过。如果我通过的话,就没多少可写的了。

我回答了所有的问题,看着他在我病历上忙不迭地写着。不过,他不会让我走的。他是不会说“学习顺利”或者“祝你今天愉快”的。

而且很明显,我没通过测试就证实了他的直觉。让我气愤的是,不管霍尔医生的直觉——不管是什么鬼直觉,都已经得到了证实,而且他还懒得掩饰自己的洋洋自得。然而,更让我受不了的是,一阵恐惧突然涌上心头。

我把双手放在大腿上,紧紧地扣在一起。我心跳加速。

---

① 1英尺约为0.30米。

出事了，我意识到。肯定发生什么事了。

最后，霍尔医生摁了一下笔端，把笔尖收了回去。他把身子探出诊断室，召唤护士。

“安排她做一个ERG。”他吩咐说。

“那是什么呀？”我小声问。我不再生气了。我会乖乖的，我会百依百顺的，或许这样他会喜欢我，告诉我可以走了，一切就都好了。

“视网膜电流图测试。测一下视网膜对光的电反应。”他说，“我们现在就可以给你做一个。做完后，我看一下结果，咱们再谈一谈。”

我跟着护士进了另一间诊断室，她往我眼里滴了更多的药水。之后，她拽过来一台机器，很大，很难看，有很多电线，红的、蓝的都有。

“我要把这些电极放到你眼睛上。”她解释说。

我猜想着这种毫无感情的说话方式是否顶用，人们会不会说“好，随便”呢？我把手举在胸前，表示“停”。

“电极？”我重复了一遍。

“是的。基本上就是附有电极的隐形眼镜。”她安慰我说，“别担心，你的眼睛已经被麻醉了，不会有什么感觉的。”

你用不着看好几次医生才明白自己不能相信他们这些“台词”。电极没有引起疼痛，但很大、很重，让我不自觉地眨眼。很不幸，我认为这个测试在设计上有一个严重缺陷，因为每次眨眼，电极就会“啪”地蹦出来。然后，护士就会责备地叹口气，再把电极塞回去。她先是给镜片抹上黏糊糊的东西，我想目的是让视网膜导电吧。那黏糊糊的东西让我不停地流泪，于是我就又要眨眼睛了，然后这整个过程就得重新开始。

我试着假装这是个游戏，就像我小时候玩的瞪眼比赛。但是，用这种怪异的痒得要命的隐形眼镜把我双眼一直撑开，这个过程太残酷了，一点儿也不像儿童游戏。我还得跟脸部肌肉抗争，它们合起伙儿来要把眼皮合上，把异物排挤出去。我努力不去想《发条橙》[①]（*A Clockwork Orange*）。我努力不去想闭上眼会有多快乐，哪怕就一会儿，那肯定就像在酷热的一天让凉水流进喉咙一样过瘾。

所以，护士绝对错了。我有感觉，各种感觉，而且没有一种是好受的。

“我需要你停止眨眼。”部分是命令，部分是责怪。

“抱歉，”我说，“我正在努力。”

但是，我忍不住又眨眼了，又一个电极蹦了出来。

“你越眨眼，我们在这儿的时间就越长。”她刻意往那个刑具上又挤了一些新鲜黏液，把它又塞了回去。

我使劲儿咽着口水，不让自己哭出来。如果眨眼都让她这么不高兴，想象一下，如果我突然大哭起来，她会怎么勃然大怒吧！我突然想到，我那天早上涂了睫毛膏，这可能不是一个最聪明的

---

① 一部根据同名小说改编的电影，主角被医生强迫一直睁着眼睛。

做法。不过，当时我预想到了眼药水和手电筒，就没想到电极。

终于，护士做完了自己该做的工作，递过来一沓纸巾，让我擦掉眼里流出的黏液。我让上眼皮垂下来，享受那种凉爽而安静的、什么也不用看的舒适感。想闭眼睛就闭眼睛，那真是一种很棒的奢侈享受，原来我完全把这种享受看作理所当然的事儿了。

你都不知道自己已经拥有了什么……我想。

护士抓着我的胳膊，带我回到了第一个诊断室。我的眼里全是药水和黏液，几乎什么也看不见。我又坐到了检查时坐的椅子上，闭着眼睛，不再如释重负，而是有了不祥的预感。

“也许一切都还好吧。”我这样提醒自己。一直都没有坏消息。可是，在这个想法后面还有个“然而”，而且我知道自己应该做好了应对冲击的准备。

我听到门开了，有个胖胖的身影一摇一摆走了进来。霍尔医生拿着打印出来的视网膜电流图，看了一会儿，不慌不忙地开口了。

“现在，我想让你记住，在这里，我只是一个信使。”他说，“不要朝信使开枪。”

“什么？”我问。

“你患有一种退化性视网膜疾病。”他停了一下，等我回答，可是我坐在那儿，一言不发，所以他接着说下去。

“这种病叫色素性视网膜炎，是遗传病，虽然你们家里没人有这种病。你视网膜里的感光细胞，也就是把光转化成电脉冲传到大脑的细胞，正在死亡。”

他停了一会儿。

我不应该一个人在这儿,真希望妈妈也在这儿,我想。

“这种病开始的时候,通常是破坏视杆细胞,它们负责夜间视觉和周边视觉。这就能解释为什么你会撞到东西上,为什么晚上的视力会出问题了。视锥细胞,也就是负责中心视觉的细胞,会衰退得晚一些。至于会晚多长时间,要看患者的个人情况。”

有泪水从黏液处顺着脸庞滑落下来。我没有哭。我觉得把这一点告诉医生很重要。

“我没有哭,”我说,“是因为黏液。”

“我明白。”他说。

然后,我问他是不是我将要失明了。

“哦,请记住,我只是那个信使。”他结结巴巴地说。他似乎很紧张,让我不安。

我无法想象这会是传达坏消息的标准礼仪。在医学院病床边礼仪入门的课堂上,教授似乎不太可能告诉那个年轻苗条版的霍尔医生,一定要在诊断书上用“不要朝信使开枪”这句话来做点缀。这个小丑真的是持证上岗的吗?在传达不幸的医疗消息方面,我比他要更在行。无意中听到爸爸打电话时说的话,还有看的黄金时段医疗剧,都让我积累了丰富的知识。

“我说了,每个人失明的速度不一样。”他接着说,“有的成了法定意义上的盲人,有的仍有光觉,其他的就彻底失明了。有的失明更快一些。很难预测。到目前为止,你的速度相当缓慢,所以我们能做的,就是希望它就这样下去,希望你在十年后,也可能十五年后还能剩下较强的视力。"

我的视力已经产生有效期了。这好像不是一个好兆头。

"这么说,答案就是肯定的了?"我挑明了意思,"我就要失明了?"

"可以这么说吧。"

"可以怎么说?"我顶了一句,没必要再保持礼貌了,"我的意思是,这不是一个比喻,对吧?我没有失去判断力。我就要失明了。"

霍尔医生什么都没说。

"那我可以吃什么药呢?"我大胆地问了一声,"或者我需要做手术吗?"

"遗憾的是,在这个时候……"他说。他的声调从乐观变成遗憾,已经足以回答我的问题了,也足以让我不再听下去了。没办法治,也不用治。这可是货真价实的灾难,一种老式的磨难,一旦掉进去,你就完蛋了,就是这个样子。可是,当我的心情加速下降跌入绝望深渊时,我有那么一刻抓住了"怀疑"这段断崖。

"你怎么那么肯定?你怎么那么肯定我就有这种病?"

霍尔医生展开那张打印的视网膜电流图,递给了我。虽然模模糊糊的,但很容易识别。它差不多是一条直线。

"它原本应该是一条正弦曲线,"他说,"有上升和……"

我打断了他的话:"我知道正弦曲线是什么意思。"

“它应该显示出视网膜对光做出反应时电活动的高峰。”他解释说,“可是你这种情况呢,我们看不到那些高峰。”

这张图上本来应该有波浪线的,现在却是一条平平的直线。我盯着那条直线,知道不可能再有第二种看法了。

“这会影响你的生活方式,”霍尔医生接着说,“但在一定程度上,你还是幸运的,因为你的病情还是初始阶段。当你选择职业、住处和伴侣时,都要考虑这个因素。”

我闭上了眼睛。霍尔医生消失了,和他那张有直线的图以及他身后那张视力测试表一块儿消失了。眼睑后面倒也不是黑暗,只是一片虚无。我不知道失明是否就像现在这样。

“你今后会想做出改变的。”我听见霍尔医生说。我睁开眼睛,发现他身子前倾,专注地看着我。

“你明白吗?”他问。

“明白。”我说。

但是我不明白。我他妈一点儿都不明白。

贴士二：如何分享消息

当你患上了无药可治的退化性眼科疾病时，的确没有什么好办法向亲人透露这个消息。

不要说得过于乐观：“嗨，猜猜谁要失明了？”不要用影视剧的方式：“我有话要对你说，坐好了吗？”不要用轻描淡写、青少年那种粗鲁的说话方式：“我眼球要烂掉了。随便吧！”这几种方式都让人生气。

准备好眼泪吧。有人会送给你护身符。有人会突然以宗教的形式表达深情，比如抚头祝福礼、圣水祝福礼。这些都不可能改善你的心情。实际上，这会让你受不了的，从而让你觉得这种消息最好能保密。要确保你知道自己会变成什么样儿。你可能会发现自己成了一个化装的成年女人，拿着一根折叠伸缩手杖。更加奇怪的事儿也有可能发生。

二
爸爸的书房

看着自己的过去正在经历重大改写，真有一种不安的感觉。霍尔医生仿佛在我生活的文档中做了“查找并替换”式的搜索，每一例“笨手笨脚”都被替换成了“失明”。

我老是想到大概8岁时读过的一本书。那是一本薄薄的平装书，讲的是海伦·凯勒(Helen Keller)的童年。封面上的插图在一个黑色方框里，画的是海伦，一条白布蒙着眼睛，胸前抱着一只猫，她的年龄跟我当时差不多。跟读很多书一样，我如饥似渴地读完了这一本，用了一个下午。当我跟着妈妈在一家叫坎贾诺(Cangiano)的意大利超市逛的时候，我就读了不少篇章。我读得太着迷了，撞到了超市做打折活动展出的意大利脆饼上，引发了一场脆饼“雪崩”。

“你走路能不能注意点儿?”妈妈很生气地小声说,“把那本破书放下一会儿!”

我放下书,专心挑选我们晚饭想吃的意大利方饺。我当时根本不明白,之所以撞到饼干上,不是因为我是个书迷,读起书来想入非非,而是因为视网膜在衰退。现在,十余年之后,我一次次回想这一幕,想起了在一节戏剧研究入门课上学到的一个词:戏剧反讽(dramatic irony)。当时,我作为一个没有任何障碍的孩子,为海伦感到悲伤,感到难过。如今,我变成了那个戴眼罩的女孩儿。

在那些年里,我出了很多事故:额头磕在灯柱上,小腿撞到茶几上,被消火栓绊得摔了个面贴地。所有这些并非因为我是个心不在焉的傻瓜,而是因为我只有一般人三分之一的视野。我没有180度的宽弧形视野,只有中间60度窄窄的视野。我就像一匹戴着眼罩的马,眼罩遮住了左右,遮住了上下,也遮住了中间奇奇怪怪的一小片区域。这还是白天开着所有灯,我处于最佳状态的情况。在昏暗的地方,还有夜里,我就跟蒙着黑面纱一样,而这面纱还摘不掉。

我可不喜欢这“失明重写”,整件事都充满了自怜与夸张。我想恢复原来的那个文档。在那个文档里,我是一个糊里糊涂的金发女孩儿。在那个旧故事里,一切都还顺利。在这个新故事里,某种疾病像老鼠啃切德干酪一样,正把我的视野啃出一个又一个洞,一切都不再顺利了。突然间,不知为什么,我被踢出了幸福结局(happy ending)。

诊断结果出来后的那几周里，我努力演戏，做事还跟往常一样，鼓舞家人的士气。可是只要醒着，在大多数时候，我都努力想要弄明白诊所发生的事情。这个消息会改变我的人生吗？对我的未来又意味着什么呢？霍尔医生让我对生活进行改变，可我他妈根本不知道他说的改变是什么意思！他意思是让我开始把洗衣机里的袜子用大头针别在一起吗？学习布莱叶盲文吗？话说盲人到底都做什么呢？根据我过去十九年里四处搜集的信息，我知道有三种选择：撰写史诗——荷马/弥尔顿（Homer/Milton）；创作名曲——雷·查尔斯[①]/史提夫·汪达（Ray Charles/Stevie Wonder）；拿着纸杯卖铅笔——流浪汉们。选择很少啊。

我不停地担心，害怕这诊断结果意味着我不能要孩子。孩子只是从我脑海中想出来的，却栩栩如生。我小时候就想过他们，给椰菜娃娃[②]穿衣服时，我会想象着将来给宝宝起什么名字，睡觉前给他们唱什么歌。每天晚上帮邻居看孩子时，每年夏天当营地辅导员时，每次在电梯里对婴儿柔声低语时，我都会想象自己的孩子。现在，我无法问心无愧地要孩子了。

能要吗？我从没听说过盲人要孩子。如果看不见的话，怎么换尿布呢？怎么避免把婴儿车推进下水道检修孔呢？而且，即使我是我们家第一个有这种病的，那也是遗传病，会传给孩子的。那不是太自私了吗？在走向母亲身份的路上，所有路标似乎都写

---

① 生于1930年，卒于2004年，美国著名非裔音乐家、钢琴演奏家。

② 一种玩偶，1983年12月推出，引起很大轰动。每一个娃娃都有出生证明和领养文件，让人感觉每个娃娃都是独一无二的。

着："不要再往前走了。你疯了吗？"

然而，没有孩子只是冰山一角。我将来怎么工作？怎么成为戏剧明星或电影明星？如果不能画眼线，不能找出自己的服装，谁还会认为我性感呢？现在生活才刚刚开始，我怎么才能过上那种精彩的生活呢？

我强迫自己走出房子。可是无论在哪里，都有一种恐惧感悄然袭上心头。这让我不安，因为我原来一直是一个活泼、乐观的女孩儿，不习惯思考可怕的事情。我感到西尔维娅·普拉斯[①]（Silvia Plath）的魂魄正附到我身上，这种体验真让人受不了。当我在乔伊斯·莱斯利[②]（Joyce Leslie）西村[③]（West Village）店的公共试衣间中试穿一件泳装时，有个想法一下子浮出水面了。下面就是我平静、客观的报告：

现在，我的眼睛正在死亡。今天，我比昨天看见得更少。明天，我会比今天看见得更少。慢慢地，我眼前会越来越暗，就像夜幕降临，直到最后一点太阳落下，所有光亮都消失。我没有办法阻止这一切。没有办法。没有。

毫无疑问，这是令人沮丧的。不过，家里的气氛更让人沮丧。

父母曳脚而行，仿佛有人把重力刻度盘的指针调高了，要费很大劲儿才能站着。每次见到外婆，她都要哭，用意大利语低声

---

① 美国女诗人，1963年自杀，年仅31岁。

② 美国一家女装零售商。

③ 位于纽约市曼哈顿区。

念着《玫瑰经》[1](Rosary)。她制造出一个悲伤漩涡,足以把欢乐从迪士尼乐园吸出去。她是一个神经官能症患者,一直为我、我妹妹和表兄弟姐妹担心。如果我们放学后半个小时还没回家,她就会打电话报警;我们得流感了,她就强喂我们鸡汤。现在,事情还是发生了。之前,她已为命运的险恶转折做好了准备,但当它现身时,她也无能为力。

我从霍尔医生那儿回来后,有一段时间大家非常害怕。他们开始明白,由于我的病是遗传性的,家里其他人也可能会得这种病,尤其危险的就是我两个妹妹:17岁的玛丽莎(Marisa)和9岁的杰西卡(Jessica)。大家跟一位视网膜专家(不是霍尔医生,再也不会是他了)约好见面,最终确定妹妹、父母、表亲、婶婶、阿姨、舅舅、叔叔都没有受到影响。这场危机被我关在自己体内。在这之前大概有一周的时间里,我们都忧心忡忡。当然,到了这个时候,父母已经有足够的时间考虑19岁的女儿正在慢慢失明意味着什么。我只能想象他们所想象的,因为我们没有沟通过。但是,如果他们前倾的双肩和低垂的双眼能说明什么的话,那么前景不容乐观。

我很清楚他们在努力掩饰悲伤。但是,隐藏强烈的情绪不是我们家人的强项。他们很明显极度痛苦,这让我害怕。我正努力设想应对诊断结果做出什么反应,但他们的悲伤没有为我指出积

---

① 正式名称为《圣母圣咏》,于15世纪由圣座正式颁布,是天主教教徒用于敬礼圣母玛利亚的祷文。

极的方向。不,我所获取的信息很大程度上是这样的:“入此门者,弃绝一切希望。”[①]

诊断结果出来大约一周之后,我走进爸爸的书房,发现他在哭。刚开始我并没有发现他在哭。他的家庭办公室在厨房一侧。我进去时,注意到的是很大的一部医学书,翻开放在桌子上。我以前从没见过那些大部头离开过书架。之前,我怀疑它们是空壳子,就像一本掏空的《圣经》,里面放着一个瓶子或一把手枪。可是现在,我爸坐在那张总是井井有条的大橡木桌子旁,窄窄的双肩伏在书上,那盏鹅颈夹式灯亮着,他正戴着阅读眼镜翻着薄薄的书页。

“你在干什么呢?”我鼓起勇气问。

他转过身,满脸皱纹,皮肤松弛。我马上就后悔自己说话了。

他看上去好老,我心想。

“过来,宝贝。”他示意我走到桌旁一个木椅那儿,然后笑了笑。那是一种悲伤的微笑,人们勉强挤出来,本意是为了让你感觉好些,但效果恰恰相反。

“我想告诉你——”他说,但之后停下来,取下了眼镜。

我爸不是一个惯于掩饰情绪的人。他无论是生气、失望,还是激动,都表现得很明显。但是,我从没见过他哭,连他的妈妈、爸爸或者哥哥去世时,他也没有哭。我爸是一个擅长搞定问题的人。如果你扎刺了,他会取出来;如果你感染了,他给你开抗生

① 出自意大利诗人但丁《神曲》的第一部《地狱》,是题写在地狱门口上方的话。

素；如果你要度假，五个人只有一张床，他用衣箱和外衣就可以拼成豪华舒适的床；烤面包片机、萎蔫的兰花、失灵的心瓣膜，没有什么是他搞不定的。几乎没有。

我知道这个诊断结果很糟糕，可是看着爸爸在哭泣，这个结果似乎更加糟糕了，好像这种病是无法战胜的。

"我想跟你说对不起，"他好不容易才说出话来，同时忙不迭地擦着脸，"都怪我。我把那样的基因传给你了，你才会得这个病。"

派克大街那位医生解释说，由于我的家族病史里没有这种病，所以我的病很可能是自发突变的结果。这就是说，严格地讲，爸爸的自责是不必要的。既然我现在还没有半瞎，也没有惊得说不出话来，医生的这个解释还是管用的。

"如果那些基因有一个是不同的，也不会发生这种事儿了。"他接着说。

"没事的。"我沙哑地低声说。

"真希望得病的是我。你不该遭这样的罪。"

我喉咙哽得厉害，慢慢就要情绪失控了。我知道使局面恶化的唯一一件事就要发生了：我也哭起来。很快，我们父女俩就会号啕大哭，那立体声般的哭声会引起妈妈和两个妹妹的注意，然后大家都会哭得跟一个希腊戏剧合唱队似的。现在该打住了。我清了清嗓子。

"爸，不是你的错。"我自信地说，"我会没事的。对这种病，现在有很多前景光明的研究正在进行中。我还年轻，所以有足够的时间。会没事的。”

我胡编了一通“前景光明的研究”。我是说，也许某个地方有个疯狂的科学家，正往老鼠视网膜里注射东西，或者重组死尸的眼球。为了能在这次紧急情况下成功鼓舞爸爸，我必须说这个科学家“马上就能发明治疗方法”。我的话肯定相当有说服力，因为爸爸微笑了。

他抓住我的手捏了捏，然后把一张书签夹到书里，把书合上，告诉我他要睡觉去了。

我可能睡不着了。看着爸爸哭，比把电极固定在眼睛上还让我难过。不管发生什么事，我必须确保再也不要看到爸爸为我而流泪了。再来这么一次的话，我估计自己坚持不了多久就疯掉了。我得兑现自己刚说的那些打气发言，保证不要出什么差池。第一步很明显：滚出荒凉山庄[①]。这个很容易，因为作为表演学徒，我很快就得到威廉斯敦[②](Williamstown)报到了。

可是，要扭转局势，还有一个更加重要的步骤：从现在开始，我不能让别人知道自己得了这种让人垂头丧气的病。很明显，即使不去理会别人的同情和关心，我自己的事情也够多了。跟麻风

① 《荒凉山庄》(*Bleak House*)是英国小说家狄更斯的一部小说。

② 此处指位于马萨诸塞州的威廉斯敦。

病和象皮病[1]不同的是，如果不吭声的话，没有人会知道我得了这种病。至少目前是这样的。我想我是有隐私权的。我有权利不让自己沦落成一个悲剧。考虑到我的家人，我不仅有权利，也有责任。

① 又称血丝虫病，是因血丝虫感染所造成的一种症状。血丝虫幼虫在人体的淋巴系统内繁殖使淋巴发炎肿大，使人体外观类似于大象的皮肤和腿。一般传染的途径是蚊虫叮咬。

贴士三:关于握手

当你缺乏周边视觉的时候,握手真的是一件让人气恼的事。你不可避免地会让别人满怀期待地伸着手。他们会别无选择,只能以为你是一个铁石心肠的家伙。

幸运的是,有一个很容易的办法。你可以装作热情得不得了,让对方被动握手。当你觉得有人要为你们相互介绍了,就迅速把右手直直地伸出来。因为深度知觉很差,所以你可能会误判对方的距离。所以,对于这个可能成为朋友的人,你碰到的是胸口,而不是手。出现这种情况的话,那就假装你就是要这样,要摸一摸对方的衬衣,说句并不离谱的话,比如:“什么料子的? 山羊绒的,还是混纺的?”

如果对方的衣服是亚麻的、丝质的或者是精纺羊毛的,这个办法就最管用了。如果是晨跑后被汗水浸透的鲜果牌(Fruit of the Loom)白T恤,这个办法就不太好了。不过,他们最多认为你喜欢打情骂俏(这不一定是坏事),或者你是一个有着纺织艺术设计专业背景的怪人(这就更好了)。

三
及时行乐

要是有那样的头发，我也会微笑的，我把榔头砸下去时这么想。有那么一会儿，我感觉好些了。往木头里钉钉子就有这种效果。之后，我意识到自己没有把钉子钉进去，只是把它砸得平躺在木头上了，活像路上被轧死的动物。

“狗娘养的。”我小声骂道。这是我外婆最喜欢的脏话，而且总是让她感觉好些。可是，我的情绪太强烈了，即使是“他奶奶的粪球”这样复杂的脏话也没用。

很明显，在舞台布景方面我没有什么前途。对我来说这倒没什么。首先，我并不想为威廉斯敦戏剧节制作布景。我想作为演员走在布景之前。我也不想悬挂吊灯，或者复印脚本。不过，后两者都不像制作布景那么糟糕，因为我在制作布景方面一塌糊涂，而且布景现场也不是半失明的人该待的地方。走在布置中的戏台上，我感觉自己像一个视频游戏中的人物，正试着跨过钉子、锯子和机械螺丝刀，躲开到处运输的木料，而且视野狭窄。

在我原来的想象中，表演学徒的工作意味着学习更多的莫里哀（Moliere）大师课程，少跑几次买咖啡的腿。结果，我相当失望。一起当学徒的露比（Ruby）似乎毫不介意。我知道这一点，因为在过去几天里，我那既同情又嫉妒的眼神一直黏在她的身上。

露比倒也不是那种可以让交通中断的美女，可是她的红褐色头发让人着迷。那是我6岁时就渴望拥有的小卷卷，当时还求着妈妈给我烫了发。我自己的头发只能用"洗碗水般的金黄"这个讨人欢喜的词来形容。它如此了无生气，看起来就像洗发水广告里的"洗前"镜头。露比头发卷曲，体态丰腴，仿佛刚从鲁本斯（Rubens）的油画里走出来。这就是我每次看见她时心里想的：鲁本斯式的丰腴露比。太气人了！

真正让我嫉妒的不是她的头发，也不是因为她在跟一个演员工会的演员约会，或者因为她能把钉子直直地钉进去，而是因为她那该死的生活乐趣。露比真的是没有一点儿消极倾向，也没有激烈情绪。让她把垃圾拖出去，或者在帽子上缝四百万个闪光小圆片，她都会点头答应，也会很乐意帮忙。更让人受不了的是，第一次见面，她要跟我握手时，我只顾着看她那迪士尼公主一样的头发，没看到她伸出的手。最后，我注意到了她脸上先是期待、后是困惑的表情，然后她慢慢拼凑起了刚刚发生的事情。低头看的时候，我正好看到她把累得发酸的手放下。现在，虽然她还很客气，但我知道她觉得我是个大混蛋。当然，她那么宽宏大量，还不至于怀恨在心，只是会为我那颗悲伤的、枯萎的小心脏感到难过。

“这不是你应该为我感到难过的原因！”每次看见她，我都想尖叫，但现在澄清事实已经太晚了。而且，她是对的：我的心正在缩成格林奇[①](Grinch)那么大。

也不是很久以前，我还跟露比一样，是个活泼、能干的女孩儿。除了跟“蛙腿”那段感情，我没有理由不阳光、乐观。可是，自打从霍尔医生那里回来后，我就进入了“变形”阶段。

在威廉斯敦的最初几周，我感到很空虚。我的心像一个空荡荡的公寓，“喜悦”和“希望”这两个活泼快乐的室友搬出去了。到了仲夏时分，新房客出现了，都是些混蛋。“恐惧”和“愤怒”在我内脏里脚步沉重地走来走去，做一些我不认可的翻新：撬走地板，拆了承重墙。折磨我的不仅有对未来的担忧，也有对随时可能发生不测的惧怕。因为知道自己有很多东西都看不到，于是我一直胆战心惊。是不是有人一声不吭地站在我身边呢？是不是有辆车从我不断扩大的盲点区迅速驶过呢？不断发生的事故使我更加恐惧：额头碰在开着的橱柜门上、踩空一个台阶而扭了脚踝。

我不仅仅是害怕，也气得要死。我每次都觉得自己是受害者，就像老是吃到一个曾掉在地上的棒棒糖。为什么丰满的露比

① 美国作家苏斯博士笔下一个绿色的怪物，又称“圣诞怪杰”。

没有失明，而是我呢？现在，露比和其他所有阳光、快乐的人就要实现他们的梦想了，而我则要在30岁高龄时——或许40岁吧，如果幸运的话——在生活辅助机构依靠政府救济金过日子。我洗澡时会顾影自怜，在水里泡的时间越长，越是渴望积极的情绪。怪不得我没有朋友。

8月的一天早上，在我跟另一个学徒合住的宿舍里，电话响了，吵醒了我。电话另一端是我妹妹玛丽莎。她和丽塔(Rita)姨妈在意大利避暑，给我打来了电话。我听见了摆放刀叉的声音，还有意大利的妈妈们在广场一端喊自己孩子吃午饭的声音。那边的声音听起来很温暖，很活泼，很诱人。我感觉自己像卖火柴的小女孩儿，正蜷缩在窗外，看着别人欢度节日，自己却在慢慢冻死。

"你应该离开那个地方，到意大利来。"我妹妹说，"丽塔姨妈自愿承担你的机票。"

"可不是那么容易的。"我叹口气说，"我工作脱不开身啊。"

伴随我长大的是强劲的坚持不懈精神，我甚至从来没有喝茶喝一半就放弃。

那天晚些时候，我站在戏台的边厢，准备给一位即将上台的演员穿上戏装，同时听着戏台上阿瑟·米勒(Arthur Miller)戏剧的对话，做着关于意大利的白日梦。小时候，外婆带我去过她的故乡普里韦尔诺(Priverno)，就在罗马附近。此后，我就再没有去过。多年来，我一直想再去一次，在那个国家四处旅游，看看威尼斯的运河。然而，费用总是太贵，要不暑假都被实习或者打零工给占满了。

然后，我想起来自己就要失明了，再等的话，可能就看不到威尼斯了。

正在做白日梦呢，我听到了那句台词，示意我差不多该帮着那位演员穿戏装了。

“你只能希望自己接受那些该有的遗憾了。”男主角缓慢而严肃地说。

几个星期了，我每天晚上都能听到这句台词。可是，就在那天晚上，它穿过了我满脑子乱七八糟的想法，直击靶心。

我不是那种深思熟虑、常常得到启示的人，可那天在边厢等候时，却有了一次宇宙大爆炸量级的重大顿悟。

及时行乐吧！

采取安全、明智的办法，在这个我讨厌的地方完成自己的职责——这不是我该有的遗憾。

明天，我要告诉艺术总监，就说我外曾祖母病了，得赶紧动身去意大利。这是谎话，可我不管了。就让露比代我钉钉子吧。她有一辈子的时间去旅游，还长着一头自来卷儿。

我嘛，就要把“小心翼翼”抛进风里了，就像爸爸当年一样。我11岁时，爸爸把一辆本田夜鹰（Honda Nighthawk）摩托车骑到了前门的车道上。

“哇——”我尖叫着，冲到前门去迎接他，“妈妈会杀了你的！”

我原以为他会把摩托车退回去，但他没有。那辆本田夜鹰就停到了我家车库里。他只把它骑出去过一次，穿过几个区，好好兜了一次风。

“我今天要骑着摩托车上班。”他早饭时这么说。

“从我尸体上开过去啊。”妈妈回了一句。

他们吃着葡萄干麦片，你一句，我一句，最后达成了协议。爸爸骑摩托，妈妈、我和两个妹妹开车跟在他后面，虽然我不清楚这样做能确保多大的安全度。我想假如他出车祸了，在他被甩到空中去见上帝时，妈妈会用眼神锁定他，让他看到那双眼睛在大声说：“我跟你说什么了？妈的！”

我和两个妹妹一路上都在哭。遇到红灯，我们就把脑袋伸到窗外，对爸爸喊道：“上车吧，爸爸！我们不想让你死！”

不久之后，摩托车停在了我家房前，车上挂了个牌子，写着“出售”。

站在边厢时，我想起了这件事，策划着怎么逃离戏剧节。

这是我的夜鹰摩托车，但我不会把它锁着放在那儿的。我要使劲儿骑，骑得飞快，骑到轮子掉下来。

不到一周，我就跪在了圣彼得大教堂[①]（St. Peter′s Basilica Church）的地板上，阳光穿过圣坛上方彩色玻璃中的鸽子，洒满了

① 此处指位于梵蒂冈的那座教堂。

我的脸庞。我坐在主教座堂广场[①](Piazza del Duomo)上，看着壮丽辉煌的大教堂，品着一杯金巴利[②](Campari)。那杯酒是一位陌生的英俊男士请我喝的。如果我需要载一程，他的摩托车后面正好有个空位。不是夜鹰牌的，但也挺像。

我把攒下来的生日和毕业礼金挥霍一空，去了维也纳、布达佩斯、阿姆斯特丹和巴黎。我一边喝酒，一边观赏蜿蜒的运河、高耸的宫殿、性感得冒烟的各国男人。他们不会说英语，但反正也不必交谈。圣心大教堂[③](Sacre Coeur)的钟声缓缓响起时，我站在教堂前，看着踩高跷的女士们挥舞着披肩。白色教堂映衬下起伏的披肩那模糊的蓝紫色以及天空的蔚蓝色，都让我的心充盈得发疼。这就是该有的遗憾。

霍尔医生是对的。我确实需要有所改变。

生活正告诉我，我要为了自己在黑暗中找出一线光明。我对着生活说："如果我这样做的话，可别介意啊。"

---

① 位于佛罗伦萨市。

② 意大利的一种开胃酒品牌。

③ 位于巴黎。

贴士四:关于抽烟

永远不要给自己点烟。如果老是点不着,就可能暴露出你隐藏的残疾。假如你穿着低胸露肩装,旁边就总是有一位带着火柴的男士。做得好,向别人借火是很迷人的,很有鲍嘉和白考尔[1](Bogart and Bacall)的风范。做得不好,还是比点着自己的头发要好。

① 即亨弗莱·鲍嘉(Humphrey Bogart)和劳伦·白考尔(Lauren Bacall),美国一对著名演员夫妇。

四
不入虎穴

在欧洲各地的漫长火车旅途中，我有足够的时间思考。越想就越意识到，在过去的十九年里我太没有把自己的视力当回事儿了。我浪费了大量时间去看那些同样的脸庞、同样的街道标志、同样房间的相同内部。既然我得把一辈子要看的东西一股脑儿都塞满今后的大约十年的时间里，那么一切都要改变了。我需要积累各种画面。

为了看得更多，我必须要做得更多。为了做得更多，我必须要变成另一个人。既然自己的眼睛有了保质期，我就不能浪费时间做一个聪明的金色头发女孩儿了。

我一直都那么小心，那么实际。"小心不出大错"是我的家训，成长过程中我听到最多的一个词是"小心"。妈妈和外婆像使用宗教用语一般，坚持不懈地重复这个词，常常把它跟“我爱你”一起用。结果到现在，我都很难把这两个词分开使用了。因为一直小心翼翼，我不仅从不会鲁莽，从不会心血来潮，在很大程度上也不会举止轻浮。因此，妈妈对快乐时光的定义就是扔掉谷物食品架上多余的东西。（“为什么？为什么我们会有两盒吃了一半的玉米片呢？把它们都倒在一个盒子里吧！”）我爸所有的爱好都属于“我宁愿花钱让别人去做”这一类事情，比如给卫生间重新贴瓷片和洗拖把。在我家，放纵行为意味着给自己弄一杯鲜榨纯橙汁而不加水。外出度假时，爸妈拼命地消灭空闲时间，结果度假几乎就跟工作差不多。我们总是第一个到达海滩；总是提前计划穿越大冒险游乐园的路线；如果不事先对某家餐厅研究一番，我们是不会去的。我一直就是这么做的，但今后再也不会这样了。

现在，我要大胆地生活，仿佛再也没有明天似的。在纽约飞往罗马的航班上，我花了几个小时，写了一份长长的“遗愿”清单，列出了很多我“熄灯”前想看的东西。清单上第一个就是“我孩子的眼睛”，但是这个得等一等。后面是好多旅游目的地，其中有不少我那年8月都去过了：威尼斯的运河、香榭丽舍大街[①]、维也纳皇宫[②]，还有很多更遥远的地方。这之后还有很多愿望，一个比一

① 位于卢浮宫与新凯旋门连心中轴线上，又被称为凯旋大道，是世界三大繁华中心大街之一，也被人们称作世界十大魅力步行街。

② 即霍夫堡皇宫，是奥地利哈布斯堡王朝的宫苑，坐落在维也纳的市中心。

个不可能实现。不过，与其说那些是想看的事物，不如说是生活方式，比如“一定要停下来看人行道上闪烁的光”“只在不得已时才去睡觉”“什么都要去读”。

把脸趴到书里可能看起来不像是在充分享受生活，而是相反。不过，读书一直是我的最爱之一，也是我最害怕失去的事物之一。当然了，有声书总是有的，但是听有声书根本比不了看书时那种神圣的交流：眼睛靠近书页，左右移动，从左到右，从左到右，从左到右；这种舞蹈的节奏，这种阅读方式的静谧，那翻动书页的声音，起皱的封面染上咖啡的样子，喝着咖啡读到了改变自己人生的那一章。对这种神圣的交流，我想能得到多少就得到多少，只要自己还有这个能力。

那年8月，我没有做到“什么都读”，但通读了一遍《安娜·卡列尼娜》。就像魔法一样，阅读这本书给我带来了现实生活中的冒险，尤其是浪漫经历。

一天傍晚，在罗马的纳沃纳广场，我正坐在街灯旁的长凳上阅读伏伦斯基跟着安娜到圣彼得堡那一章。这时，我听见了旁边一个男人的声音。

“哇，好书啊。”这个人说的英语毫无瑕疵，只带有一点儿刚刚好的迷人的意大利口音。

抬头一看，一个男人正站在旁边看着我。他年近30，身材瘦削，皮肤是橄榄色的。因为是在晚上，我看不出他眼睛的颜色，不过是黑色的，就像他睫毛和短发的颜色。他穿着干净、平整的瓜亚贝拉衬衫[①]，身后是四河喷泉[②]，看上去像是在为意大利版《时尚》杂志（*Vogue*）拍广告照片。

“你喜欢托尔斯泰的书吗?”我用意大利语问。我希望自己的意大利语毫无瑕疵，只带有一点儿刚刚好的迷人的美国口音。

一小时后，我们坐在培斯酒吧中一个两人小桌旁，喝着红葡萄酒，谈论着俄国小说家们。这位身材颀长、深色皮肤的陌生人叫贝内代托（Benedetto），是一位医学生物工程学博士。他来自威尼斯城外的一个小镇，当天晚上到罗马处理一些跟学位有关的事情。

我突然想到自己可能找到了自己的如意郎君和父母的称心女婿。他埋完单后，我等候他邀请我到他的酒店房间里（我相当确定自己会婉拒，因为帅气的博士也可能就是连环杀手），但他没有发出邀请，而是坚持陪我走到我和丽塔姨妈、玛丽莎和表姐妹住的公寓门口。在楼前的鹅卵石小道上，他递给我一个写着电话号码的纸片儿，让我几天后给他打电话，然后就轻轻地、缠绵地吻了我的嘴唇。

---

① 一种衬衫，小翻领，四个贴兜，胸前衣襟上绣有花纹，长袖，多为浅色，是墨西哥炎热地区特别是墨西哥尤卡坦半岛的男子爱穿的服装。

② 贝尔尼尼为罗马篷·腓力教皇的宫殿设计的喷水池。“四河”指人类征服的四条大河：多瑙河、恒河、尼罗河、里约·德·拉·普拉达河。

我成功地等了两天再给他打电话。我想这已经表现出非凡的自律了。他是一位绅士,还是一位意大利绅士,这两者都是最少见的。当他邀请我到北方,去他那离威尼斯很近的家乡时,我没有多想就同意了。

“可你根本不知道这个人是谁啊!”我离开的前一天晚上,玛丽莎一边说,一边舔着冰激凌顶部的奶油。她17岁了,比我小两岁,但更不习惯于毫无顾忌的放纵。“如果他有精神病,在那里给你下了个陷阱! 然后,你知道的,把你的皮做成外套怎么办?”

我舔掉冰激凌最后的一点儿榛果,再咬了一小口:“我很怀疑。我是说,他甚至都没有试着引诱我到宾馆房间或者干点儿别的什么。”

“没错,但那可能是他出门前没带刑具啊!”她如此推理,“所以这证明不了什么。”

很有道理。不过,我不是刚刚被诊断出患有不治之症吗? 不是就要失明了吗? 我不是已经下定决心,要享受生活吗?“找到醉人的爱情”不是我刚刚列出的“遗愿”清单上的一条吗? 不入虎穴,焉得虎子(Nothing ventured, nothing gained)。

“这样吧,我把他的电话号码和地址都给你。”我对妹妹说,同时把最后一口冰激凌蛋卷一下子放进嘴里,“如果到了明天半夜,我还没跟你联系,你就给警察打电话,把事情解释清楚。”

贝内代托的地下室里并没有地牢。实际上,他根本就没有房子，甚至都没有公寓，就住在他父母家的一个阁楼卧室里。他妈妈每天晚上，包括我去的那天晚上，都给他洗衣服、熨衣服、做晚饭。我坐在厨房的餐桌旁边，吃着蛤蜊意粉，而他父母则跟他说着话，谈论我，还用意大利语。而这门语言我也会说，还很流利。

“你呀，找的都是美国女孩儿！”他妈妈很失望，“你就找不到一个像样儿的意大利女孩儿吗？”

“听着，我知道这些外国女孩儿能给你什么。是的，男人就应该趁着年轻及时行乐。”他爸爸插了一句，“趁着自己还有那个能力。”

“哎呀，”他妈妈责备道，“别乱说话！”

“但你妈妈说得对。适可而止！”他爸爸赶紧加了一句，“不要再胡搞了！好好过日子！找个老婆，不要再找美国小浪妞了！”

那天晚上，在他卧室里（我发现书架上很明显就没有俄国小说），他放了一张去年夏天曾在美国疯狂流行的烂俗流行音乐唱片。他现在的绅士程度跟上岸度假的海员有得一拼。也不是说我没有在期待被他引诱，而是期待他可以把引诱做得很出色。当他编造自己对托尔斯泰作品的热衷时，他那口英语还是完美的，但在卧室里就没那么流利了。助性粗口，就和骂人的话一样，假如本来在你的母语中就不存在，那你就很难说得好了。

“我操！”他小声说，“你就是一个AV女优啊！”

我本来是要待到星期一的，但星期六早上醒来时，我告诉贝内代托，我妹妹要我回罗马，所以我得马上离开。他在威尼斯的火车站让我下了车，等他骑着韦士柏[①](Vespa)离开后，我往圣马可广场方向走去。

威尼斯一直是我渴望游览的城市。我快乐地度过了长长的一天：在圣马可大教堂闪烁的蜡烛前跪拜，沿着迷宫一样的小巷徜徉，在叹息桥上停下来叹息。

那天晚上，在返回罗马的5小时的火车旅途中，我一直在读《安娜·卡列尼娜》，直到眼睛发疼。听到列车员宣布就要抵达终点站了，我才抬起头，感到一片茫然，似乎刚从梦里醒来。过了一会儿，我才想起来自己在哪儿，去过哪儿。之后，我高兴起来了，感到心满意足，觉得自己的生活充满冒险，就像我一直在读的那本伟大小说。是的，最后一章就和我那意大利情人一样都有点儿让我失望，不过仍然令人难忘，而且它还把我带到了威尼斯——这个我做梦都想游览的城市。我的故事在改变。它不再是关于一个失明女孩儿的催泪故事，而是一个内容更加丰富的故事，关于青春和刚刚开始的冒险。

意大利一直都很有疗效，不是对我的诊断结果而言，而是对诊断结果带来的悲伤、恐惧和迷茫而言。在那里，我奠定了全新生活方式的基石。

---

① 意大利著名摩托车品牌。《罗马假日》里，男主角就是用它载着女主角在罗马转悠的。

回到纽约后，我就要上大三了。我提醒自己要在那基石上继续建设。返校前，我到东村(East Village)购物，买了几条人造蛇皮裤子和一双红色漆皮高跟鞋。购物时，我想着“建设基石”。我第一次染发，将几缕头发挑染成好莱坞金发女郎般的发色。染发时，我也想着“建设基石”。

“你知道，那些化学物质对头发很不好的。”妈妈在副驾驶座位上扭头看着我说。再过几天，我就要动身去纽黑文(New Haven)了，所以我们正忙着办些杂事。在布鲁克林大桥上塞车了，车里就我们两个人。

“是挑染，”我说着，不停地摆弄爸妈永远停在1010WINS新闻台的车载收音机，“没什么大不了的。”

妈妈擤了擤鼻子，又接着说：“我以前有癫痫病，跟你说过吗？”

我把手从电台调节器上拿开，看着她。我从后视镜看到，她正在抹裸色唇膏。

“你说什么呢？”我问。我想她是口误。可能她要说的是湿疹或者别的什么。

“我小时候有这种病。当时总是突然发病，每天都会发病。”她接着说，同时把唇膏管拧好，“上课时发病。在任何地方都会发病。发起病来很厉害。老师会把你丽塔姨妈叫到教室外面，因为她知道怎么抱着我可以不让我受伤。”

我坐在那里，满怀期望，第一次聚精会神地听着她说的每一个字。

“是在意大利还是后来?”我问。妈妈出生在罗马城外的一个小镇，8岁时跟外婆和姨妈一起移民到了美国。

“都有，”她说，“搬到布鲁克林后更厉害了。那时候我上初中。”

我怎么就不知道这些呢？这是有关她童年的唯一一件有趣事实了，但她是如何在近二十年里成功保密的呢？为什么外婆或姨妈从没有提起过呢?

“我当时没法正常生活，”妈妈接着说，盯着前面停滞不动的车流，“我真的很想当啦啦队队员，可我连选拔赛都不敢参加，就怕比赛过程中突然发病。我当时觉得自己以后也开不了车。”

“那后来呢?”我像听睡前故事的小孩一样问道。妈妈滔滔不绝地说着，头一回没用“妈的”“傻瓜”这些字眼。她讲的事儿可真有意思。

“有一天，我大概13岁的时候吧，竟然一天没犯病。第二天也没事儿。一个星期过去了，都没有犯病。就这样。从此我再也没有犯过一次病。”

“怎么回事儿呢?”我问，“你怎么治好的呢?”

“我正要跟你说这个呢。我也不知道怎么回事儿。谁都不知道。就在那么一天之后，我的癫痫病再也没犯过。”她等了一下，又接着说，“那是一个奇迹。”

哇！现在我明白这个故事的要点了。为了确保我能明白，妈妈就这么说出来了。

“奇迹真的会发生的，”她说着，用盈满泪水的眼睛看着我，“你也会遇到奇迹的。我知道的。”

我非常吃惊地意识到，这番奇怪的、突如其来的鼓舞人心的话真的让我感觉好些了。好多了。我充满了希望。

后来，在学校图书馆的一台电脑上，我搜索了“儿童癫痫”，发现这种病确实有一种类型是可以自愈的，通常发生在青春期之前，这跟妈妈说的那个“拜奇迹所赐”的故事并不矛盾。某一天，她躺在教室地板上咬舌头。第二天，她就彻底好了，再也不会像那样发病了。不管有什么样的科学解释，这都是一个奇迹。

我俩再也没有讨论过她小时候的癫痫病。我不清楚两个妹妹是否知道，也不清楚爸爸是否知道。我没有想过要问他们。后来，有一段时间，我确实想知道，她是不是不该那么早告诉我，或者这种事可能和医生问的那个常规问题“你们家有癫痫病史吗？”不是一回事。当然了，由于病已经好了，她可能觉得这是无关紧要的。因为无关紧要，所以就很容易从她的经历中删去。

我可以理解。我自己的疾病也在发生类似的现象。这种现象不属于我的过去，而属于我的未来。我在意大利游荡，发生了神奇的事情。我的眼病已经脱离了现在时态，被聚在一起，散开的那一端被绑紧了,沿着时间轴被抛得远远的,还越过了我未来的尽头。如今,好像有人已经看过了水晶球,并告诉我,十年或十五年之后我会突然失明。不幸会发生在未来某个时间点,而不是现在。

使这种不幸成为可能的,是在这个漫长的、多发变故的夏天,我的视力并没有更差,至少在我来看是这样的。理智地说,我知道自己的视网膜衰退是很缓慢的,在很大程度上感觉不到,而且我的视野在逐渐消失,甚至在我没注意时就发生了。当然,理智,尤其在十几岁的时候很容易受到忽视。对我来说最重要的是,9月的时候,我的视力还能和6月时一样,还能读那本《生命中不能承受之轻》(*The Unbearable Lightness of Being*);还能往裤子上缝扣子;如果坐在教室前几排,还能看清白板上教授那潦草的字迹。

当时一切都没什么异样,至少视力是这样的。这很滑稽,因为我其他的一切都在改变,每天都在发生越来越大的变化。

返回学校后,我看上去基本没什么变化,看到的也基本没什么变化,但我的性格正在发生变化。这种变化当然不是一夜之间就发生的。学会做出糟糕的决定,做愚蠢的事情,就像其他的一切,是需要练习的。我跟任何一个19岁的人一样开始接触性爱:在卧室里。如果你的目的地是"本色生活",不用说,最快的捷径是"滥交"这条高速公路。我在威尼斯的经历已经证明,如果想"找到醉人的爱情",不能舒舒服服往后一靠,把一切都交给男人。如果你想做好的话……

开始时，整件事情都很不顺利。我第一次尝试引诱男人，目标是一个可爱的大一男生。当时他正为我排练的一个马米特[①](Mamet)戏剧悬挂吊灯。我的舍友，也是我最好的朋友贝丝(Beth)策划了这次风流韵事，我要做的就是按照她设计的脚本去做。在贝丝的劝诱下，一天晚上，我给那个男生打电话，又按照贝丝的建议，邀请男生过来。开门的时候，我穿着红色泰迪熊外套[②]和齐膝皮靴。

现在我该怎么办？我想。那个大一男生身穿法兰绒衣服，紧张地到处看着，似乎也在这么想。贝丝的脚本里没有这个部分。于是，我拾人牙慧，说出了电影里的台词。我说了很多话，比如“很高兴你来了”，同时内心畏缩着，把登喜路香烟点错了头。我事先把房间的灯都关掉了，好创造浪漫气氛。可是，事与愿违，我什么也看不到，还差点儿把自己头发点着。当然，对一个十几岁的男孩儿来说，没有附加条件的性爱还是太过酷炫了，我就是把他的头发点着了，他可能也注意不到。

我们完事后，我对自己很满意。我正在紧紧抓住生活这头猛兽的角，成为自己命运的女主人。我的人生是由我做主的，可不是什么眼病。

① 戴维·马米特(1947—)，美国剧作家、导演、电影编剧；代表剧作为《格伦·罗斯高地》(*Glengarry Glen Ross*，获1984年普利策奖)和《奥丽安娜》(*Oleanna*，1992)。

② 选用人造皮草面料做成的保暖外套，拥有毛茸茸的质感，环保且舒适。

去你的吧，霍尔医生。我要改变自己，但不是你想的那种改变。

就像这样，在你开口说我是“严重自我欺骗”之前，我已经让自己相信随意的性行为是我“及时行乐”策略的一个重要部分。

在大学时代的其余时间，我有很多段比较随意的性关系，这一段跟下一段之间没有多大区别，除了一个微小的细节、一个小小的记忆——当一个得克萨斯人做早餐时，我第一次听到《蓝眼睛在雨中哭泣》（*Blue Eyes Crying in the Rain*）这首歌；帝王蟹渔民般轮廓分明的肱二头肌；打开一个礼品盒，里面是在巴塞罗那买的银耳环。这些时刻是些五彩小碎片，如果按照正确顺序放到一起，我想它们会构成一幅镶嵌画，画上面是一个已经成年的、精力充沛的女孩儿，风风火火地生活着，根本不听从派克大街一个胖医生的命令。

整个想法自然都是胡扯淡。和别的女生相比，我的行为并没有更大胆，更新颖。我们都渴望关注和娱乐，把自己打扮得花枝招展，只有这些。然而，我还是喜欢自己这个新的、更好的人格面具。我喜欢做那种有种的女人，涂着艺伎式红唇膏，穿着短得可以看见袜带的短裙。我喜欢像水手一样骂人；领养宠物也不事先跟舍友说一声；深夜去裸泳；通常还会有一些愚蠢可笑的举止，足以让爸妈目瞪口呆。我这样疯狂，是因为我可以这样，现在还可以。

这一切太令人兴奋了，我几乎都没有想到过自己的眼病。不过，偶尔我也会想起来，然后就让自己相信这个诊断结果或许是我能遇到的最好的事情了。它让我从自满中清醒过来，让我能“租借”到新的生活，但实际上不必应付任何真正的后果，因为在我来看，我的视力是完好无损的。因为我没有想着自己的病，而且它也根本没有真正影响到我，所以我也就没有必要告诉别人了。

从派克大街医生那里回来后，当我的脑子还是一片眩晕时，我就向少数几个密友透露了诊断结果。一旦发现了这不幸中的幸运，我决定不再跟任何人说起这件事。我不想听到鼓励的话语，也不想看到同情的样子。我不想让凄惨故事削弱自己正即兴创作的迷人的成长故事。

再说了，谁知道未来会如何呢？等我眼睛完蛋时，我就30岁了，甚至可能更老些吧。换句话说，就是老得快散架了。谁知道我能不能活那么长呢？不过，这总归是个人的事情，有点儿像点咖啡时，我是不会主动告诉别人自己罩杯的尺寸；每次来例假时，我也不会主动在分形几何入门课上向别人宣布。

“它并不是一种什么秘密。”我告诉自己。我了解保守秘密这回事儿，但这个跟那个不一样。如果要保守秘密，你就得撒谎。比如，爸爸某一个同事的妻子觉得妈妈做的奶酪蛋糕很好吃，就问她要食谱，妈妈就说索引卡丢了。妈妈很清楚那张脏兮兮、皱巴巴的索引卡在哪儿放着，她只是觉得那个女的要想凭着自己足以获得美食奖的奶酪甜点在布鲁克林中心区名声大噪的话，就得亲自动手，干点儿辛苦的活儿。是的，我想，我知道什么是秘密，但这个不是秘密。这个是遗漏。

就我们所知，安娜·卡列尼娜有点儿口齿不清，或者髋关节有点儿发育不良。托尔斯泰并没有告诉读者这些信息，只是因为和故事情节不相干。的确，我想这是同一回事：一个可以从我故事中剔除的无关细节。至少现在是这样的。

贴士五:气氛照明法

要引诱男人,就要利用气氛照明使自己受益,创造美好气氛,同时防止意外情况发生。点蜡烛是显而易见的选择,但不是最安全的,因为你很有可能上床时会碰倒一根,或者正好把半罩杯蕾丝内衣扔到明火上,然后就把房子点着了,那就不是你的本意了。

试一试熔岩灯[①](lava lamp)吧。

① 又称为蜡灯、水母灯、岩浆灯,能利用热能原理造就永恒的光影移动变幻效果;名字源于其内部蜡滴的缓慢流动,让人联想到熔岩的流动。

五
绚丽多彩

“你疯了吗?”电话听筒里清晰地传来妈妈的声音,“马戏学校?”

“就这一个夏天。”我安慰她说。我正坐在宿舍床上,吃着扭扭糖,喝着樱桃可乐,周围是一摞摞贴满标签的从图书馆借来的书。“别担心,”我说,“我不会真加入马戏团的。”

“好吧,这可真让我放心啊。”她极尽挖苦之能事。爸爸可能正在走廊边的办公室里看超声心动图吧,我听见妈妈对着他大喊:“好消息!你女儿终于决定不加入马戏团啦!”

之后,她又把注意力放回我身上:“让我把话说清楚。我和你爸像牲口一样辛辛苦苦供你上最好的大学,你以为是想让你毕业了去小丑学校吗?你们班其他人都成了法院书记员,要么就是在高盛集团上班。”

我不是我们家第一个大学生。爸爸是个管道工的儿子。他从布鲁克林一所小型学院毕业后在意大利半工半读念完了医学院。不过，我是第一个获得名校文凭的大学生。从我还是一个受精卵时起，这就是父母最大的梦想了。我人生中最早的记忆之一就是和妈妈一起在班森贺[①](Bensonhurst)开过来的纽约地铁上遇到了一位耶鲁学生。我正在读一本南茜·德鲁(Nancy Drew)的探案小说，妈妈则连珠炮似的问了那个女孩儿很多问题，涉及申请过程、SAT的备考和教材价格。

"那可是最好的大学，很难考进去的。"在下曼哈顿区(Lower Manhattan)，我们看着那个女孩儿走出车厢，妈妈说，"不过你很聪明，可以考进去的。我都在给你攒学费了。"

她说到做到，每个月都往一个大学储蓄账户里存些钱。我也不负所望，先是考上了耶鲁，如今准备毕业。

妈妈总是告诉我，这就是为什么外婆要移民美国，同时打三份工，还不包括兼职在家做针线活儿；这就是为什么妈妈要省吃俭用，从不去享受那些地中海俱乐部[②](Club Med)式的假期，只在特殊时候才出去吃饭。还不都是为了能让我成为大人物吗？现在，三代人的奋斗就要有所收获时，我却要将其付之东流，上什么小丑学校！

---

① 位于纽约市布鲁克林区。

② 一家总部位于法国的高端旅游公司，为游客打造高品质的旅行项目，收费颇高。

“实际上，”我一边解释，一边咬着一只单簧管，“我要去专修扮鬼脸。”

“在你又让我犯心悸前，我得挂了，”妈妈说，“期末考试完了我们再讨论吧。”

我“租借”到的全新生活让爸妈很难受，点燃了一大片怒火[①](agida)。他们百思不得其解：到底哪方面亏待我了？我了解这一点，因为妈妈经常问我：“妮科尔，我哪儿出错了？”我本来可以解释清楚自己热衷于荒唐冒险(也就是喜欢在“熄灯前尽快搞定工作”)的原因，但我不想让大家再为我难过了。尤其是因为这不值得悲观失望，我其实正在享受自己的生活。

大学最后两年的时光即将过完。现在临近大四期末，我就要毕业了。在旧金山夏日大冒险之后，我将跟贝丝在布鲁克林合租一套房子，找到一个明星经纪人，开始自己的明星梦。这也是很有“钱景”的。在妈妈做按摩治疗紧张性头痛时，我非常喜欢提醒她这一点。不过在毕业前，我还要表演最后一个戏剧：大卫·拉贝[②](David Rabe)一出不太有名的戏剧杰作。我演一个脱衣舞女，被人从行驶的车里给扔了出去。这就意味着，我不但要模仿吸食可卡因的动作、穿着脱衣舞服装，还要在身上涂抹大量的假血。我的世界还能变好一点儿吗？

---

① 意裔美国人使用的俚语，从意大利语“agitare”而来，指胃灼热或发怒。

② 美国著名剧作家，生于1940年，于1972年获得托尼奖。

实际上是可以的,因为和我演对手戏的那个人,也就是饰演把我扔出车外的那个男人是大卫。

大卫也主修戏剧和英语。我之前时不时会见到他,但直到这次演戏才算真正认识。我们的角色都只出现在第一幕,所以在后台有很多闲暇时间。

假如你要想每天晚上都无所事事地消磨一个小时的话,除了他,你再也找不到更好的伙伴了。大卫很会体贴人。他能记住很小的细节,比如查尔斯顿巧克力糖是我最喜欢的糖果,而他口袋里碰巧就有一根。这听起来或许不算什么,可是当你看多了那些性格古怪的嬉皮潮人后,这种东西是会让你大吃一惊的。大卫对人无微不至,我觉得这是因为他是南方人。我没到过梅森—迪克森线①(Mason-Dixon Line)以南的地方。据我所知,那边的男人都跟大卫一个样儿:大人教育他们把盘子上的东西吃干净,毫不掩饰自己的情感,从不说谎。我想象着,在大卫的老家田纳西州,男人们都像艾希礼·威尔克斯②(Ashley Wilkes)一样身材高大,风度翩翩。他们记得你喜欢的糖果是什么,也会在你饶有兴味地讲述舍友不打招呼就穿了你最喜欢的牛仔裤之后,提醒你刚刚讲到哪儿了。

不过,大卫跟艾希礼不一样。艾希礼虽然有不少优点,但跟烤干面包片一样无趣。大卫有一种痛苦艺术家的气质,魅力都喷

① 美国宾夕法尼亚州与马里兰州之间的分界线。美国南北战争期间为自由州(北)与蓄奴州(南)的界线。

② 美国小说《乱世佳人》(*Gone With the Wind*)中的角色,是南方绅士的代表。

到了房顶上。他抽契斯特菲尔德香烟，早上喝黑咖啡，晚上喝美格威士忌，用威廉·福克纳（William Faulkner）的笔法创作出优美的抒情诗一般的短篇小说。他什么都读过，包括所有的西方名著，还有一些别人会说自己读过但其实没读过的书，包括詹姆斯·乔伊斯的所有小说，甚至还有根本没有人读过的《芬尼根的守灵夜》（*Finnegans Wake*）。他的幽默感体现在一些很好玩儿的冷面笑话里。他看上去好像刚从我小时候读过的《甜蜜谷》（*Sweet Valley High*）系列小说中走出来：他身高六英尺四英寸[①]，长着浅棕色的头发和海蓝色的眼睛。

唯一不妙的是，他名草有主了。大卫有一个正式交往的女朋友，一毕业就要搬到一起同居了。像这么一个诚实、忠厚的男人是不会背叛自己女人的，直到有一天晚上，他背叛了自己的女人，因为我。

那是戏剧演完的几周后，马上就要期末考试了，我俩出去喝了一次“叙旧酒”（catch-up drink）。最后我俩走进了我的宿舍，一起读E. E·卡明斯（E. E. Cummings）的诗。同校的两个异性，读那些伤感的、全是小写字母的词义连贯的诗歌，难免最后不会在床上缠绵在一起。

当我正读到“我将你的心带上”（i carry your heart with me）这一句的中间时，他猛地吻住了我的嘴。这还不是太让我吃惊。真正让我吃惊的是，他说他爱我。

---

① 1英寸约为2.54厘米。

“可是你几乎都不了解我。”我说。比如我让熔岩灯亮着的原因，我想。

在大卫看来，他对我了解甚少这一点并不重要。他想和我在一起。他需要和我在一起。我对他来说就像空气一样，是活下去所必需的。不过不是马上。他马上要回到女友玛丽的宿舍，以免事态严重起来。“心感受到了它所感受到的。”他说。但这并不意味着心可以让他撒谎和出轨。

“也许在另一个时间，另一个地方。”他走出去之前说，完全是一副浪漫喜剧主人公的样子。在第二幕结束时，庸俗的音乐蒙太奇开始前，主人公就是这么说的。

这算什么呀？门在他身后关上了，我坐在没有整理的床铺边上这样想。爱情表白如此突然，又那么快就被抢回去了，这一切真让人难以理解。

很有可能的是，“充分享受生活”这整场运动就是一种对真实的否认，是一种麻醉自己的方式，好让自己不要伤心，不要害怕。或许，只是或许，我跟海伦·凯勒小时候一样，紧张不安，把餐桌上的东西都碰掉了。也许到了该长大的时候了，该建立一种持久的关系了，或许就是在爱情的王国里。

这种可能性是很明显的，只是我不愿意去考虑。

让大卫和他的真诚都见鬼去吧，我想。我就要开始自己的成年生活了，这生活会令人欣喜若狂，可不是谁都可以当我的观众，而且它可是棒死了。

我的意思是，谁想浪费宝贵的时间跟同一个人，每周五晚在同一家餐厅点同样的菜，盯着桌子对面的同一张脸啊？让大卫就在无聊的一夫一妻制里枯萎吧。我正在把无聊的东西从遗愿清单上画掉——主要是把同一条反反复复地画掉。不过，我的目标不变：留下难忘的回忆，感受活着的感觉！我就要去旧金山接受培训成为马戏团艺术家了！

“这段经历将来会写到简历上‘特殊技能’那部分的，看上去会很棒的。”在我毕业后收拾行李准备去加州前，我这样安慰妈妈，“有几个人会有荡高空秋千的工作经验呢？”

“我要得溃疡了，”她正在我床上把我扔在上面的一堆T恤叠起来，“溃疡啊！”

我知道溃疡跟我选择马戏学校而不选择医学院是没有关系的。真正让爸妈担忧的是，他们患有管状视野症和夜盲症的女儿就要跑到三千英里[①]外了。不过，让我感到庆幸的是，他们没有提到我的视觉缺陷，而是强调说，伯克利[②](Berkeley)是所有疯子待的地方，还问我把辣椒喷雾剂带上没有。实际上，从那年夏天诊断结果出来之后，就没有谁再提起过我的病了。爸妈和外婆都知道我不想谈自己的病，或者可能是我发现他们不想谈起我的病。无论如何，假装没这回事儿让双方都好受些。

在马戏学校，训练我的是廖师傅(Master Liao)，一个真正的

① 1英里约为1.61千米。

② 位于加利福尼亚州，离旧金山很近，是加州大学伯克利分校的所在地。

上海马戏老手。他是个身材矮小、满脸微笑但意志坚强的人。每天上午，他都让我做倒立、俯卧撑和引体向上。夏天结束时，我已经可以彻底支配自己的身体了，每块肌肉都拥有全勤记录。“到！”我的腹肌清脆地喊道。“到！”我的臀肌喊道。我用手倒立时，可以用脚趾头碰到自己的头。凭这个是找不到什么工作的，可在聚会上，这可是相当酷的一门绝活儿。我感觉似乎能支配自己的身体，真是太让人兴奋了！

一些孩子报名参加马戏学校夏令营，我教他们演小丑，以此支付培训费用。晨练时体内会分泌大量的内啡肽，能与此媲美的就是那天下午跟孩子们在一起时的巨大快乐。他们是嬉皮士的孩子，都是招人喜爱的学龄前儿童。当时有一个俄罗斯小女孩儿，有时我会代为照料一下。我们会坐在金门公园[1]（Golden Gate Park）的毯子上。我把她长长的金发在脑后编成一根大辫子，她教我用俄语说“我叫妮科尔，喜欢麦片粥”。这份临时工让我有了一笔可支配的收入，更重要的是，让我有了自信，相信自己即使视力正在衰退，将来也可能成为一名称职的妈妈。

周末晚上，我在伯克利一家公平贸易咖啡馆（Fair trade Coffee Shop）打工，而且还为一出创意喜剧排练。饰演男主角的奥利(Ollie)多多少少算是我的男朋友。

我们的关系不是我跟“蛙腿”之间那甜美的浪漫爱情，也不是我跟大卫之间那短暂的温柔结合。它不平衡，双方并不对等。我

① 位于旧金山。

是说，我全身心地渴望他的爱，而他呢，只是有些喜欢我。很难说在爱的尺度上，他处于什么位置。他肯定在超过“喜欢”的某个位置，但又没有到“爱情”那里。如果到了“爱情”那个位置，他就不会一有机会就去和前女友睡觉了。我不是很在乎他爱我有多深，因为只要跟他在一起，我就感到自己活着，也很清醒。我们关系中的戏剧化让人痴迷，其中的性爱则让我感到自己仿佛置身于一部爱情小说，一部真正的情色小说。台灯被打翻了。床头撞墙的声音让舍友尴尬。这算不上我发誓要找到的“醉人的爱情”，但也不错了。令人难忘吧，至少。

一天晚上，我在浴缸里懒洋洋地靠在他身上，说起了我的眼睛。我在踌躇不定间告诉了他，我在黑暗中看不到他，从眼角也看不到他。我给他讲了派克大街那个胖医生。在一两年里，我都没跟任何人透露过诊断结果，已经有点儿不熟练了。我糊里糊涂、匆匆忙忙地就将实情和盘托出了。刚一开口说话，我就后悔了。他听了哼哼哈哈的，什么也没说。几天后，在一场情色电影式的场景中，我的胳膊肘意外碰到了他的下巴。

“操！”他大喊一声，用手抓住下巴。

“不好意思啊。”我说着，尴尬地脸红了。既然他知道我情有可原，我就等着看他是否会原谅我。

“好吧，”他抱怨道，“以后多加小心。”说完他就继续做自己该做的事儿了。

他要么没有听到我说的话，要么就假装没听到。不管是哪种情况,我当时就不该告诉他。在这一方面,他是对的:我确实需要多加小心。

夏天快过了一半的时候,有天晚上,我走出正门,跟奥利碰面,然后一起去电报大街吃饭。结果,我第一次见到了隔壁邻居。他跟我同时走出前门。如果是在电影里的话,我们就会四目相对,瞬间坠入爱河。

但我们是不会四目相对的,因为他失明了。

可不是只有一点儿失明!不是可以掩饰过去的那种失明,而是戴上墨镜遮住没用的奇怪双眼的那种失明,是拿着盲杖的那种失明。他看样子就比我大几岁,二十七八岁的样子。他肩膀宽阔,身材高大,走出前门时都要弯腰。看着这么一个年轻、健壮得甚至令人赞叹的男人拿着一根盲杖,很是奇怪。不仅仅是奇怪,还让人不安。我可不想加入这种盲人俱乐部。现在不想,永远也不想。

我一动不动地站在门口,一只脚在里面,一只脚在外面,觉得又厌恶又恐惧。我应该悄悄回到房子等他过去,还是——等等——或许他还没有彻底失明,能看到我。如果那样的话,我回到房子就是不可原谅的。我应该向他介绍自己吗?这是不是显得自己高人一等了?我是说,为什么我要认为他失明了就喜欢跟人打交道呢?说不定他厌恶社交呢。说不定他极度讨厌别人主动自我介绍,还希望那些好做善事的人都能离他远远的。他得了和我一样的眼病吗?他小时候掉进碱液桶了吗?我能直接去问他吗?我这样是不是显得太傻了?

我站在那里，暴露无遗，不知所措，情绪沮丧。这时，邻居转过身了。即使没有超级敏锐的听觉，你也可以听到我那急促的呼吸。可是，毫无疑问，他就有这样敏锐的听觉。

“你好！”他冒险向我打招呼，他的脸和我的脸的一侧之间只有几英尺。

“你好！”我犹犹豫豫地回答，“我叫妮科尔。我——住你隔壁。”

他脸上绽出微笑。“哦，你一定是转租这间房子来这里消暑的吧？欢迎，欢迎！我是格雷格(Greg)。”他的声音就像音乐，深沉、悦耳、迷人。他身上也很好闻，剃须后搽了润肤水，淡淡的香味阵阵飘来。

他是怎么刮胡子的呢？怎么才能不把脸刮得伤痕累累呢？我猜想着。

我盯着他的盲杖。那根盲杖被他握在胸前，直直地立在地上。于是，那只手松开盲杖向我伸出时，我是可以看到的。

我伸出了右手。

“很高兴认识你，”他紧紧握着我的手，“希望你在伯克利过得快乐。需要适应一段时间。”

我们面对面站着，聊了几分钟。他向我推荐了几个吃饭的好地方，还告诉我哪些患有精神疾病的流浪汉不会伤害别人，哪些是必须要躲开的。他说他在一家电影公司里做项目开发，我说我是演员。

“哎呀，认识你太好了。”他说着，呈四十五度角拿着盲杖，准备走了，“对了，如果需要什么，就告诉我。如果你想过来喝杯咖啡，聊聊电影，我会很高兴的。”

那不是引诱或者类似的什么，而只是真诚、友好的邀请。

“好啊，可以。谢谢，”我高兴地说，“非常感谢。”

我根本没有接受过他的邀请。实际上，在街上碰到他时，我会擦肩而过，多数时候一声不吭。是的，这感觉不对劲儿，就像我亲手把自己的道德指南针上的那根针从“正直与善良”推到了离危险的“诅咒和地狱火在等待”很近的位置。可是，无论格雷格多么平易近人，多么富有魅力，无论他打扮得多么帅气，收入多么丰厚，都让我想到自己已经非常擅长忘记的某种东西。碰到他可能会影响到我轻松愉快的心情。

那是多么欢欣、愉悦的心情啊。跟霍尔医生见面后才过了两年，但我感觉离诊断结果出来后我那忧郁而灰暗的心情已经有几光年了。

有时侯，当我给马戏学校的孩子们做辅导员工作时，如果当天活动不多，节目策划人会让他们轮流在飞荡的高空秋千上玩一下。我偶尔也上去尝试一下。在攀爬那个越来越窄的梯子时，我感到一阵恐惧，但我总不能让5岁小孩儿带着我吧。再说了，趁着还有太阳，赶紧晒一晒稻草吧。

我站在秋千板上，吓得要死。我一条胳膊伸到后边抓住绳子，以免掉下去；另一条胳膊往前伸去，去抓横杠，十根手指都在发抖。然后,还不知道怎么回事,我就往下落了。不是掉下去,而是跃入空中。我的每块肌肉都被激活了,身体每个部分都苏醒了。我能飞。每荡一次,我都在把一寸寸逼近的黑暗往后推。每荡一次,我都在释放自己。

我答应过爸爸,这次出门是不会有事的,事实也的确如此。这比“不会有事”要好多了。我现在的生活是绚丽多彩的,甚至对我这双眼睛来说都已经足够亮丽了。

贴士六:戴假睫毛

根据“大拇指规则”[1](rule of thumb),秘密失明者应避免所有需要往面部贴东西的活动。这包括戴假睫毛。最好的情况是,你把睫毛粘得不对称,看起来好像脸的一边被融化掉了。最坏的情况是,这黑色的、羽毛一样的东西会粘在眼睑和眉毛之间,让别人以为你遭受了基因突变蜘蛛的袭击。

如果出于职业需要必须要戴假睫毛,比如模仿名人和出演20世纪中期风格的滑稽剧,找同事帮助就行了。要达到这一目的,你可以眨一眨真睫毛,并抱怨自己的精细运动技能很差劲。

之后努力去找一份办公室工作。即使不用操心这件破事儿,你的问题也够多了。

---

① 经济学术语,指经济决策者为了降低信息收集成本,没有按照理性预期的方式把所有获得的信息都引入到决策模型中,而是只考虑重要信息,并忽略掉其他信息。

六
雨点很大[1]

那个生日蛋糕里面很热，穿着比基尼也很热。空间也很小。我在木头框子里蹲得低低的，猜想着不知道在现实生活中穿着比基尼从蛋糕里跳出去，跟在外外百老汇[2]（Off-Off-Broadway）戏剧中假装跳出去有什么区别。艺术吧，我想。但主要还是为了小费。我在免费跳这个蛋糕舞，希望这部剧能让制作人看上，转到外百老汇剧院[3]（Off-Broadway）进行演出。一年半前，我大学毕业，设法找了一个经纪人，得到了一张剧院演员权益保障协会会

---

① 美国俚语"not with a bang but a whimper"跟汉语谚语"雷声大雨点小"类似。原著为"Not With A Whimper"，所以译成了"雨点很大"。

② 指纽约120余家座位数在99座以下的小型剧院。这里上演的剧目以其实验性质闻名，形式新奇，内容独特。

③ 一般指百老汇剧院区外的中型剧院。

卡[①]。然而，这并不意味着我可以拒绝工作，甚至无法拒绝没有报酬的、从蛋糕里跳出来的那种工作。

我跟人合租了一套铁路公寓，在公园坡一家墨西哥卷饼店上面。我在一家会计师事务所工作，靠工资支付我那份房租。做中学生的家教，每周有几个晚上在酒吧当服务员，星期天跟外婆一起吃饭（“给，拿上这二十美元！咋了？还让我把钱带到坟墓里啊？”）——这样弄到的钱让我过得还不差，还可以去免费表演。

我擦了擦嘴唇上方的汗水，按了按外眼角，确保假睫毛还安安稳稳地粘在那里。之后，我在心里把那套滑稽舞过了一遍，准备一会儿用银鞋跟把蛋糕的尖顶踢下来。跳完舞后，穿着长臂猿服装的那个男演员会把我从舞台上抱走，然后我再换一次服装，演最后一场戏。之后，首演之夜就结束了。截至目前，一切顺利。可是，据他们说，整部剧直到那个胖女人唱完后才结束。或者呢，就我的情况来看，直到那个盲女士把自己弄残废了才结束。

我害怕舞台黑场，这是不无道理的。从20世纪60年代以来，这部剧就是一出荒唐的滑稽戏。在它缺乏实质内容的地方，人们就用服装设计来弥补缺陷。我每一场都要换上新的服装和发型。这样，我就有很多时候要在黑暗、拥挤的后台疾速奔跑，跑到化妆室，再跑回舞台。没有周边视觉和夜间视觉，这就等于灾难。不过，我还是告诉自己，有了足够的准备，就可以应付这个问

① 剧院演员权益保障协会（Actors' Equity）是美国剧场演员的工会组织，和影视剧演员工会组织SAG-AFTRA相对。

题。我每天早早到剧院报到，赶在其他演职人员之前为场景转换进行练习，直到自己即使完全闭着眼睛都能做好。

到了首演之夜时，我几乎顺利应付了整场演出，包括滑稽舞蹈。我顺利地踢掉了蛋糕的顶部，在之后那充满活力的快速摇摆期间，服装也没有出现意外，穿着大猩猩服装的那位男演员也没有晚上场。

差不多了，脱下比基尼，为最后一场穿上透明硬纱长礼服时，我这样想。

我冲出化妆室，一边跑，一边拽礼服上的拉链。从道具桌旁边挤过去时，我在生日蛋糕周围摸索着。再走几步，我就可以到达舞台右侧，正好能收到上场提示。

突然，我没有往前走，而是摔倒了。我撞上了一个很大、很重的东西，就在膝盖那么高的地方。虽然膝盖以下动不了，但我还是在巨大冲力的作用下向前倾，身体其余部分飞一般地向前，直到喉咙碰到了感觉像是铁撬棍的东西。我身子往后缩去，感到一阵恶心。

我的第一个想法是某个无情的竞争对手拿着棒球棒，一直藏在黑暗中，跟袭击南茜·克里根[①](Nancy Kerrigan)一样暗算了我。可是，当我费力地站起来，想在黑暗中扶着什么东西时，发现并不是谁袭击了我，而是一辆电动代步车。确切地说，是男主角

① 南茜·克里根(1969—)，美国女演员，花样滑冰运动员，1994年1月被竞争对手的男友用铁棍袭击，导致膝盖受伤。

在第一幕想逗人大笑而使用的那辆代步车。按照我的推算,这辆车现在该他妈远远地放在舞台左侧的。

什么样的烂人才连道具都懒得放在它该放的地方?我真想往他气管上狠狠地来一下,看他感觉怎么样。

现在这倒不重要了,重要的是我流血了没有。我赶紧把手伸向喉咙,虽然疼得抽搐,但感觉没受伤。之后,我听到了上场提示。我浑身颤抖着,迈着细碎的步子,往舞台入口处走去。我深吸一口气,大踏步走上舞台。

"兰——"

那个词儿没有说出来。我感觉有什么东西卡在了咽喉里,妨碍发声。观众在等待着。其他剧组成员在等待着。这意味深长的停顿持续着,超过了应有的时间。可是,我的气管还是感觉被堵住了,而我只能再清一次嗓子。现在,其他演员看上去着急了,观众也开始坐不稳了。

在马戏学校学习时,我听说同一件事重复做三次就变得可笑了。于是,我又清了清嗓子,这一次声音很大,好像这完全是有意安排的喜剧系列动作。观众咯咯咯地笑起来,这给了我自信,让我再一次试试自己的声带。

"兰斯·韦瑟瓦克斯(Lance Weatherwax)!"我大声说,"你到底在干什么呢?"

谢幕后,其他演员急急忙忙脱下戏服,激动地开始庆祝起来,而我则慢悠悠地脱着戏服。他们谁也没有看到我摔倒,也没注意到我台词中的停顿,可我还是尴尬得要死。

备受打击的不仅仅是我的喉咙。这种情况总是以同样的方式发生：我会几天、几周甚至几个月都不会想到悄然到来的失明，后来几乎觉得整件事情是一场漫长的噩梦，然后突然之间，就会发生一些能提醒我的事。绝非轻柔地提醒，而是正面袭击，好像命运女神在狂扇我耳光，让我长点儿脑子。

“你可以跑掉，但你无法躲藏。”命运女神低声呵斥，“这病是不会自己走开的。”

由于戏剧行业坚持在两场之间实行舞台黑场，这些提醒我的事常常会在剧院发生，这对我的情绪可没有什么好处。大家都沿着那条发光带小路出入舞台，但这点儿淡淡的光对我来说没什么用。在黑场期间，大家都跑来跑去，搬动我通常用来在黑暗中指引方向的家具，我出入舞台就变得更难了。

有一回，在表演过程中，我的脚缠绕在背景幕布上。还有一回，我直接走到舞台前边，摔了下去。我通常会一动不动站在舞台上，拿不准往哪儿走，直到一位迷惑不解的布景管理人员抓住我的手，把我拽走。我觉得自己就像一件家具，需要有个人负责搬动。如果我告诉别人我有夜盲症，那就轻松一些了。可是，我试过一次，结果导演吃惊地说：“你有夜盲症还选择戏剧行业?”这让我很不好意思，以后再不开口提这件事了。得到一份工作，保住这份工作，还不能说明你需要特殊照顾，那是相当难的。

现在，首演之夜，我差点儿摔断了脖子。我一边梳着蜂窝式发型，一边想这么装下去可真傻啊。

是放弃这份工作，还是冒着被歧视的危险，我都没有做好准备。这样，我剩下的唯一选择就是被气个半死。如果命运女神想要干一仗，我就奉陪到底。我用俄罗斯红唇膏和胭脂给自己涂了战时伪装油彩，穿上四英寸高跟鞋、低胸吊带裙，披上黑羽毛长围巾。围巾盖住了脖子上的紫色伤痕。作为点睛之笔，我决定继续戴着假睫毛。不知为什么，这样我觉得自己受到了保护，觉得自己很强大。走出化妆室的时候，鞋跟狠狠地踩在地板上，我感觉脚下的木头都碎了。

在去简街（Jane Street）参加演职人员聚会的路上，我走进了一家杂货店，想买一包特醇万宝路。我不怎么吸烟，但在小提包里放上一盒烟，几乎是用来做道具。我发现有时候自己需要一点儿时间来寻找方向，尤其是进入黑暗的地方时。眼睛在努力适应黑暗，我可不想跟傻瓜一样站在那儿眨着眼。我已经习惯于在这种时候抽根烟了。这是一种伪装，也是结识男人的好办法。

不幸的是，最近去看视网膜专家特纳医生（Dr. Turner）时，我得知抽烟会把眼睛里的叶黄素耗尽。她不清楚这是怎么回事儿，也不知道我为什么要抽烟。不过，她很清楚我的视网膜已经一团糟了，再故意糟蹋它们是很愚蠢的。

特纳医生极力主张从她需要知道的基础信息中再解析出信息。这是我不太喜欢她的原因之一，因为作为一个大脑健全的病人，我更喜欢能够获取自己的医学信息。不喜欢她的另一个原因是，她就跟《绿野仙踪》里那个坏女巫一样心狠。

自诊断出眼病后,我到她那里看病已经有一两年了。她开了一种药,帮助我减轻眼珠浮肿,因为眼珠浮肿可能让视力恶化。我问她时,她不耐烦地解释说,那不完全是浮肿,而是类似浮肿的东西。实际上,这些药也可能完全没什么效果。她还说,可能会有副作用,比如四肢刺痛、恶心、轻微颤抖、耳鸣、尿频。

“还有吗?”我开玩笑地问,“有没有可能耳朵出血或者长出一条尾巴?”

她没笑。

我没吃这种药。

至少当时没吃。在她开出这个处方药的几个月后,我缓过劲儿了,开始想这药是不是值得一试,尽管风险挺大,吃了有可能尿裤子。所以我就给她打电话解释说我需要新的处方单,因为上次那张已经过期了。

“你从来就没吃我开的处方药吗?”她问。

“没有,”我坦白道,“但我现在准备好了。”

“我不明白,”她接着说,“为什么你当初不吃呢?”

“你知道的,我不是很确定啊。”我说,感到有点儿吃惊,我没想到还要为自己的选择辩护,“我当时觉得吃那个药风险挺大的,还有那么多副作用什么的——”

“这些都是常见的副作用,任何药物都会有,”她回答,“不值得考虑。”

“可能——”我说,“可能我不想每天都有什么东西在提醒我得病了。你知道的,我想忘掉自己的病,能忘多久就忘多久。没有这些副作用,可能会更容易些吧。”

她安静了一小会儿。我猜她是在想一些能让我振奋起来的话。

“听着,我不提供心理健康服务,所以我解决不了这样的问题。”她说,“这问题你得跟精神科医生谈一谈。我有能力做的就是评估出有什么药物可以改善你的视力,然后给你开药。”

“我理解。”我说,但并不理解。是她让我说明自己情况的,我说了之后,她反而让我觉得自己脑子有毛病。

“我觉得自己有点儿挫败感。”她接着说,“如果我是你的话,别人告诉我有一种药片有助于视力好转,我会吃的。”

我想:如果我是你,我就不会是这么一个铁石心肠的婊子了。

“我会吃的,”我提醒她说,“所以我才给你打电话的。就是为了你开的药。”

她把处方单寄给了我,我三个月后回到诊所,看看视力有没有什么变化。没什么变化。

“好吧,至少我们努力了。”她说。

*你还把这个叫作努力?*我马上换了一个医生。

就这样,特纳医生严肃警告我不要吸烟,结果不但未能阻止我,反而几乎刺激我接着抽。我并非要刻意中伤这位刻薄的医生,但在我点烟的时候——次数不多,一周一两次——我就想象着如果特纳医生看到我完全无视她的命令,她会气成什么样子,然后我就感到很爽。

因为在后台摔了一跤，在演职人员的聚会上，我还是很恼怒。拿着酒吧服务员点着的那根特醇万宝路，我长长地抽了两三口。呼出烟雾时，我想象着把烟直接喷到了特纳医生的脸上。然后，我把抽了一半的烟摁灭。虽然我的心理成熟程度只相当于10岁小孩儿，但毕竟还有一点儿理智。

香槟酒畅快地流进聚会人员的胃里。我也难以抗拒，不停地喝喝喝，直到眼睛难以睁开。到我该回家的时间了，我却给加布里埃尔(Gabriel)打了一个电话。

加布里埃尔是个帅气的哥伦比亚裔演员。几周前，我在时代广场附近参加剧院演员权益保障协会的公开选角时认识了他。他非要让我在选角结束后跟他喝一杯，我之所以会同意，主要是因为他那双眼睛很迷人，是巧克力融化后的颜色。喝酒时，他给我讲了一个悲伤、动人的故事。故事的主人公是他的灵魂伴侣——住在波哥大[①](Bogota)的一个表妹。那个女孩儿被一个毒枭绑架了，最后却爱上了这个毒枭。现在，加布里埃尔正努力愈合自己那颗破碎的心。我愿意到他位于地狱厨房[②](Hell's Kitchen)的公寓，看一部蒙迪·克利夫特[③](Monty Clift)主演的电影吗？我确实愿意。我们离开酒吧时，大雨倾盆。还没到地铁站，这场夏季的滂沱大雨就把我们淋成了落汤鸡。于是，我们退回到百老汇

---

① 哥伦比亚的首都。

② 位于美国纽约市曼哈顿区。

③ 好莱坞已故男明星，全名为蒙哥马利·克利夫特(Montgomery Clift)，“Monty”是他的昵称。

大街一只脚手架下的黑暗角落里。在那里，我们像两个无耻的孩子，缠绵在了一起。对于这样的孩子，人们通常建议他们开房。

不幸的是，那第一个夜晚并不是这场爱情的冰山一角，而是整座冰山。我们相互之间的吸引很快就消失了。加布里埃尔的个人经历是他身上最有意思的地方。而我们的性爱呢？在我俩没有被雨淋透，也没有喝醉的时候是最糟糕的。

有天晚上，我们躺在他家的日式床铺上，他问我为什么那样看着他。这时，我知道情况不妙了。

“哪样啊？”

“好像你是个小女孩儿，需要从我这里得到什么东西。”他说，“这让我很抓狂。”

也不是说缺乏内涵的特点让他跟我约会过的其他男人大为不同，这些男人各不相同，但跟我之间的关系是一样的，其关键特点就是玩玩儿。

我极度渴望他人的陪伴，但并没有多少可以拿来付出的情感。因此，我渐渐习惯于匆匆建立这种亲密关系：廉价，邂逅后匆匆展开，毫无营养价值，几乎还没结束就会让你感觉恶心，而且又会饥渴起来。可是，我已经习惯了这种“饮食结构”，几乎注意不到内心饥渴感的折磨。我告诉自己，我需要一顿真正的饭，吃一些真正让我感到满足的食物。

对我来说，加布里埃尔意味着一种十分合适的消遣。然而，在首演之夜发生那次不幸后，他就不是能够安慰我的理想候选人了。

不幸的是，喝完大半瓶香槟后，我们就会忘记这些细节了。我凭记忆拨了他的号码，因为我已经把它删掉了。他让我马上过去。

“你看上去喝醉了，”加布里埃尔目光很敏锐，“还很火辣。”

很快，我们就在他凹凸不平的日式床铺上滚成了一团。在多数时候，我双眼紧闭，但中间有一次，我犯了个错误，睁开了眼睛，看到了他的脸。那张脸宽大而丑陋，嘴巴扭曲成奇怪的形状，一边儿还积了不少口水。这个场景的一切既肮脏又恶心。

“万福玛利亚，您充满圣宠。”

不知不觉中，我开始低声祈祷了。结果证明，事情不顺的时候，即使教条主义的天主教教徒也会匆忙间凑合出来几句祷告词。

“为我们这些罪人祈祷吧。”

这不是我第一次做爱时这么做了。我充分意识到这不是什么好兆头。我愿意打赌，即使是宗教狂热者也会控制住自己，不在做爱时大声祈祷，尤其是紧闭双眼、像尸体一样软弱无力躺着的时候。不过，祈祷使我神经放松。反正加布里埃尔也没有注意到。我念完了“万福玛利亚”，重复了一个做弥撒时我吟唱的回应经文：

只要您说出那个词，
我的灵魂就会痊愈。
请您说出那个词，
请说吧。

事后大约两分钟，加布里埃尔沉沉睡去，顺利进入梦乡。而我则感到焦躁不安，不知接下来该做什么。我取下假睫毛（反正右边那条已经掉了一半儿了），放在加布里埃尔脸庞一边的枕头上，希望第二天早上能把他吓个魂飞魄散。我一边撕下眼皮上的胶，一边斟酌自己的选择。我不想过夜，但更不想回到布鲁克林家中空荡荡的床上。于是，我就到防火梯那边抽烟去了。

毕竟我包里还有差不多一盒烟，而且我喝多了，也很孤独，这么做倒很有电影的感觉。还有，特纳医生告诉我不要抽烟了。

我穿上短裤和加布里埃尔的T恤衫，点了几次才点着一根烟，我在黑暗中摸索着，走到了通向防火梯的窗前。那个破窗户关得死死的，于是我用嘴叼住烟，用两只手把窗户猛地拉开了。之后，我走了出去。

我没有走到冷冷的金属格栅上，而是光着一只脚往下走。那只脚伸到黑夜的空气中，伸啊，伸啊，想踩到一个平面上，直到我觉得失去了平衡。我突然清晰地意识到：下面没有防火梯了，只有四层楼下的柏油马路。

本能地，我用力让身体向后退去，让头和腿往窗户里面用力，用一只张开的手抓着窗户的压条。那根烟从我张开的嘴里掉出去，落到了下面的街道上。几英尺外，加布里埃尔打着呼噜，对我差点儿意外自杀毫无察觉。当然，这也是因为防火梯在另一面窗户外。

我在敞开的窗户边喘息着，有种如释重负的感觉。一旦你意识到自己差一点儿就死掉或瘫痪，就会强烈地体验到这种让人想吐的如释重负。要是再往前走几英寸，重心就会向另一方向倾斜，那我就会半裸着躺在人行道上了。如果幸运的话，大脑还能运转，我会躺着等救护车。更糟糕的是，人们会以为我自杀了，因为谁会偶然从四楼窗户掉下来呢？谁也猜不到我的视力差到看不见脚下是否有地板。即使知道我视力下降的人，甚至我爸妈，也都猜不到的。猜不到的，人们会说是我跳下去了。

我还就不管人们怎么说了，我想。

在人生道路的某处，我不再想尽情享受生活，而要尽情享受男人。而现在，连这个也不行了。现在，倒是我被尽情享受了。这里面有什么胜利可言呢？

只要您说出那个词，
我的灵魂就会痊愈。
请您说出那个词，
请说吧。

我想尖叫，像动物一般颤抖着尖叫。这尖叫会使我嘴巴周围的皮肤感到疼痛，使我嗓子沙哑。我想一拳打穿窗户，但知道这会吵醒加布里埃尔。我最不想做的就是听到他的声音。我发现自己在把烟盒里剩下的所有香烟都抖落在手里，紧紧握住，直到指甲刺入手掌。我一次又一次地这么做，把香烟碾碎，直到过滤嘴脱落，烟纸烂成碎片，里面的烟丝撒落出来。然后，我把手伸到窗外，让碎烟下坠，让一场烟草之雨纷纷扬扬落在五十三号大街。

贴士七:关于坠入爱河

别费劲儿让眼睛聚焦了。爱神是个瞎子,和你一样。

七
到你心中的路更远

两天后，周一早上，电话铃吵醒了我。一看床头柜上的钟表，九点三十分了。

晕，再不能这样了，我在床上坐起来时想。

电话答录机咔塔一声响了，我听到了玛莎(Martha)的声音。她跟我在市中心同一家会计师事务所上班。

“你没接电话，所以我想你在路上呢。我是比较乐观的。不过假如你还在家里，让我给你一个赶紧过来的理由吧：有人给你送花了。玫瑰，黄色的。不是我最喜欢的颜色。不过你要是一小时后还不来的话，它们就是我的了。”

好啊，是个大惊喜。我这样想着，在抽屉里找衬衫，好盖住我碰伤的脖子。我想加布里埃尔比我想的要聪明多了。可能他知道周六晚上的演出有多糟糕了。这对我俩的关系是不会有多大用处的,但送花可能值得我再给他一次机会吧。

我跟玛莎不一样,一直都真的很乐观。通常,这也让我跟傻瓜一样,尤其是在爱情方面。

在到办公室之前,我已经想好给加布里埃尔打电话感谢他送花了。结果呢,那是浪费时间:花不是他送的。

“到大烟山[①]的路很远,可是到你心中的路更远。”卡片上这么写着。签名是“大卫”。

当时,我感到的不是不该有的乐观,而是希望。拯救我的那个人已经上场了,差一点儿就来不及了。

自从我毕业后回到纽约,大卫就一直出没于这里的聚会和演出。每次他都挽着玛丽的胳膊,每次我都灿烂地微笑着,拥抱每一个人,同时还往自己心中的巫毒娃娃身上扎针。那个巫毒娃娃是我照他的样子造出来的。

一个男人告诉一个女人他爱她,而他却不能,也不愿和她在一起,这是怎样一个自私的虐待狂呢?

然后,我就会跟一个性情冷淡的嬉皮士睡觉,“让他反思反思”,虽然这么做很傻,很无用。再然后,我就回家写一些愤怒的

① 又译为“大雾山”,是位于田纳西州与北卡罗来纳州交界处的一座国家公园。

烂诗，骂他的胡子，骂他是一个浑球。

看到大卫让我超级扫兴。自从看过派克大街那位医生后，我已经练就了完美的自我麻醉能力，主要是干些刺激的事儿，一件接一件，从不停下来思考一下。我喜欢这种舒适的麻木感，更甚的是，我还很依赖它。于是，当大卫像个鬼怪一样突然出现，把我吓得从白日梦中醒过来时，我真的很气。

他能让我有这样的感觉，从一开始就让我不安。我为什么要嫉妒呢？他高兴，我就应该高兴啊，因为我自己本来就是高兴的。大家都得到了自己想要的。我的追求者比少女在初进社交界舞会碰到的还多，而且不管在职业还是个人方面，我都经历过自己渴望的那种戏剧性事件了。大卫没有选择我，跟别的女孩儿相爱着。

这对我俩来说都是多么好的事儿啊！我想着，同时还幻想着自己正使劲儿踢他的蛋蛋，踢得他要不了孩子。

然后，有一天，就在我参演生日蛋糕滑稽舞蹈后，我通过小道消息听说大卫和玛丽已经分手了，彻底分了，因为她已经从他俩在皇后区的公寓搬出去了。所以，那天夜里晚些时候，我自然就往那座公寓打电话，要求跟玛丽通话。

“妮科尔？”大卫问，“是你吗？”

“哦，你好啊，大卫。”我轻松、愉快地说，“我有问题问玛丽。”

“我猜你还没听说吧，”他说，“我和玛丽分手了。”

我努力让自己的惊奇听起来可信。

“没有呀，”我充满感情地说，“我很遗憾。”

“哦，谢谢啊。”他说，“不过，你知道的，这种事儿很正常。”

他停下不说话。我没有打断，而是给他机会整理思路。过了一会儿，他说：“我觉得你这个电话是个征兆。我一直在想你。”

正中靶心。

在挂电话前，我俩已经确定了见面喝几杯的时间和地点。我挺激动的，但不是小女孩儿那种激动，更像一个坏蛋那样兴奋，毕竟复仇是一道最好凉了再上的菜。[①]现在，机会来了，我要让大卫难受，就像他那次徒劳表白让我难受一样。我要让他看看，他以前忽略我是个多大的错误。

当然了，这对我们来说太晚了。我已不是大卫在大学时代喜欢的那个女孩儿了。距离我俩坐在我宿舍读卡明斯的诗歌才只有一年半，但已经发生了很多变化：我原来穿猫跟鞋[②]，现在穿细高跟鞋了；原来喝蜜多丽酸味鸡尾酒[③]，现在喝马提尼[④]；原来交男

---

① 意大利西西里岛谚语，类似“君子报仇，十年不晚”。

② 跟高3.5cm至4.75cm的细鞋跟，属于中跟鞋。

③ 在蜜多丽中加入柠檬汁、砂糖等酸东西和甜东西后配制而成的鸡尾酒。

④ 基本成分是伏特加等白酒，添加进的成分来自三十五种不同植物的叶、花、种子和根的精华。

朋友，现在找情人。我穿着露脐T恤，在肉库区[①]（Meatpacking District)的酒吧当服务员。贝丝从我们那个老鼠成群、没有电梯的公寓搬出去了。我让一个我在公交上认识的人住进了她原来的房间。虽然是完全陌生的，但人很不错。跟我在一起真正待过一段时间的人，几乎没一个知道我的眼病。当然不包括我的家人，但我们也有几年没聊过我的眼病了。

我已在心的周围筑起了一层坚固的钛质外壳，可不是那么容易就会被突破的。于是，我同意跟大卫约会。但是，以前他喂给我许多甜蜜而空洞的东西，假如他以为我会再咽下一点点那玩意儿，他就是疯了。虽然我很爽快地就跟他睡觉了，但我也不会假装自己同时不和别人约会。

“你变了。”我们在律路街[②](Ludlow Street)一个酒吧见面后，他这么说。

“废话。”我笑了，毫不掩饰自己的嘲弄。

尽管我实际上就跟剃须刀刀片一样易于约到，大卫也不断地邀我出去，而且努力有所突破，但最后都是白费力。

直到他送来鲜花的那一天。那天上午，他有所进展。那天上

① 曾经是纽约市屠宰场和肉类加工厂的聚居区，后来随着肉类加工业的没落，一些时尚品牌店、豪华酒店及特色餐厅进驻该区，同时很多艺术人员及创意人员也聚集到这里，使得该区逐渐成为一个充满时尚风情的地区。

② 位于纽约曼哈顿区。

午，我花了半个小时找到了一件能遮住那次后台事故造成的喉咙伤痕的衬衫，在小提包里找到了那只空烟盒，想起了那些香烟遭遇的命运，而它们的命运也差点儿成了我的命运，然后我就做好了改变自己的准备。我给大卫打电话，感谢他送花给我。他告诉我，他有一个提议，跟工作有关。他写了一部独立电影的剧本，下个月就要在他田纳西州的老家拍摄了，他想让我演主角。他要搬到那里，至少暂时会这样，还想让我现在就坐飞机过去参与一个星期的拍摄，几个月后再去拍一个星期。这是一个爱情故事，我是说这部电影。不过，他向我保证这次合作完全出于职业考虑。他知道我没有更多的企图。

一个月后，我拿着折扣机票，乘坐小型客机飞往南方。大卫在机场等着，要开车送我到他父母家。我和保罗(Paul)这两个外地人将会住在那里。保罗是我大学时代认识的一个演员朋友。大卫推着我的行李箱，穿过一个挂满学生时代照片的门厅，走进了他童年时代的卧室。天花板上挂着飞机模型，在床后面一个架子上是一堆堆包着塑料文件套的漫威漫画书。

“你可以睡在这儿，保罗睡在我妹妹以前的房间里。”他解释说。

“你睡哪儿呢？”我问。我坐在床上向后一靠，带着自认为很强烈的诱惑神情。

"沙发。"他回答。

"你不用非得睡沙发。"我紧逼不放，一翻身，侧躺在床上，让乳沟显得更深。

面对这种赤裸裸的进攻，他大笑起来。

"你还是休息吧。"他建议道，走到了门口，"我明天会早点儿叫醒你，然后开始拍摄。"

搞毛啊？我心想。

"哎，我想问一下。"大卫在门口停下来，"你会开车，是吧？我要早点儿去安排一下，而且我打赌你肯定想在这里梳妆打扮，而不是在山上。所以，我就把我妈妈的车钥匙给你吧。"

"好啊。"我言不由衷。

那天夜里稍晚一些时候，我听见保罗的关门声，也听到大卫父母把电视关了，然后我就溜进了起居室。至少，我是在努力溜进去。那种偷偷摸摸就跟喝醉的犀牛一样。在我摸索着穿过走廊时，四周漆黑一片。我把那些学生时代的相片都碰歪了。溜出走廊后，我循着噼噼啪啪的火焰声走到了起居室。大卫正睡在那里的沙发上，火光照亮了他的脸。我的期待落空了，他并没有在等我这个欲火中烧的女人。他睡得很沉，一条大概是1982年生产的指环王主题毯子裹在他的身上。

我坐在沙发上，看着他睡觉，一股不安的暖意在身上扩散开来。

他看上去多么平静啊，还是不要弄醒他。

我“爬”回卧室时，打翻了一只装饰花瓶，然后花了一两个小时到处转悠。我草草翻阅了几本螺旋形记事本，里面都是大卫8岁到17岁写的诗。我还仔细查看了一沓生日卡片，都是他的爷爷奶奶、外公外婆写给他的。我还发现了一个信封，里面是一些照片，有的是在班级舞会上拍的，还有的是关于他中学时主演的老式音乐剧。等大卫早上叫醒我，开始第一天的拍摄时，我的心灵盔甲已经毋庸置疑地出现了一条细小裂缝。

第二天早上，我倒车撞到了他父母家的墙上。我撞出来的裂缝可没有那么小。

“宝贝儿，为什么不让我开车送你到山上呢？”听到“砰”的一声，大卫的妈妈慢悠悠地说，“我不介意的。”

在后面几天中，大家的时间都被电影拍摄给占满了。晚上，大卫的妈妈会给演职人员做晚饭：她自己做的肉糕、土豆泥、炸鸡、玉米面包、手撕猪肉三明治，还有那些喝不完的茶，甜得我牙都疼了。一天的拍摄工作结束后，大家就到市中心的一个酒吧里。那里有一个嗓音沙哑的女子，名叫桃子(Peaches)，给我们端上啤酒、波本威士忌和月光樱桃酒。每天晚上，当我醉醺醺地回到家后,我会换上舒服一些的衣服,到沙发那里看大卫,但每次他都已经睡着了。

大卫让我充分走进他的生活:他的过去,他的家人,甚至他婴儿时期的照片。但与此同时,他又不让我走近他,神秘得不按常理,也不再继续追求我了。你可弄不出比这更加有效的催情药了,但是他偶然做出来了,还加强了药效。

等我们结束了最后一天的晚间拍摄后,我们之间有了确定的结果:大卫已经突破了我的层层防线。那天晚上,大家一回到家,我就跑到他沙发那里。我还穿着戏装——一件和腿上的沃尔玛牛仔裤相比大了一号的法兰绒领扣衬衫,没涂口红。

我坐在沙发上,看着他点亮壁炉,让黑暗的房间在火光中跳动。

"很高兴你邀请我来这里,"我说,"南方跟我想的不一样啊。"

"不一样?"他说着,关上了壁炉的炉栅。

"你跟我想的也不一样。"我说。如此自我暴露且无处可藏,真不爽。可是,不这样的话,离开大卫,离开这温暖的感觉和炉火,回到糜烂的私生活,然后差点儿从窗户掉下去,更让我不爽。

大卫没说话,而是在沙发上坐了下来,离我很近。

在暗淡的火光里,我看不到什么,但能看清他的双眼。那双眼睛直视着我,向我发出邀请,没有推开我或强拉我过去,只是让门敞开着。

“我并不是那么铁石心肠，你知道。”我说着话，扭扭捏捏，很不自在，因为衣着太单薄，近乎裸露。

“我知道。”他回答。

我感到他把手放在我脸上，把我的头发拢到了后面。在我的心周围还残存下来的那部分长城轰然倒下了。那天晚上，他躺在我旁边，我在他的臂弯里蜷缩着。我从自己一直藏身的地方走出来，跟他说了自己眼睛的情况。我不仅把症状和预后告诉了他，还说自己在保守患病的秘密：我不想让任何人知道，甚至都不知道为什么要保密。房间里漆黑一片，所以我看不到他的反应，不过也没有必要看到，因为我感到他把我抱得更紧了。

第二天，在机场跟我吻别后，他说他爱我，还说已经爱我很久了，再也不会让我跑掉了。

两个月后，我回到田纳西州，参加最后一周的拍摄。在头一天晚上，大卫就睡到了我的床上。完事后，我们躺在霍利·霍比[1](Holly Hobbie)主题的床单上，抱在一起。他说他得让我看样东西。

“一个惊喜？”我尖声说道，“礼物？是什么呀？”

“你会知道是什么的。”他告诉我。

我用手抚摸着他的胸膛、左臂，之后是右臂。就在他肱三头肌上面一点儿，有一块鼓起来了，那个地方原来是平的。

① 美国作家、水彩画家、插画师霍利·霍比创作的和自己同名的虚拟人物。

“怎么了?”我问。

我听见他在窸窸窣窣地找什么东西。然后,床头灯一下子亮了。我把手伸向他的胳膊。

那里鼓起来六个用墨水写的无法抹去的小写字母:

nicole

“我带着你的心。”他说。

一周后,当飞机起飞时,我并不在上面。我留在了田纳西,一直等到大卫打好行李。之后,我们一起开车回到了纽约,不仅会永远在一起,而且无论好坏都不会再分开了。

贴士八:关于开车

仅仅因为自己有一张还处于有效期的驾照,并不意味着你就应该开车。否则那就像是说:“仅仅因为中学时代穿的牛仔裤仍然合身,你就应该穿上它。”

八
加州梦

“你是在开玩笑！”妈妈表示怀疑，她削了一堆乳白色的马苏里拉奶酪，“我不信。”

我大声叹了口气。跟妈妈在一起待五分钟，我就想把钟表拨回去，让自己变回那个翻着白眼的16岁女孩儿。我现在24岁，倒也离得不太远。

“两星期后，你跑到我住的公寓，发现那里是别人，我想你就该相信了。”我告诉她，“因为到时候我会在洛杉矶。”

妈妈对着我一声叹息。当时是圣诞节下午，而在她准备开胃菜时，最不想做的就是谈论我横跨全国的搬家之旅。

“这房子乱得跟猪圈一样！”她叹了口气，“几分钟后，所有人就来啦。”

她说的“乱”指的是五六张光盘摊在咖啡桌上，没放回CD盒；还有我那双皮靴，被甩在大门口，乱七八糟地放在地上，没有被整整齐齐摆进鞋柜。爸妈这座位于曼哈顿中城区的公寓超级摩登，全部用白皮革和玻璃装修。妈妈把房子收拾得一尘不染，还为此非常自豪。我喜欢指出别人的毛病，这跟《亲爱的妈咪》(*Mommie Dearest*)中的琼·克劳馥(Joan Crawford)没什么差别。每当我这么做时，总是会引出同样的回答：“你说我疯了？拜托！你还没见过什么叫疯呢！”我发现这正是疯子才会说出来的话。

“我甚至都没机会去包那些天杀的礼物呢！”妈妈抱怨着，用小刀指着餐桌上一堆购物袋，“你就不能把那些破玩意儿包起来放到圣诞树下吗？”

我在桌旁的长软座上坐下，展开那卷金色包装纸。过去二十年里，妈妈一直用这种纸来包装圣诞礼物。我不确定她在哪儿搞到这种纸的，不过价格肯定砍了至少百分之八十，因为她买了不下两打。这些纸用都用不完，简直就像魔术。我觉得它们绝对可以用一辈子。如果用不了一辈子，有一天妈妈发现就剩下最后一小片儿时，我猜她就会取缔圣诞节。

“我就搞不明白，”妈妈接着说，“加州有什么呀？所有大牌女演员都住在纽约呢。”

我凑近看着自己从购物袋里拽出来的一个大号粉红色仿皮钱包。

“妈,”我说,“去年你把这个钱包送给玛丽莎,她不想要。前年呢,你还想把它送给我。”

“她说得对,”爸爸穿着牛仔裤和医院打扫卫生时穿的上衣,从楼上走下来,“谁都不想要那个钱包。”

“你们就是一帮傻子。”她还击了,把削好的奶酪互相重叠,在一个大盘子上整整齐齐地摆成一圈儿,“那是一个很漂亮的钱包! 我是在特卖会上从一个女人手里抢过来的!”

她抬起头,瞥见了爸爸,尖叫起来:“你怎么穿着那件又脏又旧的斜纹粗棉布服(dungaree)呢?”

“斜纹粗棉布服”是父母不愿放弃的词语之一,虽然自1929年起别人都不再用这个词了。根据我爸妈使用这个词的次数,你可以编出世界上最棒的行酒令。

“这可是我最喜欢的斜纹粗棉布服。”我爸反对道,从冰箱里拿了一块伦敦烤牛肉[①](London broil)。

“我们干吗非要每年都为这个吵架?”她恳求道,“流浪汉也不会要这件衣服! 他们会感到奇耻大辱!”

我把手伸到袋子里,拽出来三双装的多色菱形花纹袜子。

“那是给你表妹的。”妈妈说,她还在摇头,没法相信爸爸会这样穿衣服,“别忘了拿掉价格标签。”

“剪刀呢?”我问。

“在那里。”妈妈一边说,一边用小刀指了指。等我顺着她的

① 将腌牛肉烧烤后再切成薄片。虽然叫作“伦敦烤牛肉”,但最先在北美出现。

胳膊注意到她手指的地方，她已经放下胳膊，继续削着熟透了的西红柿。

“哪儿呢?”我叹了口气。

“就在那儿，在桌子上。”她详细解释道，朝我这个方向含糊地点头。

准确的描述性语言从来就不是我们家人的强项，而且已经造成了困扰。我的视野越狭窄，我就越需要描述性语言帮我找到丢失的东西。视力正常的人可以轻松的一眼扫过桌面，一两秒内就发现剪刀，而我则需要五六倍的时间，因为我不得不扫视五六次，一次只能看到桌子的一小部分。像“在你左边，挨着那棵兰花”或者“离你胳膊肘很近，在窗户旁边”这样的提示，都会大大加快这一过程。可是，因为我从不告诉爸妈，他们也就不知道我需要这些提示。于是，我只能偷偷叹息一声，开始艰难地寻找剪刀。我的目光就像聚光灯，从左到右扫过桌子，终于发现它在桌面的中心位置，就在一摞空白的圣诞卡上面。

与此同时，妈妈正向爸爸汇报我的搬家计划:“你知道女儿想搬到好莱坞了吗？你意识到了吗?”

“你胡说什么呢？谁要搬到好莱坞?”爸爸嘟囔着，同时把腌泡汁往伦敦烤牛肉里挤。

“我跟你俩都说过五次了吧，”我一边剪出一片像袜子那么大的方形包装纸，一边说，“所有的电视制作都在加州进行。最终大家都会搬到那里的。早去总比晚去明智。”

最后一句话飘在空气中，它暗示的意思就像一股臭味儿，慢慢散开，在房间里四处缭绕，让每个人的胃都绷紧了。再过几年，我就没资格参加试镜，去演某个角色的一位勇敢的最佳好友，或者一位铁面无私的检察官了。几年后，我就没资格参加任何试镜了，除非演一个盲女。

诊断结果出来后，我的视力已经延续了四年，可我知道它在衰弱。我没法再读报纸了。在黑暗的酒吧找卫生间正在成为一个问题。就在上周，我在华尔街被一个花盆绊倒，一颗牙齿被碰掉了一块。如果我想努力成为一位一线大片儿明星，那就没有多余的时间了。

几周前，在我告诉大卫我要搬到加州时，我把上面提到的一切都告诉了他。在田纳西拍完电影，我们一起开车回到北方，之后谈了一年多的恋爱。最初，两个人之间不免磕磕碰碰，之后的关系进展良好，节奏平稳，让人舒心。大卫的胳膊上刻有我的名字，但这并不意味着他就拥有我了。他有自己的公寓，离我的只有几个街区。他也有自己的朋友圈。我没跟他商量就决定搬到别的地方，如果他感到伤心，也不会表现出来。实际上，考虑了几天之后，他告诉我，他一直都想生活在加州，愿意跟我一起过去。

我一五一十地将搬走的原因告诉大卫。不过，他是我唯一坦诚相告的人。我跟父母完全摊牌的时候，也只是丢出一句“早去总比晚去明智”，随后的沉默让我们的神经高度紧张。我决定不让大家活受罪了，于是就用了一个应付其他所有人的标准解释。

"我意思是，我可以等；我可以多花几年时间在纽约试镜。但是目前，我处在最佳状态，而在加州，越年轻就越好。在那个地方，人的年龄得换算成狗的年龄，24岁实际上就是34岁。"

我从包里拽出来一件松肉器（meat tenderizer）。

"那是给诺尼（Nonny）的，"妈妈抬起头说，"她把自己的那一件弄断了。"

"我已经在那边找到了一个经纪人，还在日落大道（Sunset Boulevard）附近找到了一间转租房。我两个星期后就要走了，好赶上样片季[①]。"我解释着，想把松肉器包好，不让妈妈骂我包装技术太差劲儿。

"所以，就一个问题，"终于，我要说到关键点了，"能用你的车吗？"

我爸手里拿着一个胡椒研磨机，大声说："可你不会开车啊。"

我晕，我怎么没想到他会提到这事儿呢？

"不对，"我辩解道，"我有驾照。"

高中时，我第一次参加驾照考试，却考砸了。等我诊断出患有眼病后，跟很多谜一样，这个谜马上就被解开了。我的车技当然很糟糕啦，因为我没有周边视觉。如果我不直视某个目标的话，比如街灯、想插到我前面的车、正穿过道路交叉口的行人，我就不知道目标具体在哪里。不幸的是，当我直视某个物体时，比

① 通常集中在4月。此时制片人会接到不少新剧项目，电视台甚至还可能举办小规模的试播，以期得到最早的数据反馈，之后决定是否购买版权。

如上一次开车时没有看到的红灯，我就会看不到另外的物体，比如在我前面停下的车。

对我来说，明智的做法是永远不要学车。毕竟我住在纽约，我有很多朋友视力正常但从不去考驾照。对纽约人来说，不会开车是值得骄傲的事情。可是我知道，对我来说，这永远也不值得骄傲。

于是，诊断结果出来大约一年后，我决定考驾照。当时，我已经确切了解到了自己的驾驶缺陷，所以就可以做出弥补。爸爸几次带我到一个废弃的停车场。在那个地方，根本不存在你可以狠不下心碾过去的活物。我为视力缺陷人士首创了一种驾驶技术：总结起来也就是经常左右扭头看。这种驾驶风格虽然让我看起来有点儿怪异，但并不能成为人们拒绝给我驾照的理由，至少负责驾照考试的那个男的是这么说的。

"只管放松，"在文件上签名时，他建议我说，"从眼角看东西。"

"噢，当然了，"我答应他说，"我会的。"

通过视力测试是不难的，因为戴着涡轮隐形眼镜（turbo contact lenses），中心视觉相当不错，而且测试并不包括边缘视觉。因此，我只有正常人三分之一的视野，而且彻底夜盲，但还是拿到了驾照。对我来说，这是应该庆祝的，但全世界都应该感到恐惧。

不过，我爸很快就说，我几年前骗过了一个人，让他给我发了一本驾照，但这并不意味着我就会开车。

"哦,我们横穿全国的时候,大卫会教我的。"我劝他们说,"我会在州际公路上多多练习的。"

看爸爸眉头紧皱的那个样子,很明显这正是他所害怕的。不过,他什么也没说,妈妈也没说话。我知道这就是他们爱我的证明,因为通常情况下,爸妈完全控制不住自己那片消极观点的海洋,里面的海水会一通外泄。妈妈喜欢说"自己咬着舌头沉默不语,直到舌头被咬出血",我则喜欢指出这一点:假如你喋喋不休,老说自己怎么使劲儿咬着舌头不说话,那可能是咬得还不够紧。关于我眼睛的话题是全家人自我审查的一个领域。我知道他们这么做是不想让我难过或者尴尬。也恰恰因为同一个原因,我从不跟他们提起这个话题。

"那你是怎么想的?"我毫不松懈,同时把多余的包装纸片收集起来,握成一团,"玛丽莎毕业了,你用不着那辆车了,卖也卖不了几个钱。我会很小心的。"

我拿着多余的包装纸,往厨房的垃圾桶走去。可是才走到半路,我的腰就碰到了一个硬东西,疼得弯下了腰。

"都怪我!"妈妈冲过去,把凳子折叠起来,"我不应该把这破玩意儿放在起居室中间。你——"

"我没事儿。"我厉声说道,同时也很尴尬。我的髋骨撞得火辣辣的疼,但我还是直起腰,走完最后几步,把垃圾丢进了桶里。抬起头一看,爸爸站在洗碗池旁边,用悲伤的眼神看着我。

他的目光不但让我伤感,还让我觉得自己就是那个带来悲伤的原因。虽然我已经变得十分擅长蹑手蹑脚，躲开他目光的地雷，但偶尔也会一脚踩上去，然后，仿佛一直闷在他心里的话就从目光中倾泻而出。

“我的女儿，”他惆怅地说，“我的女儿想当电影明星。”

一个半星期之后，元旦后的第二天，我关上爸妈的斯巴鲁傲虎（Subaru Outback）的后备厢，或者正在努力关上，因为有那么多的盒子、衣箱、灯和卷发筒，几乎关不上。吻别父母时，我的目光越过爸爸的肩膀，故意躲开他的眼睛。

然后我就溜进车子，坐到了方向盘后面。像妈妈说的那样，愿上帝保佑我们所有人。

贴士九:关于泳池派对

避开水边的派对。不得不参加的话,要确保现场有酒,不是让你去真喝酒(除非你有求死的愿望),而是让你装醉。那样的话,即使你穿戴整齐掉进泳池,看上去也并不可疑。看上去还是会很傻,但不可疑。

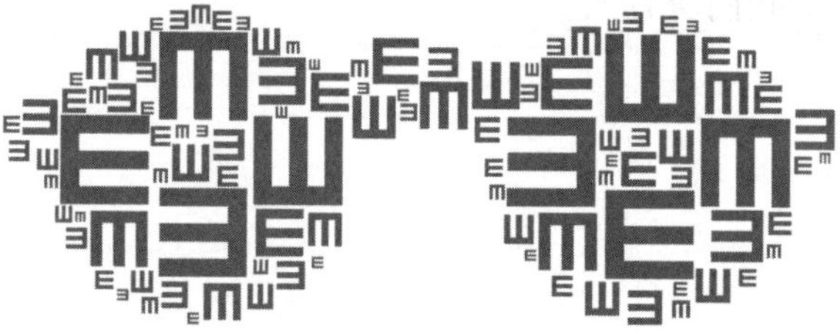

九
马路惊魂

在洛杉矶待了整整三天,我才意识到自己犯了一个天大的错误。那一刻,我哭了起来。

刚开始,大卫非常同情我。他会坐在日落大道附近转租房里的佩斯利沙发上,紧挨着我,在我哭的时候抱着我。他安慰我说,我会习惯加州的,只要给加州一个机会。过了一两天,他开始在阳台上抽烟,婉转地提醒我搬到洛杉矶是我的主意。过了一星期,他的同情心耗尽了,开始飙狠话。

“你记得吧?我放弃了工作,卖掉了公寓,打包了他妈的所有东西,好让我们来到这个地方,是吧?好让你实现自己的梦想,是吧?”

“我知道,”我痛哭流涕,“所以才会感觉如此糟糕啊。”

“我搞不懂,你现在怎么就这么恨洛杉矶了?”

“我在这里没朋友,”我哽咽着说,“也没有好吃的比萨,而且”——我停下来,喘了口气接着说——“我被困在这个房子里了,因为我不会开——车。”

爸爸是对的:我不能开车,而且学开车也不会像我想的那么容易。之前我跟爸妈解释自己会在横穿全国时学会开车。这想法听起来很有道理,可是当我看到十八轮大货车以时速八十英里在我们旁边飞驰时,就不是那么回事儿了。所以,我没办法开车把自己这个怂蛋运回纽约,也没钱买机票。我被困在了阳光灿烂、空气香甜的加州。

“给它一点儿时间,”大卫叹了口气,“你会习惯的。”

我后来习惯了,因为别无选择。是花了些时间,不过最终还是把自己在洛杉矶的生活充分安置好了。我有一份投资银行的长期临时工作,挺轻松;有一个值得信赖的表演艺术教练;有数量可观的电视试镜。我知道去哪儿可以吃上一块还算不错的比萨,虽然还是无缘享受美味的百吉圈。我甚至还结交了几个朋友,虽然装不满一辆加长豪华小轿车,但在我们收看奥斯卡金像奖颁奖晚会时,他们还是能坐满起居室。是的,我已经习惯了洛杉矶。

但问题是,我真正习惯的是自己不属于这里的感觉。

两年之后,我已经对洛杉矶彻底熟悉了,但还是一点儿都没有家的感觉。家是班森贺那栋砖砌住宅,前花园里有一座圣母玛利亚雕像,在一刻钟或者更短的时间内,外婆就可以做好意式扁面条。家是那条长长的百老汇大街，总是灯火辉煌，即使在三更半夜也是如此，这样我走路时就永远不会磕磕绊绊，甚至不必放慢脚步。家是那条哐哐啷啷的地铁，挤满了形形色色的人：自然会有年轻、漂亮的好莱坞式人物，但也有衣衫不整、无家可归、往购物袋里呕吐的人；有身材臃肿、能占两个座位的中年女子，也有身高只到我腰那里的成年男人；有缺胳膊少腿儿没头发的人，也有手持细长白色盲杖的人。地铁是一个异类的聚居地，我属于那里，尽管我表面上不是异类。无论我想去哪里，无论在何时出发，地铁都会带我过去。这是我失去的一个自由，我非常怀念它。

这不是因为我不会开车。我终于停止哭泣后，大卫开始教我开车。我们是从99美分商店（99 Cents Store）的停车场开始的，之后转移到了小路上，最后我慢慢开到了林荫大道上。我每天都练车，一个月后就跟着收音机唱着歌，一个人把车快速、平稳地开在圣莫尼卡[①]（Santa Monica）的大路上。

在街道上，我开车还行，可能在一般水平之下，但大大高于喝了五分之一瓶杰克·丹尼威士忌的成年人或者一般的小孩儿。至少我努力了。正因如此，我的驾驶姿势很怪异。当妹妹玛丽莎从纽约来看我时，她不得不注意到我的怪姿势。

我们还没有开出机场的停车场，她就大喊起来。

“也许——”她犹犹豫豫间冒险开口，“也许你身体应该往后靠一点儿。”

---

① 在洛杉矶以西，处在太平洋沿岸，是一个度假胜地和住宅区。

“说什么呢?”我生气地说,同时集中注意力往左拐弯。

“你没注意到你的脸离挡风玻璃有多近吗?”

是很近。我的鼻子几乎挨着玻璃了,胸部差不多就压着方向盘。有一两次,我的胸部压在了上面,还弄响了喇叭,造成完全相反的效果,因为我本来想融入车流。在别人看来,是80多岁老人教会我开车的。

“没有法律规定不能坐得离挡风玻璃太近,”我反驳道,“你就好好坐着享受吧。”

我看不到妹妹的脸,但可以肯定她看上去很享受,仿佛胃里塞满玉米热狗坐上了摩天轮。

我的驾驶风格虽然不酷,但还是成功把车从A点开到了B点,表现不错,自己没死,也没有撞死任何人,总的来说吧。

当然了,我要对自己的驾驶做一些限制。

我的驾驶规则中有很多附属细则,也就是有很多禁止驾驶的日期。我给自己制定了一篇驾驶规则,其要点是:是的,我会开车,但是有很多例外情况,比如不能在州际公路上开车。州内高速公路虽然不可避免,但也很有风险。根据经验,我的驾驶时速尽量不能超过30英里,因为我知道自己迎面撞车是迟早会发生的事,出现交通事故的话,时速30英里比时速70英里造成的伤害要小。高速公路的麻烦之一是要融入车流。这种技能需要驾驶员对视觉信息进行闪电般的快速综合分析。我不能同时看到前面和侧面的东西,所以不可能有这种分析能力。每次加快速度开向101号公路时,我都是在铤而走险。

因此,我要审慎使用高速公路。绝对不能酒驾。如果那样做,我就是在耗光自己的运气。不能用车运输宝贵货物,比如小孩子或者孕妇,因为没办法确保我不会让他们丢掉性命。不过在这些事情上,我很轻易就能控制住自己,小菜一碟。

然后就是不能开夜车。

这绝对让人扫兴,简直就是——园子里的东西你想吃什么就吃什么,但就是不要动那棵苹果树。在我那残余视力所能看到的世界里,有很多东西是可以商量的,还有很多模棱两可的情况,但开夜车这件事却黑白分明。如果我想避免流血,更别说公开自己的秘密了,那么日落就是我的截止时间。没什么可说的了。

最初,坚持这一点似乎并不难,忘记那棵讨厌的苹果树似乎也不难。很快,情况就变得明显起来:天黑后不能开车会使生活变得很麻烦,至少剥夺了我的独立性,最糟糕的就是带来了一些纠葛,而这些纠葛让我难堪,比如让我跟"糖果大王"一起坐在热水浴池里。

有的情况可以有完全合理的解释,但那解释最终听起来像是一个借口。我这一次遭遇的就是这样。在这种情况下,你责怪所有人、所有事,但不责怪自己。

一定程度上,这都怪洛杉矶。

洛杉矶的游泳池多得荒唐。家里有游泳池的人感到自己有义务在泳池旁边开派对。跟大多数派对一样，这些派对多数都在晚上举行。作为演员，我不得不参加；这是我工作的一半内容，另一半被两件事平分，一件是注射保妥适[①](Botox)，一件是节食减肥。不幸的是，我有夜盲症，不适合待在深水区旁边，尤其是穿着四英寸高跟鞋的时候，但不可否认的是，穿四英寸高跟鞋在好莱坞是必选项。在光影交错的泳池平台上，对我这样的女孩儿来说，最安全的地方之一就是热水浴池，除非你跟一个手臂是章鱼触手的男人坐在一起，而且他绝不想听到"不"字。

所以呢，在一定程度上，这就是洛杉矶的错。但在一定程度上，这也是凯特(Kat)的错，因为她开溜了，先是跟那个年轻、性感的选角导演海侃，随后就消失在人群中。

凯特是我在洛杉矶最好的朋友。她是一个种族特征模糊的罕见美女，参加选角时很占便宜，因为从萨卡加维亚[②](Sacagawea)到曼谷妓女，她都可以去试镜。她的嘴唇超级丰满。在大街上，不止有一个女人求着问给她注射胶原蛋白的那位天才的电话号码，结果发现她的嘴唇是百分百原装的，这在好莱坞近乎独一无二。她那一头乌木般发亮的秀发充满活力地左右摆动，看起来仿佛有着专属的血液供应。最让我抓狂的是，凯特非常上镜，镜头中的颜值就和她的智商一样高——她以最优等的成绩毕

① 一种整形美容材料，主要用于除皱与瘦脸。
② 美国历史上著名的印第安女探险家。

业于耶鲁大学。我还在耶鲁时就认识她了，多年后在洛杉矶又偶然相遇。如果演艺事业不成功的话，她的后备职业是企业高风险融资。她不仅聪明，擅长沟通，还为人忠诚，风趣幽默。所有这些品质使她成了我的一个好朋友，虽然在公共场合站在她身边常常让我想自杀。

凯特相当于我去参加派对来回路上的坐骑，也相当于入场券。她认识一个男的，这个男的认识一个帮别人临时照看房子的男的。从这栋漂亮的房子看出去，你可以看到日落大道。房子里挤满了业内人士，主要是一些带着经纪人的演员、导演，以及想混进去大吃大喝的剧组人员。这栋房子规模宏大，仅泳池平台就比我在布鲁克林跟人合住的那套三卧室公寓还要大。马尔蒙庄园酒店（Chateau Marmont）就在沿街不远处。我听人说，从酒店的酒吧可以看到托比·马奎尔[①]（Tobey Maguire）家的泳池平台。

我来之前已经猜到派队上会是一群什么人了，所以就花了差不多两个小时做准备。经过痛苦斟酌，我决定穿一条紧身牛仔裤、一双高跟鞋和一件小到更适合做手帕的衬衫。虽然那么小，而且是半价，几周前在罗伯逊精品店买这件衬衫时，我还是花了不少钱。我不想毁了这么一件衬衫，所以在坐进热水浴池之前，自然就把它脱掉了。

这似乎没什么大不了的。我是说，其他所有人都在这么做。在洛杉矶待了两年之后，我已经把这一点当作完全合理的借口

① 第一代电影版蜘蛛侠的扮演者。

了。在洛杉矶努力做演员就和奋力度过高中生活一模一样。假如你能回忆起高中生活的话，这个事实就不会让人很吃惊了。我几乎都可以听到妈妈在高声抱怨："要是别人都从布鲁克林大桥跳下去，你也跳啊？"可是，我把妈妈和我良好的判断力都留在了纽约。在门口查看一下自我价值感，看自己着装是否得体——这在洛杉矶不仅仅是身为女演员的一种职业风险，也是一种职业需要。

而且，我给自己找出了理由：我又不是在做蠢事，比如到处给大卫戴绿帽子。他此刻正在我们西好莱坞(West Hollywood)的房子里等我回家。他拒绝参加这些行业派对，觉得这些派对都很糟糕，而且我说的话或者穿的衣服都让他觉得宁愿花一晚上喝啤酒、吃花生、看僵尸片，也不去厚颜无耻地拉关系。大卫不是爱吃醋的人。我跟凯特出去，他是放心的，因为凯特有一个正式交往的男朋友。不管凯特怎么跟别人调情，她也没有背叛过男友。是的，当情况不妙时，我跟凯特都变成了大师级的护花使者，让对方免受咸猪手之害。

所以她现在到底在哪儿呢？我浸泡在热水浴池里，心里这么想着，同时扭着身子远离"糖果大王"的手臂。

实际上，他不是什么"大王"，而是"王子"，是"王国"的继承人。他爸是一家公司的老板。大一时，我的体重增加了十五磅，这家公司生产的巧克力就是罪魁祸首。行业人士除外，"糖果大王"属于参加这些聚会的"唯二"的另一类人——认识行业人士的下流富人。我是在观景亭上认识"糖果大王"的。凯特溜走后,我躲到了亭子上,因为泳池平台上只有那里有灯光。我好几次都差点儿掉进泳池。我本来还准备了一个借口:"妈的,喝完第三杯就应该停下来的。"不过幸亏没用这个借口。

于是,我端着霞多丽白葡萄酒走到观景亭,小心翼翼地坐在一摞丝质枕头上,希望自己看上去像一个"酷到不用上学"的女孩儿,而不是一个"瞎到不能参加派对"的女孩儿。这一招肯定起作用了,因为几分钟后,"糖果大王"过来向我做自我介绍。之后,我就一直问他关于糖果生产的细节,还像傻瓜似的笑得前仰后合。他并不能像凯特的意中人对她那样能促进我的事业发展,但有他跟我聊天,不至于让人觉得我是一朵壁花①(wallflower)。为了避免让自己看上去没有人陪,我愿意付出任何代价,包括跟着他坐进热水浴池。

极可意(Jacuzzi)按摩浴缸里有十几个人。尽管我几次告诉"糖果大王"自己有男朋友,他还是偷偷地越靠越近。调情从阿谀奉承变得令人烦恼,再到情况紧急。

快来呀,凯特,救救我吧。

我刚才还看到她站在吧台旁边,歪着头,一半屁股向下倾斜。我们都用这一招让自己的小腹显得瘦一些。后来,我扭头对付那只放在我腿上的手,凯特却不见了。

我想给出租车公司打电话,但不知道号码。听说在洛杉矶的

① 还可译为局外人,指在社交场合因害羞而没有舞伴或不与人交谈的人。

派对上，谁也没有出租车的号码。不过，从酒瓶被喝空的速度来看，他们真应该有一个号码。可是，就算我有号码，也要先找到手机，这又得先找到小提包，但我把它丢在泳池平台的某处了。这个泳池平台简直就是一个广阔、昏暗的宇宙，要想找到小提包，不知得忙到什么时候，而且在找的过程中，我几乎肯定要做出什么危险的或者丢人的事儿，比如踩到别人的马诺洛·伯拉尼克(Manolo Blahniks)高跟鞋，或者碰倒一盆名贵的兰花。凯特可以帮我找到提包，因为她了解我眼睛的情况。上大学时，发誓在这件事上永远保持沉默之前，我告诉了她。但是，想让她帮我找提包，我必须先要找到她。这就让我回到了起点。

结论是我要做的事就是待在原地，凯特最终会来找我的。而且在众目睽睽之下，和"糖果大王"待在一起也没有什么大的危险，虽然他已经放肆地搂住了我的腰。

"我真的要走了。"我抗拒着，扭动身子挣脱开来。可是，我这么说的时候心里就明白：他会认为假如我真的要走，我就会直接走掉。

他靠过来，在我耳边小声说了些话，跟太妃糖有关。这整件事儿很快变得让我心烦，我不再笑了。

"不好意思，"我说，"我有男朋友。"

"我不在乎。"他说。

我要告诉他我是同性恋，我开始一场头脑风暴，不过他可能也不在乎。我要告诉他我有性病。疱疹？不，梅毒。他不可能不在乎梅毒。

为什么我更愿意假装得了梅毒，而不是承认自己的视网膜有病呢？其中原因让我无法理解。其实没有什么原因，根本就没有什么原因。

就在这时，我感到一只柔软的小手放在我肩膀上。

“你在这里面干什么呢，疯丫头？”凯特正在我身后哈哈大笑，“走，你的包在我这里。咱们走吧。”

“感谢上帝。”我小声说着，从热水浴池里走出来。

不到十五分钟，我们的车就在我公寓大楼的正门前停下了。这栋公寓的屋顶用的是西班牙风格的瓦。回到家里，我发现大卫正坐在沙发上，看着《阴阳魔界》(*The Twilight Zone*)，吃着开心果。

“你头发怎么湿了？”他问。

“你还会在乎？”我吼道，怒气冲冲地走进了卧室。当然了，这是因为大卫跟洛杉矶及凯特一样，要为热水浴池里的耻辱负全部责任。假如当时我让他参加派对，他也去了，我就不会被困在浴池里，跟那个淫荡的阔佬儿在一起，我也能有个人说话，还有一个随时可用的坐骑。

大卫是我的默认夜间司机。如果是小事情，比如只有我们两个人去吃饭、看电影或拜访朋友，效果还算令我满意。假如是他不喜欢的事情，我们通常要吵架，或者至少有一方要相当不高兴。为什么呢？因为在“喂，想不想参加我经纪人的圣诞派对？”和“喂，想不想参加我经纪人的圣诞派对？你没得选”之间有着微妙但很重要的区别。

以前在纽约，我和大卫各有各的公寓、各有各的社交圈；我们有时候会待在一起，但经常是分开的。我们是对方孤单时的守护者，就像里尔克建议的那样。然而，我们一搬到洛杉矶，情况就改变了。我不再能享受让大卫保护我的孤单这种奢侈了——他得保护我的夜生活。他仍然需要一个孤单时的守护者，但就是运气太差了。我失去了全部自由，他才失去一点儿而已，我当然不会感到抱歉。但是，究竟谁才是不幸的那个人呢？

再说了，我这可不是请他去做牙齿根管治疗。那些事情都是相当令人兴奋的，比如在标准酒店[①](Standard Hotels)喝鸡尾酒，在好莱坞露天剧场听音乐会。这样他就不再那么宅了，会开始充分享受自己的生活，而在这个过程中，我也能够享受自己的生活。难道他这样会死吗？

“你知道我讨厌这种事情。”我最近跟一位南加州大学的导演成了朋友，当我“邀请”大卫参加这位导演的生日派对时，他这么说。

“你可以向他推介我们的电影，”我在卫生间弄头发时这么对他说，“我觉得费恩(Finn)认识圣丹斯电影节的人。”

“不要假装这对我大有好处了，”他说，“如果需要我开车送你，你可以直接说啊。”

这句话把我说得泄了气。我转身看着他，真想用直发夹板夹住他的蛋。我恨他。虽然我隐瞒了邀请他跟我一起出门的真正

① 美国一家精品酒店。

目的，但在恨他这一点上我可毫不含糊。

“我恨你，”我告诉他，之后转身面对镜子，“我真想用直发夹板夹住你的蠢蛋。”

“好啊，”他说，“那你是不想让我跟你去了。”

“没错，我不想，”我说着，把发胶往发梢里揉着，避免发梢开叉，“也不需要你去。”

“叫一辆车吧。”他如此建议，转过身看电视。

“你知道坐车到银湖（Silver Lake）要多少钱吗？”我反击道。

“凯特呢？”

“她出远门了。”

“那就让费恩开车送你嘛，”他说，“他不会介意的。”

“别操心了。我可以照顾自己。”我怒冲冲地说着，匆匆地穿上了斯皮加路[1]（Via Spiga）后空凉鞋。

“你没跟他说你眼睛的情况，是吧？”大卫从眼镜上方看着我问。

我没理他。他还是不明白，我在假装自己过得很好。我花了一个小时打扮自己，好显得苗条些，丰满些，个子高些，皮肤干净些，头发蓬松些，睫毛长些。我不能把体重告诉费恩，或者其他任何一个正在成为朋友的熟人，所以就不打算告诉他们我已经是半个瞎子了。

我还是拨了费恩的号码，问他能不能送我过去。

① 意大利鞋履品牌。

“我这个烂车发动不了。”我解释说。

“该送去修理了，”他说，“上星期就是这样。”

“就是，没用的垃圾，”说着，我瞪了大卫一眼，“不能指望它了。”

我依赖着大卫，但不想承认这一点，而他又不愿意忽视这一点。这种依赖正在毒害我们那从其他所有方面来看正在盛开的爱情。我需要有人开车接送。这往好里说，让我觉得自己像个小孩子；往坏里说，让我觉得自己是个废物。我不想这样看自己，也不想让他这样看我。当然，就像大卫解释的那样，这不是他对我的看法。他说每个人都在某些方面需要别人的帮助。如果能告诉别人我的缺陷，他们都会乐意帮忙的，这样就会让他感觉没那么大的约束了，对我来说也可能是一种解脱。他说起来倒很容易。当他想吃汉堡了，就可以开车去快闪汉堡店买一个。

不过，大卫并不是因为这给他带来了不方便才反对我隐藏秘密。让他不安的是这个秘密的发展方式。最初我小心翼翼，闭口不谈，现在则大胆地、赤裸裸地撒谎。我编造故事，掩饰小腿上的挫伤、额头上的硬块、朗读时的错误。归结起来，这些掩盖事实的行为创造了一个不同的我。这一个我为眼病导致的错误辩解，似乎醉得更厉害，头脑也更糊涂了。

大卫并不是特别喜欢这个“我”——当我们外出时，他不得不花很多时间照顾“她”。他不明白我为什么更想让别人觉得我愚蠢或者喝多了，而不是有视力缺陷。我自己也不明白，也不是特别喜欢这样。可是,沿着原先计划的路线走下去比走上新的路线更容易。

我想我最终会告诉人们的——在我迫于无奈的时候。目前,我还可以应付过去。假装自己的车有问题、坐凯特的车、别无选择时让大卫送我——这样我就能避免晚上开车了。

然而,有时候,天黑了我还在开车。

我努力做到不管有什么事,都会在黄昏之前做完。然而,在有的时候,事情忙到很晚,所以太阳落山后,我就被困在了外面。有时候,我没有留意天色,只顾忙着排练,突然一看窗户,发现太阳快落山了。一般情况下,我会留意到的,但是遇到这种情况,我就没办法了。当一场戏排练到中间时,演员和工作人员都在场,我是不太可能因为自己有"夜盲症"就朝他们大喊"收工"的。

然后呢,还有交通问题。有时候,交通瘫痪,我就被困在101号公路上,无助地看着天空越来越暗。随着脉搏加快,手掌出汗,我就开动脑筋拼命想办法。没有什么办法。我被困在方向盘后,陷入一片黑暗海洋。

一天傍晚,我正坐在谢尔曼橡树区(Sherman Oaks)一个选角经纪公司的等候室里,为了一个试播节目中古怪秘书的角色而等待复试。他们一直拖到了很晚。

"抱歉,"选角助理说,"我们很快就让你进去。"

我点点头,紧张地咽了咽口水。我就坐在窗户旁边,外面的天空正变成暗灰色。在黄昏到来之前,我只有十分钟时间了,或者十五分钟吧。我以前没来过这家选角办公室，一路上都需要查看《托马斯指南》[①](*Thomas Guide*)。现在，我该怎么查看这本地图册呢？我能看见路牌吗？我能看清那些穿过山丘、两边都是树木的曲折道路吗？我努力不让自己的汗水从薄荷绿的衬衫里渗出来。

这些事待会儿再操心，否则整场复试就砸了。

选角助理一说完“保持联系”，我就匆匆走出了房间，尽量不让自己穿着及膝高的靴子疾跑。可是一到了外面，我就跑了起来，同时笨手笨脚地找钥匙，匆忙之间还把它们掉在了地上。天空越来越暗，但幸好还剩下几缕微弱的阳光。我能跑赢黑暗。

我把钥匙插入点火装置，脚踩油门，转动方向盘，系上安全带。

“放轻松，”我告诫自己，“不要太快。不要忘了先看看。”

开出停车场后，我脑袋前倾，眯眼看着路牌，想看看哪一个上面写着“迪尔维尔”(Deervale)。每次到了交叉路口，我都慢得差不多停下来，想看清那些几乎看不见的字母，然后，后面那辆车的喇叭就响了。

“管好你那匹破马。”我喊道。因为车门锁着，窗户关着，我就有了胆量。

过了五个交叉路口后，我意识到自己开过了。我不得不掉头了。失去了宝贵的五分钟，现在天空已经成了深紫色，我更难看清路牌了。

---

① 美国的一种平装本地图册，里面是美国各大都市区的街道地图。

"别哭,"我告诉自己,"没时间了。"

不管怎么使劲儿,我都看不清,于是开始数字母,而不是读字母。四个,不对,那太短了。那是几个字母?六个?不对,"Deervale"要长一些。是这个,看,八个字母。临近末尾处有个"l"。肯定就是它了。是的。走。转弯。快点儿。

路蜿蜒曲折,不过幸亏车不多。我身子往前趴着,双手紧抓方向盘,指关节都发白了。我没有开音乐,可以听到自己的呼吸沉重地哈在玻璃上。

再往前开一点儿,之后就是本图拉[1](Ventura)了,那条路上很亮。

我一会儿眯着眼,一会儿睁大眼,尝试着仅仅用意志力盯住前面那些车辆的外形,不让自己把车开出将车道分得一清二楚的白线。

再往前开一会儿就行了。

我的脚沉重地踩着油门驱车前行。快一点儿,再快一点儿,好让这次痛苦的幕间休息快点儿结束。我不敢低头看时速表,但知道速度太快了。我可以感受到。

突然,前面闪了一道红光,一下子让我不再恍惚。一辆车的刹车灯,就在我跟前。我猛踩刹车,闭上双眼,等待着猛烈的撞击。什么都没有发生。我睁开双眼,看到那辆车正缓缓穿过道路交叉口。我扫视了这片区域,终于发现那辆车停下来的原因。有

① 美国加州西海岸一条高速公路。

一个停车后再行进标志。我已经闯过了多少个呢？我到家之前还要再闯过几个呢？

哪儿也没有自己家好，哪儿也没有自己家好。

穿过房门时，我浑身发抖。

大卫站起来，一脸惊慌。

“怎么了？”他大声问，“你没事吧？”

我把小提包撂在门厅的地上，脑袋和肩膀都耷拉着，像一只断了线的木偶。

“我们可以回家吗？”我说，“我想回家。”

Part 2

第二部分

贴士十:关于怀孕需要做出的牺牲

怀孕后,妇产科医生会给你列一个长长的单子,上面是一些注意事项,这些注意事项看上去没有什么危害,却能害死或者伤害你的胎儿。安康鱼? 小心。芙蓉茶? 禁用! 过氧化物? 你还想不想让孩子有胳膊啦?

对于这张单子上的注意事项,你随便怎么办都行。只要喝的酒没有婴儿那么重,不再注射海洛因,我相当肯定你不会有事儿的。

然而,有一条本应该列在单子上,却不会被列上去,因为对大多数孕妇来说,它不会构成危险。

我是在说高跟鞋。

你还记得那些狼狈时刻吗? 因为踏空了一个台阶,或者鞋跟插进了人行道的缝里,你脸朝下摔在了柏油路上。现在请想象一下,重重地摔在路面上的是婴儿,而不是你。

扔掉高跟鞋。

不要慢慢戒掉高跟鞋,把你那些心肝儿全收集起来,扔进垃圾袋,像圣诞老人一样把它丢在救世军[①](Salvation

---

① 一个成立于1865年的国际性宗教及慈善公益组织,以军队形式作为其架构和行政方针,并以基督教作为信仰。

Army)的门阶上，然后直接去塔吉特商场[1](Target)买几双运动鞋。那些运动鞋非常实用，但很丑，穿起来你就成了一个"五年没有过性高潮，而且可能再也不会有了"的足球妈妈[2](soccer mom)。

是的，这是一种牺牲。

最好习惯这些鞋子吧。

① 美国仅次于沃尔玛的第二大零售百货集团。

② 指非常重视小孩儿的休闲活动并亲自开车接送小孩儿参加运动和活动的母亲，被认为是美国中产阶级女性的典型。

十
感恩的日子

我爸惊呆了,手中的注射针一动不动。

“什么?”他的声音低沉而沙哑。

“我肚子里没寄生虫。我怀孕了。”我重复道。我本来没打算这样宣布自己怀孕,但紧急情况需要紧急手段。

餐桌上一时沉默。落地窗开着,我可以听到二十四层楼下车辆的喇叭声。桌子周围十双眼睛盯着我。

“什么?”妈妈低声问,她手中的木勺停在了半空中,番茄酱滴在了桌布上,她只有一双眼睛在动,且处在恐惧模式,“什么?”

我觉得他们可能听错了。假如我说“我要搬到加拿大!”或者“我在学习巫术!”或者“我要搬到加拿大学习巫术!”,他们做出的这种反应才是我所能预料到的。

“你要当外婆了。”大卫说,“各位,母亲节快乐!”

然后,外婆的喉咙里发出了一个奇怪的、倒吸一口凉气的声音,接着抽泣起来,谁也不知道她是高兴还是痛苦。

“我的妈呀!”她哽咽着说,“我们要有小宝宝了!”

一个27岁的新婚女人开始连续几个星期呕吐,大多数人都不会认为她在夏威夷度蜜月时感染了寄生虫。即使怀孕不是多数人想到的第一个原因,也可能是第二或第三个原因,但远远不至于让人觉得有必要立刻进行血常规检查。当然了,我父母可不属于多数人。

平心而论,我开始变成一个偏执狂。最初我没说自己怀孕,而是说得了肠胃炎。“这种病正在四处传播。”我解释道,“现在传到了哥伦比亚大学英语系,而我再过几周就会从那里取得硕士学位了。”

在开始的一两个星期里,他们相信这一套,然后恍然大悟。这根本就不是病菌引起的胃病。

“听着,我不想吓唬你,”我爸说,“你可能感染了幽门螺旋杆菌。”

“我还真觉得不是。”我反驳道。

“不好意思,难道我一不留神你就拿到了医学学位吗?”妈妈吼道,“你爸可是内科医生!”

在家人眼中,爸爸的医学学位让他在各方面都成了专家,不仅能植入心脏起搏器,还能组装宜家家具、腌渍鸡肉。他干什么都绝对能做到最好。这很讨厌,主要是因为事实的确如此。给他一只衣架、一个指甲剪,再把他扔到一座荒岛上,他就能建立起整个文明,应有尽有,连高速互联网都有。不过,虽然在几乎所有方面他都很在行,但目前他的侦查能力还是很差。

爸爸让我去做血检,我拒绝了。外婆气坏了。

“我求你了,拜托,”外婆恳求道,“听你爸的话！他知道自己在说什么!”

“上帝啊,看看你!”妈妈接着说,“你越来越憔悴了!”

真是太让人吃惊了,有过怀孕经历的女人们竟然都看不出最常见的妊娠反应。我要是再这样隐瞒下去,到了第三孕期,他们就会认为我的大肚子是因为研三时吃了太多的奶酪蛋糕。

明智之举应该是明确地告诉家人我怀孕了。可是,我推迟了分享这个消息的时间,这不仅仅是因为我迷信,以为怀孕十二周之前不能公开秘密。我还知道,一旦宣布自己怀孕,宝宝就不再是我的宝宝了,而是我们的了。我知道他们会“劫持”我的怀孕之旅。

我十几岁的时候,妈妈规定我(不)能穿什么衣服,(不)能跟谁谈恋爱,我会大喊:“这是我的生活!”她也会大喊:“这是我给你的生活!”虽然我不是小孩儿已经有十年了,但从妈妈的做法来看,好像我的生命契约上还是她的签名,我只不过是个租用者,她不得不把钥匙给我,而我可能把这个地方折腾得一塌糊涂,无法修复。这个女人在餐厅给我点菜时,还经常暗示服务员:“唉,妮科尔，不要点鸡肉。什么时候都能吃鸡肉啊。你老是点错菜！抱歉，先生，我说的不对吗？小牛肉不是比鸡肉更好吗？”

喜欢控制我的不只是妈妈，我还要对付外婆和丽塔姨妈。爸爸也有一点儿喜欢控制我。一个星期前，关于我该穿什么衣服去参加妹妹的婚礼彩排晚宴[①]，他们争论了三十分钟，即使当时的我频繁大喊“没人请教你们！”以及“明天上午我要把这件事告诉我的治疗师，你们知道吗？”。如果在这点儿小事上他们都如此专横，想象一下在养孩子这件事上他们会吵成什么样子。因此，我尽可能隐瞒自己怀孕的消息也就不那么稀奇了。

我怀孕十一周了。在母亲节晚会上，当爸爸拿出了所有的验血报告时，我就知道事情要糟了。

过了几秒钟，外婆哭了，在哭泣过程中时不时地祈求神的保佑：“哦，上帝！”“圣母玛利亚！”“我的耶稣啊！”她还亲吻我的脸颊，弄得我脸颊上都是泪水。

“你开心吗？”我想弄清楚。感情的烈度是显而易见的，但我更难辨认出这究竟是哪一种感情。

“开——心？”她哭起来就像是唱歌剧。这个女人已经把哭着说话这门艺术做到了完美的境界，可能是因为她在这两件事上都花了很多时间。“我当然开心！为什么不呢？我要有宝宝了！”

“是我要有宝宝了。”我纠正道。

---

① 美国人的一种婚礼前晚宴，一般在婚礼彩排之后，次日会举行婚礼。

“我就是这么说的！”外婆说着，拍着我的肚子，“我们要有宝宝了！”

妹妹和表妹们离开她们的座位，围着我问这问那。

“预产期呢？”

“感恩节前后吧。”

“男孩儿还是女孩儿？”

“还不知道呢。”

“是计划中的孩子吗？”

“是的，谢谢关心。”

“毕业后还工作吗？”

“给杂志写文章。做自由职业者，跟宝宝在一起待在家里。”

过了一两分钟，爸爸大步走了过来，歪着嘴微笑，跟大卫握手，跟我紧紧拥抱。妈妈尴尬地抱了抱我，开玩笑说以前还没有谁能未经允许就让她当外婆。

这一片混乱给了他们平静下来的机会，“响亮短曲”向他们发出了“出场信号”。但是，当我透露这个消息时，还是看到了他们眼中的恐惧。虽然他们在竭力掩饰，但脸上掠过的表情还是很明显——仿佛在说：“你把自己搞成什么样子了？”

霍尔医生说我在彻底失明前只有三年时间。我觉得家人的恐惧跟这个事实有关，但我也不敢肯定，因为他们并没有把自己的担忧表达出来。和往常一样，我们都默契地避免提到这个话题。我对周围的紧张气氛置之不理，原谅了他们最初的冷淡。我能做到这一点，是因为太高兴了。

当然，我也担心自己视力有限，难以照顾宝宝。有时候，在我安静下来后，这种担忧就会发起伏击。要是用玛雅式婴儿兜袋带宝宝的时候，人行道上的缝隙把我绊倒了怎么办？我已经不穿细高跟鞋了，把它们全送给了17岁的妹妹杰西卡，但还是可能被绊倒。如果看不清婴儿体温计上测出的体温呢？如果不小心踩到宝宝呢？这一点特别让我担心，因为我自己就有过这么一次经历。当时，我大概11岁，杰西卡1岁。我们在丽塔姨妈的公寓，因为婴儿车被表妹占了，杰西卡就躺在餐厅的地毯上睡觉。我跑进餐厅时，玛丽莎紧追不放，我就没有看到杰西卡。现在我才知道她当时趴着睡觉的地方正好处在我边缘视野的巨大盲点中。所以，我正好踩到了她小小的脊背上。

"哎呀！"9岁的玛丽莎倒吸一口凉气，"你把宝宝踩扁了！"

"闭嘴！"我凶巴巴地说，然后专注地看着宝宝。我把她伤到什么程度了呢？

我肯定踩得很轻，或者可能踩上了包着尿布的屁股，而不是别的部位。因此，让人吃惊的是，她没有伤着。她只是抬起头，迷迷糊糊地往周围看了一会儿，似乎想要确定该生气到什么程度。之后，她觉得不值得生气，就扭过头，用脸颊的另一边贴着地毯，接着睡着了。

如今，我担心自己再犯这种错误，也担心会犯更严重的其他错误害了宝宝。可是，我又觉得自己不至于蠢到会让宝宝在地上睡觉。

好了，这个问题算是解决了，我放心地想。

我开始担心怀孕会让视力变得更差。妊娠中期时，有一天晚上，我坐在桌子旁，鼓起勇气在网上搜索"有色素性视网膜炎的母亲"。我希望有个患有类似眼病的妈妈会出现在网络空间，成为我一生的朋友、导师和双人互助小组的另一个人。然而，我在网上发现的却是另一群患有色素性视网膜炎的女人，她们都说怀孕会加速失明。我从没想过有这种可能，现在早过了从头再来的时机，如今也不是发现这种可能的理想时间。

我们在公园坡租了一套两居室的公寓，刚刚搬进去。周围满是尚未打开的箱子以及尚未组装的婴儿家具，我努力不让自己恐慌。因为想起了失明问题，我最近的视力好像真的在下降，路上也好像真的出现了新的障碍物。除非把《纽约客》(*The New Yorker*)放到离眼睛很近的地方，近到让人尴尬，否则我几乎就读不了。我已经不再看外国电影了，因为看不清字幕，除非碰巧是黑底白字。拔眉毛已经不可能了。

不过，还没有出现什么大的变化。谁会真的在乎我读不了《纽约客》了呢？反正等宝宝出生后，我也没时间读了。于是，我专心致志为宝宝的到来做准备：用不含化学物质的洗涤剂清洗婴儿连体衣，把育婴室墙上的动物贴花弄平，给橡皮奶头消毒。这样，我就成功摆脱担忧，不再害怕怀孕会向我的视觉纤维开枪，把它打得满是弹孔了。不管我的视力最后会变得多么微弱，我都有大量的爱可以奉献——无限的爱，我想。那就足够了，我肯定。

相当肯定。呃，一半一半吧。

因为我以前从没有真正照顾过婴儿——当然照顾过小孩，但从没有照顾过婴儿，所以我一点儿也不知道自己需要做些什么，不知道自己该操心哪些事情。我心中隐隐约约有些担忧，但用潮水般的快乐和激动就能很轻易地冲刷掉。

有早孕反应的那几个月里，我在地铁上会往购物袋里呕吐；肚子像B级片里的变异蔬菜一样越来越大；大腿神经阵痛，走起路来像只残废的乌龟——不过那个速度正好对胎儿最安全。然而，我全程都很欢乐。临产期越来越近，我的心里也越来越激动。当我在感恩节那天早上醒来时，明显感到了宫缩。我头晕得厉害。

然后，疼痛开始了，眩晕彻底消失。

让我吃惊的倒不是疼痛。不会的，因为外婆已经帮我做好了万全的准备。

外婆是自然分娩运动最大的敌人。假如家庭分娩倡导者们知道她在整个纽约市的准妈妈心中散布恐惧的种子，他们就会把她关起来。只用一句话，她就可以毁掉九个月来的催眠分娩准备工作。

"我的上帝啊，"她呻吟着，穿越回了20世纪40年代末自己女儿出生的那个时候，"我从没有忘记过那种疼痛！圣母玛利亚啊！太疼了！我当时觉得都要疼死了。太疼了！你根本想象不出！"

我跟她解释说，当代医学用来麻醉的东西早已不仅仅是一根皮带、一口威士忌了。然而，一旦她深陷于过去的痛苦回忆，是无法轻易走出来的，她不说完是不会罢休的。

“很疼的，你会求人把你杀了的。你懂吗？你会求——”

后面的话我就没有再听了。我要注射硬膜外麻醉剂。她说完“求人把你杀了的”之后，我就什么都听不见了。

所以说，分娩前我已预料到会有疼痛。我只是没料到会疼那么长时间。

在感恩节那一整天，在决定去医院前，我都在公寓房间里疼得打滚。七个小时过去了，而七个小时堪称完美的分娩时间，但是我受够了，不想再浪费时间了。

两次宫缩之间隔了八分钟。在这八分钟里，我在卫生间拿着放大镜，好好化了一个妆。然后，我告诉大卫：“该进城了。上医院去。”

“你刚才涂口红了？”他问，“还涂了睫毛膏？”

“那有什么关系呢？”我反问道。

“我不知道是不是到时候了。”他长着红发[1]，于是说起话来小心翼翼，“你宫缩的频率还不够高吧？”

我要竭尽全力控制自己，才不会皱着鼻子学他说话。他带着

① 因为红发人很罕见，所以在大众文化中，其他人对他们有许多戏谑的评价，从“暴躁易怒”到“温和善良”，不一而足。作者在此处应是指大卫的脾气很好。

鼻音，语调抑扬顿挫，就像一个把操场上其他小孩打个半死的坏学生在动手前那样说话。

大卫属于那种按部就班的人。如果他在超市里站进了“购物数量在十件及以下”的付款通道，但意识到自己有十一件商品，就算下一个就轮到他了，他也会转身离开。他是那种恪守荣誉法则的人。为了参观博物馆能够打折，我会朝工作人员快速闪一下已经过期好几年的学生证，而这个时候，我就会嘲笑大卫这种人是个“老好人”。不过我得为自己辩护一下：跟妈妈相比，我绝对是一个诚实坦白的人。在我和两个妹妹上高中前，她一直让我们从地铁旋杆下钻过去；有时候，她为了省下一顿饭，还在好市多超市[①](Costco)大吃免费样品。

一般情况下，我明白大卫的诚实在一定程度上使他跟我很般配，就像杰明尼蟋蟀和匹诺曹那样般配。但是，这一次可不一般，他的诚实妨碍我注射大剂量吗啡，让我非常不爽。

“他们就是把我再送回家，我也不在乎了，”我咬紧牙关，“我再也受不了了。”

当然了，其实大卫才是对的。

“严格来讲，你还没有临产，”在医院检查之后，妇产科的拉蒙特医生(Dr. Lamont)说，“和上次相比，扩张并没有增大。”

“但是不可能啊，”我呻吟着说，“很疼。太疼了。”

“哦，还没到疼的时候呢！”拉蒙特医生哈哈笑着，显得有点儿

---

① 美国最大的连锁会员制仓储量贩店，于1976年建立。

残酷，“你的睫毛膏还好好的呢。”

“跟这有关系吗？”我喊道，“为什么每个人都盯着我的睫毛膏呢？我要注射硬膜外麻醉剂，这可是你答应的。”

“回家去吧，吃点儿火鸡。”她微笑着说，“呃，也许不用吃火鸡，但一定要喝一杯葡萄酒。有助于放松。”

气死了，医院不要我，我拖着子宫走了出去。可是，我想到自己得一路奔波，回到布鲁克林，爬那么多楼梯，然后继续在我们的小房子里疼得打滚，真受不了。于是，我做了一件相当不明智的事。

我去了父母家，在临产期间。

他们的公寓在市中心，这样万一真的临产了，我离医院也比较近，再说感恩节聚餐也快要结束了。“如果我们快点儿赶过去，”大卫说，“肉丸子可能还热着呢。”

外婆在门口迎接我们：“我的耶稣啊！宝宝就要出生了！开始了吗？疼吗？”

她把我拽进了起居室。此时，爸妈、妹妹、姨妈、姨父正一边听着帕瓦罗蒂唱的小夜曲，一边把盘子擦得干干净净，再次把酒杯斟满葡萄酒。我感觉自己回到了当初宣布怀孕消息的现场，只是这一次，我的身体更疼了。

妈妈走了过来。

“你看起来不像临产的样子啊，”她热心地观察，说道，“你连疼都不疼。”

“哦,她会疼的。”外婆颤抖着说。

不负责任的宫缩再次袭来。我抓住了玻璃餐桌的一角,闭上了眼睛。

“她怎么了?”丽塔阿姨问道,听起来她好像嘴里都是肉丸。

“她在宫缩,”妈妈从厨房喊道,“就当是小小的练习。”

“好吧,我们给你留了些火鸡,”丽塔姨妈说着,往我面前放了一大盘子吃的,火鸡啊,火鸡填料[①]啊,番茄沙司烙通心粉啊,肉丸啊,油炸花椰菜啊,不一而足,正好就是在这种情况下你该吃的推荐简餐——你马上就要把一个人从自己肚子里挤出去了,而且在此过程中很有可能会把大便拉在自己衣服里。

“我吃不下,”我喘着气,把盘子推开,“医生说喝点儿葡萄酒就行。”

“葡萄酒?”外婆尖声说道,“什么医生?酒鬼吗?绝对不行!”她把盘子又推回我面前,“你得吃!你需要能量!”

“你不明白吗?”我祈求着说,“我疼啊。”

“我希望你可别打算注射硬膜外麻醉剂,”丽塔姨妈像教皇一样发话了,“那些药会让宝宝染上毒瘾,之后就不能用母乳喂养了,然后你就必须用奶粉。用奶粉的话,就会让宝宝的免疫系统变得很差,那你就真麻烦了,我可告诉你。”

天哪,我都做了什么呢?我要走到大卫那里,悄悄让他把我弄出这座疯人院。这时,又一次宫缩来袭,我不得不跪下来,双手

① 塞进火鸡膛内的食物,有面包、洋葱等。

撑着地。我只有当听众的份儿了。

"你从什么时候开始不吃饭的?"外婆大声问,"你到中间就没有力气了,然后你就完了!你会疼得受不了的!你会生不下孩子的!"

妈妈往番茄沙司烙通心粉上淋了些酱汁。"我不想多说,不过你外婆说得对。"

我绝望地看了看大卫。他正忙着啃鸡腿,顾不上注意我。

"让她自己看着办吧,"姨妈说,"吃一次亏就明白了。"

宫缩减轻后,我往嘴里塞了几叉子通心粉,好让他们把嘴巴闭上一会儿。"下一次宫缩刚刚过去,我们就要回到自己的家。"我告诉自己。

但是,色氨酸昏迷[①](tryptophan coma)效应还没来得及起效,奇怪的事情就发生了。我先是违反医嘱吃通心粉,之后一丝不挂地躺在爸妈家的浴缸里。玛丽莎用两只拳头抵着我的后背下方时,我大喊:"使劲儿,使劲儿。"两个小时过去了,我还不知道怎么回事,传说中的疼痛就来了。当时,我是在曼哈顿的一幢大厦里,但还不如在意大利乡下,恳求路过的牧羊人杀了我,结束我的痛苦。

姨妈和妈妈靠在卫生间的墙上,喝着红葡萄酒。外婆站在她俩旁边,哭哭啼啼的。

---

① 特指人们在感恩节大餐后的困倦感,并无科学依据。

“我觉得你应该换个姿势，”丽塔姨妈说，“这只是我的个人建议。”

“不过，我们知道什么呢？”妈妈插了一句，“毕竟我只生过三个孩子，还都是自然分娩。”

我趴在浴缸边沿，把胃里的东西都吐在了地上。这让外婆的情绪非常激动：“圣母玛利亚啊！上帝啊！疼！疼！”

她们引导我从浴缸走出来，玛丽莎帮我穿衣服。因为这个善举，我吐在了她身上。她还没缓过神儿，我就告诉她有更大的麻烦了。

“我觉得我尿裤子了。”我抽噎着说。

妹妹说：“因为临产，可能羊水破了。”我疼得都精神错乱了，几乎忘了自己正在生孩子。我大声喊大卫过来。

“医院。”我喘着气说。

“你的宫缩频率还是七分钟一次。”

我看了他一眼，意思是说：“我不在乎宫缩频率是多少。如果那些医生不像他们说的那样把满满一针管药物注射进我的脊椎里，我就拿便盆扇他们的脸。”结婚的重要意义——即使才过了一年时间——就是你的配偶会明白那些无言的眼神。接着，我吐到了他身上，这次的量更多了，然后事情就解决了。去医院！

拉蒙特医生做完检查后，感到非常满意。“张开七厘米了。做得好！你的睫毛膏淌得到处都是！看到了吗？”

我要徒手勒死她，用那双突然之间变得异常有力的手。这时，她问我："想现在注射硬膜外麻醉剂吗？"

这似乎太荒唐了，于是我疯了一样咯咯笑起来。我想吗？她这就像是在问我："在把你扔到河里之前，要不要把你脖子上的石头解下来呢？"是的，谢谢，那太好了。

"来个——大剂量的。"我喘着气说。

护士拿过来一张纸，上面印的字很小，我看不清，但也没关系。即使上面写着"硬膜外麻醉剂可能使婴儿从嘴里爬出来，而不是从产道出来"，我觉得自己也会在虚线上签字的。

不到一个小时，神奇的药物"鸡尾酒"渗入我的体内，让我再次眩晕起来。我刚刚涂上了新口红，想让自己毫不费力地在产后照片里看上去很美。突然，我还没回过神，拉蒙特医生就告诉我该用力了。她让玛丽莎和大卫各抓住我一条腿，让我感觉自己有点儿像一块如愿骨①。进展迅速，几次用力之后，医生说她可以看见宝宝了。宝宝近在咫尺。

之后，我就不再需要鼓励了。我想看到宝宝，我想抱着宝宝，我想让宝宝来到这个世界，和我在一起——马上。我竭尽全力，青筋暴出。过了几分钟，宝宝露出了头顶。

"低头看看，妮科尔。"拉蒙特医生催促着我。

我看到了宝宝：他的脸，那张完美的小脸。我等了这么久才看到他。现在他来了。上帝啊，他真漂亮。何止漂亮，简直令人赞叹。

① 鸟的颈部与胸脯之间的叉骨。根据流行的习俗，该骨从烹熟的鸟身上取下，由两人将其折断，得较长一段者有权许愿。

他怎么那么小？我从来都不知道眼睛、鼻子和嘴巴能有这么小。

那是时间被冻结的时刻之一。那一秒一直持续着，就像太妃糖那样一直延长，永远不断。我着迷了。我无法把自己的眼睛挪开。

我在见证这一刻，我感到很惊奇。请让它持续下去吧。

然后我就听见了拉蒙特医生的指令："来，姑娘，再来一次。"

我竭尽全力，同时低头看着宝宝，看他从我体内倾泻出来：肩膀、胳膊、躯干和腿。在他滑出来进入这个世界的那一刻，我尖叫起来。

后来，大卫告诉我，说那是他所听过的人类发出的最像动物的声音。他以为我正在被撕成两半。然而，那不是因为痛苦。那是纯粹释放的声音——从我的身体里释放出了另一个身体，从我这个人中释放出另一个人。我的小人儿。因为，在医生的双手里发出第一声尖叫的是我的洛伦佐（Lorenzo）。

就在那个时刻，在那个伟大的时刻，我、大卫、妹妹都在颤抖着，哭泣着。欢乐、惊奇、感激交织在一起，把它们混合在一起后则是一种崭新的感觉，一种恩典的感觉，是他们在教堂里总是谈论但我从未理解的那种恩典。

"我的宝宝，我的宝宝，"我不断重复着，"我的宝宝。"

我哭泣着，仿佛自己也出生了一次。当然了，在一定程度上，就是这样的。

医生把宝宝放在我胸前。宝宝温暖而湿润。我看着他的时候，他睁开像是被蜜蜂蜇过的眼睛，伸出细长的手指，伸向我的嘴唇。就在那一刻，我成了一位母亲。

我的儿子来到这个世界后做出的第一个姿势就是把手伸向我。我知道，那或许只是碰巧。我知道他实际上只是吃惊、厌恶地扭动身体，急切地想爬回子宫。但是，我感觉这又不像碰巧，感觉像是一个契约。

“你愿意要我吗？你能要我吗？”他在问。

“我愿意。”我答应道，“我能。”

就在那一刻，我的身体结构发生了变化。我指的不是胃从胸部下降，回到本应所属的腹部这个事实！而是突然之间，我有了一个新的理由、新的目标。从现在起，最重要的就是照顾好这个小生物，确保他平安、幸福。要做到这一点，我就必须做出牺牲。我要牺牲所有父母都会牺牲的东西，比如睡眠、金钱和闲暇时光。但是，我还得牺牲另一种东西，一种对我来说必不可少的东西。我得牺牲掉“我跟别人都一样”这个谎言。我得牺牲掉自己对日益逼近的失明的否认，我在成年阶段差不多一直沉溺在这种否认中。

我看着怀中光溜溜的宝宝。

为了他，我得这么做。

贴士十一:关于婴儿护理

好消息是:对于新晋母亲的大多数重大任务,你不用看就可以完成。你可以制造一个婴儿,再把他们送到这个世界,完全用不着视力。

坏消息是:一旦你这么做了,就有个哈密瓜那么大的小人儿需要你的照料,而且这个小人儿没有任何保护自己的能力。让这个小人儿活下去的欲望大概比你以前的任何欲望都要强烈十亿倍。如果你被地上的拨浪鼓绊倒了,什么都完蛋了。不过,也不要有压力什么的。

唯一的办法就是慢慢来。放慢速度,以正常速度的一半前进。之后,再次放慢速度,让自己感觉房间里似乎满是奶油甜馅儿煎饼卷中的奶油,而你正努力蹚过去。假如80多岁的老人推着助行架走路,你都会觉得他们一骑绝尘,那么你就知道自己的行走速度刚刚好。

你仍然不能防止可能致命的小错误,但是对你或者其他任何人,最安全的做法也就只能是这个了。

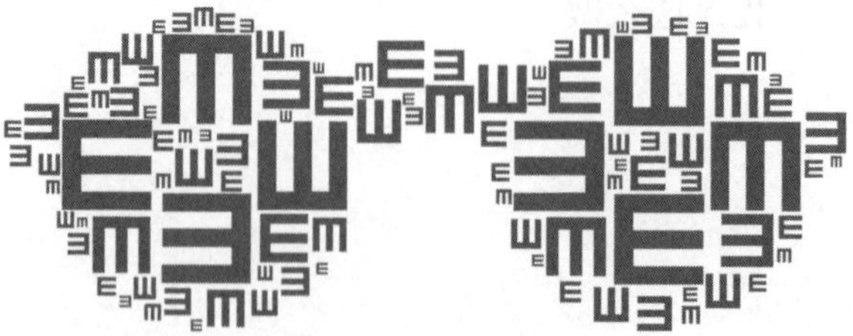

十一
育儿步骤

当我想象新晋妈妈的美好时光时，我从未想象过在凌晨三点哭泣着把乳头浸泡在卫生间的浴盆中。然而，我就坐在那里，哭声和宝宝的哭声一样大。

我原来就知道最开始的几个星期会很艰难，但这就像是善恶大决战[1](armageddon)。宝宝的出生对我的生活产生的影响与拆迁队用破碎球[2]猛击我身体没什么不同。我的身份、我的公寓、我的女性器官——一切都被炸得混乱一片。现在，我把瓦砾筛一遍，看看还有什么可以挽救，什么需要换掉。很有可能成品会比原来的东西还要好，但并不意味着这个过程就不残酷了。

---

① 《圣经》中所述世界末日之时的善恶大决战。

② 挂在吊车上供拆房等用的金属球。

在洛伦佐出生后的最初几周，他每天都会排出难以想象的奇怪大便。一般来说，大便异常时孩子会恶心和(或)痛苦。医疗专业人员总是安慰我说这种现象百分之百是正常的。

换尿布时，宝宝直接尿进你的眼睛呢？

很常见。

小便时排出拳头一样大的血块儿呢？

理所当然。

乳头上结痂呢？

坏事总会发生的。

我不是傻瓜，但确实期待有宝宝的生活更像帮宝适[1](Pampers)广告，不要太像狂欢节怪胎秀。

真正让我感到不安的是：我不再拥有能感知到好事与坏事的直觉了。不光我的胆量被摧毁了，自信心也被大大削弱。

洛伦佐出生后第二天早上，我正躺在医院抱着宝宝，看着他熟睡的小脸，他突然就被噎着了。他一直没有吃奶或者做其他事情，而是从新生儿的睡眠直接过渡到了被噎着的状态。

我一动不动地躺了一两秒，之后跑到医院过道，抱着洛伦佐大喊："出事儿了！有人吗？我的宝宝噎着了！"

我完全知道这听起来很荒唐，而且我正在出很大的洋相。可是我内心慌乱，哪儿还顾得上行为得体？这可是生死关头。

一个中年护士大步流星地走了过来。她身材壮硕，手术服下

① 行销全球的婴儿纸尿裤品牌。

的身体很结实，走起路来似乎很像那么回事儿。很快，她把我怀中的宝宝一把抓过去，就跟拿一袋豆子似的，然后使劲儿拍打孩子的后背，拍了两下，似乎用力过猛了。我想象着宝宝的脊柱碎裂的情景，吓得龇牙咧嘴。不过，宝宝还是完好的。对新生儿来说，他要多笔直就有多笔直。他不再噎着了，而是扯着嗓子哭。

“这是正常的，”护士解释着，把宝宝递给了我。我发现她几乎不怎么费心扶着孩子的脑袋，“只是被羊水呛着了。有时候是会这样的。”

她说话时一副漫不经心的样子，好像是为了让我感觉好点儿。实际上，效果恰恰相反。我一直都有心理准备，要保护儿子，不让任何东西卡着他的喉咙：找零的硬币、热狗、回形针。不过，我以为这是几个月后有机会提高育儿技能时才需要注意的。我从没想到自己需要现在就开始，就在走出产房大门之后，而且还要担心他被自己体内原有的东西卡着喉咙。正是那些东西在之前九个月内保护着他。

突然之间，眼前这项艰巨的工程重重地落在我的肩上。圣母玛利亚啊！孩子会面临一些危险，而我将无能为力。不仅仅是我已经非常担心的危险，比如剪掉他的手指尖，而不是手指甲，因为我看不清那么微小的细节。他还有很多很多我没有想到也根本不了解的其他危险，多到可以塞满一个世界、一个银河。那些危险我都无法排除。我现在该怎么办呢？

我要做的就是低下头哭鼻子。在医院的过道里我就是这么做的，还穿着防滑短袜和粉红色波尔卡圆点[1]睡衣。

“你意思是说他还会这样吗？”我抽噎着，“而我却没有办法？”

护士毫不犹豫，把手放在我肩膀上，领着我回到床上。我突然放声大哭，但她似乎无动于衷。这让我强烈怀疑有人也曾在过道里精神崩溃，其程度远胜于我。可能在妇产科工作跟在精神病房工作会很相似吧，只不过有更大号的超长卫生巾。

“不会有事的，”她保证道，“你知道这真没什么危害。一点儿呼吸不畅是不会伤害到他的。”

“可是，如果——”我结结巴巴地说，“如果他噎得太厉害而无法呼吸呢？”

“不会的，”她说。“我从没听说过这种事。”

这话并不足以让我放心。有很多破事儿你都没听说过，但直到发生在你身上你才会知道，到时候就晚了。我以前没听说过色素性视网膜炎，可是现在呢？直到她把纸巾塞到我手上，我才知道她一直在伸着手给我递纸巾。

我擤了擤鼻子，深吸一口气。现在退出已经太晚了。

“告诉我再有这种情况该怎么办，请说得详细点儿，”我恳求道，“一个步骤接一个步骤地告诉我。”

“就一个步骤，”她回答，“往他背上使劲儿拍一下。”

“可我怎么确定他气管畅通了呢？”我还在不依不饶。

---

① 波尔卡圆点一般由同一大小、同一种颜色的圆点以一定的距离均匀地排列而成。

护士朝我室友的方向看过去。她正在房间的隔离帐后面摁响呼叫按钮。在过去十二个小时里，我听到了室友的每一个声音。虽然我还没见过她，但对她有了大致了解：波兰裔、第一胎宝宝、剖宫产、哺乳不太顺利、容易突然精神崩溃。从呼叫按钮的声音来看，呼叫系统又出故障了，这就意味着我那个按钮应该也失灵了。

“你看，”护士说，“如果宝宝哭了，你就知道他没有噎着。所以我猜你要是想确信他的气管是否畅通，让他哭就行了。使劲儿捏一下他的脚趾，惹恼他。”

“好吧，”我表示同意，“知道了。”如果我怀疑宝宝噎着了，只要有一点点，我就应该让他哭。

因此，在宝宝出生后的第一个月里，我坚持不懈地惹他生气。

我朝弹力躺椅看过去。洛伦佐一动不动，静静地，安宁地躺在椅子里。虽然这是大多数妈妈们的梦想，对我来说却是准备战斗的呼唤。宝宝为什么会如此出奇的安静呢？显然他没有呼吸了！有可能是讨厌的羊水又在捣乱了！谁知道他这个样子已经有多久了呢？当我坐着沉思的时候，他的大脑可能正在缺氧呢！我在婴儿心肺复苏课堂上学习的那些巧妙检查措施，比如观察他胸部的起伏，现在已经没时间用上了。我可不相信自己能看到胸部起伏这么轻微的动作，我的视力太差了。不行，不行，在这种紧急情况下，我需要捏捏他的脚趾测试一下。医学专业人士认为：要证实宝宝呼吸正常，这是最快、最有效的办法。

我要捏一捏他的脚趾。他本来一脸平静，现在则会皱起眉头，发出小猫一般的声音。任务完成。宝宝正在呼吸，而且相当生气。

在宝宝出生后前几个星期里，大家一次又一次地安慰我，说如果我信任自己的母性，我就会没事的。然而，一次又一次，我发现那些话完全是胡说八道。也许其他妈妈，那些基本感官健全的妈妈是具备正常运转的母性的。可是，焦虑和缺乏自信让我的母性短路了。没有什么养育孩子的事情是自然而然就能做好的。如果要做好所有的事情，我需要一本详细的指导手册，而且有时候手册也不顶用，比如母乳喂养这件事。

在我的生活中，很少有什么领域能让我笨手笨脚的。我往木头里钉钉子的能力要比喂奶强一百倍，但也有百分之九十的失败率。我希望宝宝能原谅我这么说，但洛伦佐自己也不是一个心灵手巧的人。那简直是一个盲人给另一个盲人引路的经典案例。更麻烦的是，整件事情进展如此糟糕，但没有谁可以找到具体原因。我相信我们这种症状的临床术语是"集体错乱"。

"好，咱们准备喂奶吧。"哺乳咨询师说。我在第四天雇她上门服务，之前我俩给宝宝称了体重，发现他瘦了许多。"把脚抬起来。调整枕头。放松双肩。现在，让我们试着让宝宝把嘴张大，好让他深深地含住乳头。"

当我一只手抓着乳房、一只手拖着宝宝脑袋的时候，已经手忙脚乱了。但是，我还是伸出一根手指，轻轻抚摸宝宝的脸颊，想引发某种让他张开嘴巴的名词随便你怎么叫的“条件反射”。我一直抚摸孩子的脸颊，看着他的嘴巴。因为太过专注，我的上嘴唇都冒出了汗珠。后来，我终于成功了：孩子张大了嘴巴。

“开始！”哺乳咨询师大声说，“快！快！开始！”

她把手放在我手上，抓住宝宝柔嫩的小脑袋，然后一下子摁在我的乳房上，好像在猛按蜂鸣器报警。

很不幸，即使是这位专业人士也缺乏让宝宝叼住我乳头所需要的闪电般的反应速度。在宝宝的嘴巴接触乳头时，他已经把嘴唇紧紧闭上了。虽然这次失败的尝试让我沮丧，但宝宝比我沮丧一千倍，毕竟这个可怜的小傻瓜需要吃奶才能活下去。他放声大哭，哭声就像小绵羊。相比起来，用指甲在黑板上划出来的声音听起来都像舒伯特的《小夜曲》。

“我们再试一次，”哺乳咨询师催促说，“等一下——看你弓腰驼背的。这不好。还有你的手，太紧张了。放松——这是自然而然的事情。”

在树林里迷路，然后被狗熊撕碎吃掉也是一件自然而然的事情吧——我对它也不是很热衷啊。

我跟着宝宝一起哭起来。

“不管用啊。”我抽泣着。

哺乳咨询师把手放在了我的肩膀上。“总是有办法的。”她说。

在支付一百五十美元雇一位哺乳咨询师之前，我就知道这一点了。

我铁了心，无论如何也要给孩子喂奶，不单是因为到处都能读到“母乳喂养，健康成长”，还因为这是唯一跟我眼睛无关的育儿技能。在太多其他事情上，我都没有别的妈妈做得那样好，因为我的视力在衰退。那些“其他事情”有很多，从安全走下一段楼梯到阅读宝宝水[①](Gripe Water)瓶子上的用量信息，不一而足。不过，喂奶是我拥有的一种能力，是我的视力所妨碍不了的；在这个领域里，我可以给予孩子最好的。不幸的是，最好的东西伴随着巨大的代价。

因为不能正确哺乳，我得了乳腺炎。这是一种乳房感染，让我发烧，产生类似流感的症状。我的一个乳房如岩石般坚硬，还红似赤焰。此外，遵照医生的指示，我每天晚上每两个小时醒一次，起来给孩子喂奶。我疲惫不堪，差不多什么都看不清了。我的视力本来就很糟糕，现在看东西更是模模糊糊，视野更有限了。有些人是醉得摔倒，而我则是累得摔倒。

一天晚上，我把宝宝摇睡着，然后把他轻轻放在摇篮里。为了不弄醒宝宝，松手时，每次我只从他身上松掉一根指头，然后蹑手蹑脚往几步之外的床铺走去，再一头倒在上面。自从怀孕之后，我就强迫自己走动时格外小心，而且花更多的时间。之前，我走路就跟说话一样快，我也喜欢那样。可是，我已经下定决心要慢下来，提醒自己这步行速度虽然如冰山般缓慢并令人痛苦，但在纽约以外的地方，即使非残疾人士的步行速度也和这速度一样

① 美国知名婴幼儿药水品牌，用于缓解婴幼儿腹痛腹胀的药水。

慢。我还是怀念让自己身体放开活动的那种奢侈享受。所以,把洛伦佐放进摇篮之后,我就开始放纵自己,让自己跟石头一样重重地摔倒在床上。

不过,我身体下面并没有床。我肚子朝下,脸先着地,摔在了床铺旁边一尺远的硬木地板上。最糟糕的是,我摔得太响,吵醒了宝宝。

大卫跑过去,发现我和宝宝都在大哭,就像音响的左右声道。

“怎么回事儿?”这就是他精心构思出来的问题。

“宝宝没事儿,”我吸了吸鼻子,“但我可是青一块紫一块。我计算失误了。”

“妮科尔,”他抱起宝宝,责备我道,“你必须要多加小心了。”

“怎么多加小心?”我哭喊着,“我就是个僵尸,就跟你看的那些傻逼电影里的僵尸一样。”我喜欢“僵尸”这个词的调调,所以在床边坐下时又喊道:“僵尸! 僵尸——”

“你要是不往死里哭,可能就不会这么累了。”大卫不耐烦地说,用肩膀扛着宝宝,大步走出房间。

他说得有道理。我也不是说就一直这样哭哭啼啼了。产后荷尔蒙如双管猎枪般向我开火,我就要被打成碎片了。

我太爱宝宝了,都爱得发痛了。我的心发痛,有点儿像心脏病发作的感觉。回头想想,当时可能我确实是心脏病发作,或者至少是恐慌症发作了。即便如此,我对洛伦佐的爱却是强烈的,坚定不移的,甚至是残酷的。就像我把他从体内挤出去那样,我把自己的心也挤了出去，现在毫无遮拦地展示给他。

我发现自己每天都会流泪，好像在为参加哭鼻子奥运会进行训练。这一次次哭泣跟我以前的哭泣都不一样。在宝宝出生前，我难过了才哭，偶尔是因为生气。现在呢，我哭泣的原因是多种情绪的复杂结合，其基本成分是快乐。我坐在床边，盯着洛伦佐那弓形的小嘴唇。然后，他突然睁开双眼。那双眼睛与盲眼完全不同。它们似乎可以看到人类看不到的东西，仿佛在充满惊奇地望向太空。然后，他的目光会短暂停留在我身上，我则会感到电击般的震颤，仿佛正看着某种纯洁、神圣的东西，而那是不能直视的。接着，我会因为感激和欢乐而哭泣，不敢相信他是我的孩子。

假如你认为这种经历很好玩，那你就是个疯子。生活之所以要把我们碾压成筋疲力尽、冷酷无情的浑球，是有理由的。大卫是对的：情感太丰富的话，你就会累得够呛。

当然啦，对世人和唱歌的众多天使来说，这并非都是欢乐。就像重要器官周围布满了癌细胞那样，我的母爱周围包裹着恐惧。我一生中没有这么害怕过。晕，这比12岁时在朋友家看《致命诱惑》(*Fatal Attraction*)还要恐怖。我简直被吓得尿裤子。

因为对他的完美感到吃惊，我就情不自禁地想：我会把这事儿搞砸的。

我没办法照顾好这个孩子。我想照顾，是的，而且愿意尽力而为，但我确定自己会弄得一塌糊涂。不是在模糊的意义上，比如因为我让孩子进行睡眠训练，结果他将来可能会接受心理治疗；而是在严肃、可怕的意义上，比如我会被尿布绊倒，把孩子的脑袋磕烂。

洛伦佐如此可爱，应该让一位专业人士来照顾他。不管照顾英国王子的是谁，他都应该用婴儿车推着洛伦佐。让《孕期指南》(*What to Expect When You're Expecting*)那位女作者过来照顾他吧。不应该是我——糟糕的我，视力很差，乳头流血。我还不够好。

我不只是害怕自己会把宝宝毁了，还担心突然再次受到噩耗的袭击，就像我被诊断出患有眼病的那个噩耗，而且噩耗的当事人是我的宝宝。我控制不住自己，老是害怕命运无常，害怕无忧无虑地买了内衣，下一刻就听到了"不治之症"这几个字。

宝宝现在或许呼吸顺畅，可是你永远不知道那些致命的婴儿猝死综合征会在夜间什么时候悄然袭来。你永远不知道谁会用手友好地摇一摇宝宝的手指，而那只手就携带着抗药的大肠杆菌。你永远不知道什么时候会有一股羊水冒出来，堵住宝宝细小的气管，再造成他的脑损伤。

为了使宝宝免受这些厄运的侵袭，我让他待在房子里，远离他人，除了那些被我说得不胜其烦，把手洗得很干净足以进入手术室的人。我遵守美国儿科医学会(AAP)的每一条准则。我老是忧心忡忡，因为如果你总是做最坏的打算，就不会受到厄运的袭击。命运女神也许会在我的漂亮宝宝身上做出可怕的事情，但假如我再让她猝不及防地偷袭我的话，我就该遭天谴了。

我的担忧让大卫很烦恼。我的反应是理智而负责任的,还是彻底疯狂的,作为新晋爸爸的他手上并没有一张用来准确判断的晴雨表。我们制定了一个详细的讨论程序,分七个步骤。

1. 我会被小事吓得要死:“你听到呼噜呼噜的声音了吗？我觉得宝宝的鼻涕太多了。去拿体液抽吸器吧。要不我们先到网上查查？也许我们应该联系一下弗莱医生(Dr. Frye)。上帝啊,希望这不是合胞病毒性肺炎(RSV)的早期征兆。”

2. 大卫会轻描淡写:“这只不过是鼻涕啊。”

3. 我就会质疑他的资格:“你怎么知道?”

4. 他就会坚持认为我这是杞人忧天:“不是专家也知道孩子会流很多鼻涕。你什么都担心!”

5. 我就会指责他逃避责任:“你担心得不够！什么事儿都得我来做!”

6. 他就来一句很损人的话:“你就跟你妈妈一个样儿。”

7. 之后,我休息一番。正当我准备再好好教训他一顿时,他又谈到了宝宝:“你要是担心,就给弗莱医生打电话吧。”

这总是一个好主意。

纳塔莉(Natalie)是我朋友中唯一有孩子的。她对弗莱医生评价很高。

“他工作细致认真,儿科医术很高。我完全信任他的判断力,”纳塔莉激动地说,“但是我必须说他不见得适合每个人。他会有点儿,呃,固执。”

"什么意思啊?"我问。

"我意思是他不是那种处事低调的医生,不会听从父母的意见。"她解释道,"如果他觉得你正在做的事对孩子不是最有利的,他就会毫不顾忌一五一十地告诉你。比如,他不喜欢我用婴儿床帐篷,认为那迟早会刺穿孩子的耳朵。如果你让孩子花太多时间看电视,他也会批评你的。就这类事情。"

听起来很棒:我想坚持育婴最高标准,很高兴能发现一个儿科医生愿意帮我。不过,从洛伦佐第一次体检的结果来看,在育婴方面做到优秀显然比我想象的还要困难。

在一个以芝麻街(Sesame Street)为主题装饰的检查室中,我坐在大卫旁边,一周大的洛伦佐在大卫怀里打盹儿,弗莱医生记录着我们的家族病史。弗莱医生以口头方式提问,让我如释重负。这样的话,他就不会发现我很难看清体检表上的文字了。

"癌症史?"

"没有。"

"糖尿病史?"

"有。我祖父母得过糖尿病。"

"血液病史?"

"没有。"

"有没有遗传病史?"

我停顿下来,眨着眼睛。

这是个常规问题,可我不知为何就是没有准备好。自我的诊断结果出来起,已经过去八年了。在差不多同样长的时间里,我都不会告诉别人自己患有眼病,中间只有几次例外。我很尴尬,很不舒服。我绞尽脑汁,想确定一个合适的答案。我必须告诉他吗?我没有告诉其他医生,比如妇科医生,足病医生,或者别的什么医生。可能我的眼病和这次检查没有什么关系吧!

大卫期待地看着我:“告诉他。”

我瞪着他:“跟这个没关系。”

他扬了扬眉毛:“你不说,我说。”

弗莱医生抬起了头。

“是什么?”他从眼镜上方审视着我。看样子他起疑心了。

“哦,没什么,只是……我……我甚至不确定它跟这有什么关系。”我结结巴巴地说。

为什么把这条医疗信息直接告诉医生会这么难呢?如果我在某个地方能很容易把它告诉别人,这里也可以啊。可是,我身体的每一个原子都在努力保密。我感觉假如说出了诊断结果,我的眼病就会随空气传播。我不想让人提起这种病,即使它跟我的宝宝有一点点关系。

我也很虚荣。我想让这个医生觉得我是一个完美无缺的妈妈,不想让他知道我那个无可救药的巨大生理缺陷。假如他对我当妈妈的决定评头论足呢?我就不能等到他对我有了更多了解后再告诉他吗?

“嗯?”弗莱医生催促道,“到底有没有遗传病史啊?”

“嗯——算是有吧。”我含含糊糊地说。

“我就不懂了，”弗莱医生说，“这是一个很简单的问题啊。”

“她有视网膜病，”大卫插话了，“它是遗传性疾病，不过家里其他人都没这种病。所以，我们去看的那位专家说我们孩子得这种病的概率跟一般孩子差不多。”

“这病叫什么？”弗莱医生问。我把病名告诉了他，还有其他所有细节。看样子，他没有对我失望，也没有感到遗憾，甚至也不感兴趣。这是自然了，因为他几乎都不认识我。我说了差不多两分钟，他把答案全填进了表格，然后检查就结束了。

在回家的路上，我深深自责。医生需要了解我们的病史才能使洛伦佐保持健康。我难道不想让自己的儿子健康吗？我在干什么呢？居然把虚荣和恐惧放在洛伦佐的健康之上！他出生时，我不是发誓为他牺牲一切吗？

我的眼病已经不再只是我自己的问题了，它也是洛伦佐生活经历的一部分，我再也不能奢望把它当成机密了。要好好照顾他，我就需要诚实面对自己的缺陷，这样才能获得别人的帮助，才能确定婴儿泰诺退烧糖浆的用量，才能找到正在蹒跚学步的洛伦佐，才能在学校虱子大暴发时从他头上捉到虱子。我前面的路还很长，不能独自一个人走。

我知道必须要公布自己的秘密了。

我只是不知道会这么难。

贴士十二:关于踩上脏东西

做好踩上很多屎的准备。我说的就是字面的意思。这个世界充满了狗屎。如果你用眼角余光看不到狗屎的话,你就没办法避开。对失明人士来说,这是一个令人不悦的生活事实。

不过,和滑倒在动物尸体上相比,踩上狗屎似乎肯定是一件让人开心的事儿。人行道上会有很多被碾死的动物——耗子、松鼠、鸽子,就像一坨坨四散的狗屎,令人作呕。如果你跟一个小老太太一样走路不抬脚,眼睛死死盯在人行道上,最后你就会踩上被碾成一片儿的鸽子那黏糊糊的肠子。

我可没什么好主意拿来阻止这种情况的发生。我只是在提醒你,好让你习惯。不过,我确实要建议你别在鞋子上浪费太多钱。这样的话,出现这种情况后,你会在大街上跳来跳去,并大声尖叫"圣母玛利亚啊!我脚上都是老鼠肠子!",然后把鞋子扔进最近的垃圾桶,但同时你也就不会有负罪感了。

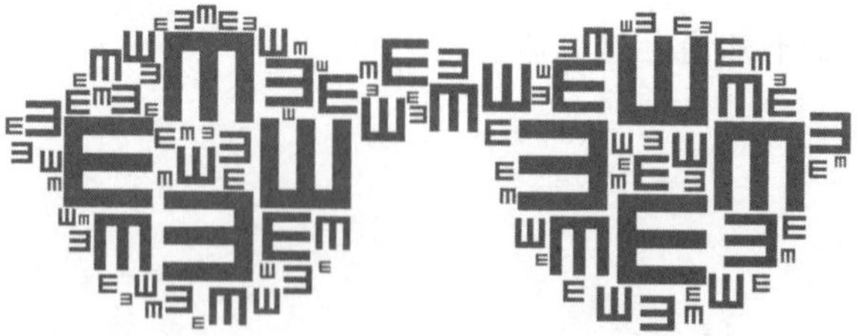

十二
母国

当你看到一个人死在水泥般的火山灰里时,你会觉得没有什么别的事情会使人珍惜生命了。

“我晕,”我转身看着大卫,吃惊地说,“这种东西,你觉得适合宝宝看吗?”

“他不知道自己在看什么,”大卫安慰我说,“而且这也不是什么恐怖片。这是历史。宝宝看到的是庞贝城,而且他还不到两岁。”

“你说得对。”我表示同意。

我站在那里,旁边是大卫,还有坐在婴儿车里的洛伦佐,看着变成石头的尸体,我觉得自己实在是太幸运了。

我们这一家多棒啊,而且我是一个明星妈妈,我想。

我正沾沾自喜，突然被一阵哭声惊醒。哭声响如惊雷，几乎要使庞贝城的废墟化为齑粉。

“莱——瓶——”一岁半的洛伦佐尖叫着，在玛格罗兰牌弗洛款伞车（Maclaren Volo）里扭动着汗津津的四肢。

“他的奶瓶呢？”我把洛伦佐的意思翻译给大卫。

“用完了，还记得吗？”他拿出了那个空瓶子。几天前，当我们参观罗马斗兽场时，洛伦佐把他最后一只美国奶瓶扔到了栏杆外，于是我们就买了一只意大利奶瓶。几个小时前，在从罗马出发的火车上，他吸光了最后一滴牛奶。我在心中默念要把奶瓶装满，但我们并没有带着自己的奶牛一起旅行（我几个月前就不做奶牛了），所以这很难做到。

“妈的，”我咬着嘴唇骂道，“现在怎么办？”

宝宝需要奶瓶。再过一会儿，要是那个塑胶奶头不塞到他嘴里，甜美的奶水不能咕咚咕咚地顺着食管流进肚子，那就有我们好受的了。想象一下吧，你和一个牙齿掉光的吸食冰毒的瘾君子一起被困在一座岛上，而他刚抽完藏起来的最后一点儿毒品。这样的话，你就能感受到我们当时的恐惧和不祥预感了。

“咱们赶紧离开这儿吧，”我命令道，同时抓住了婴儿车的把手，“在他发飙之前。”

在我们全家第一次到意大利度假前，根据弗莱医生的建议，我和大卫已经在让洛伦佐慢慢断奶了。我们制定了一个很负责的断奶计划，包括减少喝牛奶的频率及摄入量。如果外婆在照看洛伦佐的时候屈服，不到固定的喝奶时间就把瓶子给孩子，我会连着几个星期都批评她的。

“哎呀，墨索里尼！你怎么啦？”外婆指责我道，“你让可怜的宝宝受苦！他是个婴儿！他需要奶瓶！”

当然了，我们现在人在罗马，就得按照罗马人的那一套去做，也就是孩子想喝几瓶就喝几瓶。按照意大利人的标准，他还可以再喝两三年，之后我们才需要考虑断奶。尿布和安抚奶嘴也是如此。

一天晚上，在西班牙广场，一个男孩儿在玩电子游戏，他一边用意大利语骂着，一边吮吸着宾奇牌安抚奶嘴。当我俩从旁边走过时，大卫说：“哇！如果我现在开始重新用起安抚奶嘴，我想他们也不会眨一下眼睛的。”

“不会的。他们用‘bambino’这个词专门指13岁之前的孩子。这可不是巧合啊。”我说，“在这个地方，一个人在成年之前都是婴儿。”

我想到了自己的威尼斯情人贝内代托。他现在差不多40岁了吧，可能还跟他妈妈住在一起。“对某些人来说，甚至在成年后还是个婴儿。”

我们嘲笑着意大利人的育儿风格，但没过多久，嘲笑就变成了嫉妒。没错，这些小孩子用尿布的时间很长，几乎大得都可以说：“妈妈，我拉到裤子上了！”不过，那又怎么样呢？何必那么急着长大呢？毕竟，你曾经也只是个宝宝。另外，如果不老是那么苛刻的话，生活会快乐很多的。所以，虽然我知道放弃断奶会让弗莱医生气得动脉破裂，但我们还是这么做了，并且也不再坚持让孩子睡那么早了。很快，洛伦佐抱着大号奶瓶，一瓶接一瓶地喝牛奶，一直喝到半夜，然后才爬到床上躺在我和大卫中间。

放松了美国人的那种严格的育儿方式，我感觉很棒。我们自由放任地育儿、午睡、餐餐喝红酒——这次度假很过瘾，就像第二个蜜月，只是要经常去洗被褥上的尿渍。

我们也需要这么做。在洛伦佐出生后的头几个月里，我们的婚姻受到了很大影响。晚上，洛伦佐每隔两小时就把我们弄醒，就和海豹突击队的教官一样。后来，我们被吓得缩在被窝里，即使他安静下来，我们也睡不着了。我的身体曾经可以激起大卫的欲望，现在他却把它看作医学百科全书里的词条。更加令人不安的是，大卫的地位瞬间下降，从我生命中最爱的人变成了给我生命中最爱的人换尿布的那个男人。我把鼻子贴在宝宝身上蹭来蹭去，对着宝宝大笑，安静地等待着宝宝高兴时发出的每一个咯咯声，仿佛在聆听孔子的教诲。这时，大卫就会情不自禁地觉得自己是一个备胎。当洛伦佐六个月大时，我的身体恢复了，大卫的睡眠也稳定了，我对宝宝偏执狂一样的关爱也没有那么强烈了。这样，我和大卫就可以重新回到原来的那种关系了。等洛伦佐开始走路、说话时，大卫也爱上了他。

大卫现在可以跟洛伦佐一起玩儿了。他可以把自己童年时的那本《野兽家园》(*Where the Wild Things Are*)读给宝宝听。大卫播放迪伦[①]和货车司机乐队(Drive-By Truckers)的歌曲时,洛伦佐就跟着跳舞。父子俩甚至可以聊天,谈论漫威漫画比DC漫画出色的地方,虽然爸爸说的话会更多。从一开始,洛伦佐就跟我心灵交融,但大卫过了一段时间才跟宝宝亲密起来。现在,他们两个人关系很铁。

这里有外貌方面的原因:洛伦佐跟大卫长得很像,头上长着一缕缕细细的淡黄色头发,眼睛是蓝绿色的,和游泳池的水一样。他的眼睛可爱极了,大大的,蓝得像天空一样。"苍穹般的颜色。"外婆如此说道。他的眼睛如此漂亮,以至于意大利人都会为我们停下,用手机拍照。

对我们家来说,这是一场常见的爱的盛宴,而这次横跨大西洋的旅行更是增强了它的气氛。不过,既然我们在庞贝已经用完了牛奶,事态正明显往更糟糕的状态发展。

"莱——"洛伦佐吼叫着,太过使劲儿,以至于不得不停下来喘口气才能把那个词说完,"瓶——"他脸上的表情似乎在说,"我结巴了吗? 我怎么还停了一下呢?"

洛伦佐的宝贝是一只叫伯爵(Earl)的毛绒猴子。我想把猴子递给他,可是被鹅卵石绊倒了,把伯爵甩进了一片里面似乎有人类尸体的灰白色垃圾堆。那些讨厌的鹅卵石很漂亮,却不是视野狭隘人士的朋友。我很倒霉,因为鹅卵石到处都是。

---

① 指鲍勃•迪伦(Bob Dylan)。

“到最近那个酒吧去吧，”我的声音比洛伦佐的尖叫声还大，边说边拂去伯爵身上的灰尘，“就在火车站旁边。我们给他买一杯牛奶。”

“你带路。”大卫同意了。

“我？”我抗议道，“你带路。”

半个小时后，我们站在一个开满白花的山坡上，看着一只绵羊悠然走过。我们离酒吧或者其他各种文明的迹象大概有一百英里。

“大卫，”我小心翼翼地问，“我们是不是——”

“我们没迷路，”他厉声说道，转过婴儿推车，把它推向一条土路，“我们肯定能从这儿走出去。”

“莱瓶？”洛伦佐虚弱地小声说着，抬头看着我，眼中充满希望，“莱瓶，妈妈？”

“你得让我问问出口在哪儿，趁着还有人可以问！”我怒气冲冲。

“你之前应该看看路牌！”他顶了回来。

“你应该看看！”我尖声说道，“我看不清字。”

“我看不懂意大利语！”

“现在有谁能帮我们呢？”我哭着说，“那只绵羊？”

“莱瓶莱瓶莱瓶莱瓶莱瓶……”洛伦佐在哼哼唧唧。他都开始说胡话了。他看上去像是得了西班牙流感，浑身颤抖，脑袋晃来晃去：“莱瓶莱瓶莱瓶莱瓶莱瓶……”

“我希望自己也死在熔岩里。”大卫说。

这时，一个爆炸声从婴儿车里传了出来。毫无疑问，这是包着最后一片尿布的一个孩子的拉屎声。

我倒吸一口凉气：“晕，不是吧。”

那个声音停了一下，然后打雷般地重新响起来。一声又一声。洛伦佐正在拉屎。这次拉屎就像古罗马一样气势恢宏。没有尿布，我们就玩儿完了。

“好吧，我们完了。我们变成了庞贝废墟。”大卫说。

“救命！”我大吼道，但并没有朝着一个特定的方向，“救命啊！”

我又吼了五分钟，然后一个管理员蹒跚着走了过来。他看上去大概有110岁。他人挺好，非要陪我们走到通往火车站的路上。但是，说他走路跟蜗牛一样慢，简直是侮辱蜗牛。一个小时后，我们到了火车站。在那里，我俩给洛伦佐买了一杯牛奶，给自己买了一瓶烈酒。酒吧不卖尿布，所以我们不得不把裹着一层屎的洛伦佐带上火车。虽然其他乘客一脸恶心的表情让我们很难堪，但最后情况还是对我们有利的。结果证明：满身是屎的小孩儿把一车厢的乘客都赶出去了，可要比脏兮兮的流浪汉强多了。不幸中总有万幸。

第二天，我们又坐上了火车，不过这次是开往海滩的。我们正在去泰拉奇纳(Terracina)的路上。这座海滨城市在罗马南边，坐火车过去大概要花一个小时。妈妈和丽塔姨妈小时候经常去那里避暑。我们会住在丽塔姨妈的公寓里,正好可以赶上八月节[①](Ferragosto)。

八月节是一个很有意思的意大利节日。美国并没有类似的节日。人们在8月15日这天纪念圣母玛利亚升入天堂。这件事本身就很酷。玛利亚无沾成胎,居然没有发疯,光这一点就配得上属于自己的节日了。你会认为庆祝活动不过是点上几支蜡烛,用拉丁语做做弥撒。然而,随着时间的流逝,庆祝活动变成了恣肆的海滩狂欢,还有裸泳和集体酗酒。圣母玛利亚的粉丝肯定比我们想象的要多。意大利的8月是派对月。作为尽情派对的理由,圣母升天并不比其他任何借口差,甚至更好。

自8月第一周开始,意大利大城市的商店都会在橱窗悬挂标志,上面写着"放假,暂停营业",因为居民都到附近海滩或者山区城镇去了,并且在8月余下的日子里都待在那里。不管在意大利的什么地方,没有人喜欢在8月工作。城里人基本上都一致认为他们不应该工作。有一天,某个叫弗拉维(Flavia)的女人,或者叫法比奥(Fabio)的男人会说:"哎!每天都是这些单调的工作,见鬼去吧。我不干了!我要休息整整一个月。"之后,大家都开始不工作了。假如你现在人在罗马,无论在8月的任何时间到外面吃饭的话,你就只能选择麦当劳或汉堡王了。

① 天主教传统节日,在8月15日,又译为"圣母升天节"。在意大利、瑞士提契诺州和圣马力诺,它是重要的公共假期。

到了八月节的前一天，也就是8月14日，像泰拉奇纳那样沉寂的海滨城市就会挤满了游客。在过去的两周内，他们已经把开派对这门艺术提升到了完美的水平，如今正寻找一个高潮之夜，把他们的狂欢推向更高的水平。午夜海泳以及随后的通宵海滩晚会可以跟纽约时代广场的迎新年活动平分秋色，只是人们少穿了很多衣服，多抽了很多烟。

对我们来说，庆祝活动更加令人激动，因为8月14日正好就是大卫的生日。我们告诉洛伦佐，意大利要给他爸爸开一个大型生日派对，有烟火，有音乐，而且全城人晚上都去海里游泳。我保证这将是我们整个罗马假日的王冠明珠。

当然，当这个重要夜晚到来时，我们已经累得去不了了。

累的是我和大卫。洛伦佐激动不已，都夜里十一点了，他还光溜溜地在房子里跑来跑去。

“喂，我们要参加吗？”我躺在枕头上，扭过头来问他。我俩在火车上、海滩上、街道上追了洛伦佐一天，现在看上去就像打了过量的马匹镇静剂。

“你想去吗？”他轻声嘀咕道，嘴唇几乎都没有动。他在我旁边，躺在床单上面，闭着眼睛。

“你想去吗？”我也轻声问他。

“好——”大卫发出这么一个声音。与其说是回答，还不如说是打呼噜。

“行啊。”我附和道，翻身趴在床上。通往海滩的那条路又黑又不平。我可不喜欢日落后这样硬着头皮走到海滩。前一天晚上，我们进城买冰激凌时，我正好踩到了一只被碾死的鸽子那黏糊糊的内脏上。太滑了，有那么一会儿，我还以为是踩到了香蕉皮。当时我穿的是“人”字拖鞋，擦了半个小时才觉得干净了。我感觉自己就像麦克白夫人，只不过没那么有诗意，倒是更恶心了。谁还想再碰上这么恶心人的事儿呢？最好还是别参加这次派对了。

“呀——”起居室传来一声尖叫。尖叫声越来越大，后来洛伦佐直接对着我耳朵叫开了。他捶打我的后背，高兴地念叨着：“随！随！随！”

“他想去呢。”我告诉大卫。

洛伦佐扭着屁股下了床，开始拽我俩的脚，想把我们拖下去。他这样解释自己的行为：“随随随随随随随随随！”

“你肯定？”大卫问洛伦佐。他还在躺尸，胳膊交叉放在胸前。

“呀！呀！呀！”宝宝反反复复地说着。我抬头看他。我俩四目相对。他高兴得哈哈大笑，小嘴张得很大，大到连鼻尖的皮肤都皱起来，小牙齿也露了出来。

“好吧，”大卫一边说，一边慢慢坐了起来，“咱们走。”

半个小时后，我们站在沙滩上，凝视着爱琴海的黑色海水。除了我们，沙滩上还有其他每一个在泰拉奇纳呼吸的人，包括几个很难说还在呼吸的满脸皱纹的老太太。刺耳的电子音乐从海边的舞厅中传出来，DJ们对着麦克风大喊，把人群的情绪撩起来，为午夜倒计时做准备。几只灯笼沿着木板步道挂了起来，但对我来说，光线还是很暗，仍然看不清。不过，我确实看见了一个穿着速比涛(Speedo)泳装的小男孩儿。他脱掉裤子，就在我们跟前往沙子里撒尿。从我左边某个地方传来了瓶子丁零当啷的响声，还有几个青少年互相骂娘的声音。

洛伦佐穿着纸尿裤，在海滩上手舞足蹈，双脚踩进沙子，嘴里念叨着:“随！随！”

“还没到时候，宝贝儿，”我对他说，然后又抓了抓他的胳膊，确保他没有从我的视线跑出去，“咱们得等到他们喊‘一’！”

“过来，”大卫把洛伦佐抱起来，“爸爸抱你到海里去。”

借着灯笼发出的微光，我只能勉强看到父子俩的身影。但对我来说，能看到洛伦佐明亮的眼睛就是胜利。

*我这妈妈当得还不错，我想。*然后，洛伦佐就尖叫着把手指着大海。那里有个人放了一组纸船，上面是蜡烛。我更正了自己的想法。

不对，我是在节节胜利，我想。

在洛伦佐还是个小婴儿的时候，我一直担心他会错过许多东西，担心我的残疾会限制他的生活。不过，在过去两周里，洛伦佐在圣彼得大教堂点蜡烛，往特莱维喷泉投钱币，还参观了(而且成为)庞贝废墟。现在，我的儿子就要大半夜在爱琴海游泳了。这孩子并没有错过多少东西。

洛伦佐不是唯一的幸运儿。我的运气一直不错,看到了每一个重要事件,从他第一次吃了几口饭(胡萝卜),到第一次走路(万圣节之夜),再到第一次擦伤(胳膊肘)。我也没有错过什么。不幸中的万幸,我的视力稳定,不但让我做了一个非常快乐的妈妈,而且感觉自己很擅长。

我之所以信心大增,是因为自己已经熬过了一个过渡期,现在洛伦佐可以自由走动了。当他学习走路、跑步、攀爬的时候,我一直都很恐慌。如今,这些他都学会了。不知怎么的,我俩不仅生存了下来,还活力四射。我俩的生活如此美好,以至于我甚至决定在大卫回纽约上班后,我跟洛伦佐在意大利再玩儿两周。

没错,这孩子是每天都几次差点儿被韦士柏撞到,但任何人都可能这样,再说他从没有被撞到过。我虽然没有边缘视力,但每次都在最后一刻救了他。

其实也没有那么难。我需要让眼睛须臾不离开孩子,除非把他绑到我身上;只要在醒着的时候,我就要处于最高级别的警戒状态,飞一般地跑。是的,这很累,所以上帝发明了意式浓缩咖啡。

我一直都做得很好,其实甚至没必要告诉别人自己正在一点点失去视力。在洛伦佐还是个新生儿的时候,我就准备知难而上了,但后来发现也真的没有必要,因为我发现自己是可以应付的。在细节方面,大卫可以将眼睛借给我,暂时弥补我的不足。当然了,最终我的视线会变模糊,视野会变窄,我就得向全世界公开自己的缺陷了。该过桥的时候就得过(要么跳桥)。

“爸爸!”洛伦佐尖叫着,用小手拍打着大卫左胸。他在那里文了一个新文身,离他胳膊上的我的名字有几英寸远。红墨水和蓝墨水蚀刻出的是一颗心,有四个心室,下面是洛伦佐的大写名字。孩子1岁生日的几天后,大卫有一次回家时身上就多了这个文身。洛伦佐对这个图案很着迷,虽然他根本不懂那是什么意思。

“哇,他们开始啦,”大卫告诉洛伦佐,“准备好。”

“九! 八! 七!”和着DJ浑厚的声音,人们喊着。

“大卫,”我说,顺着他的胳膊往下摸去,把自己的手放进他的手心里,“咱们不去。”

我需要抓着他的手。我也想这么抓着。我们要一起跳进海里。

“六! 五! 四!”

“呀! 呀! 呀!”洛伦佐跟人们一起喊着。

“三! 二!”

大卫把我的手抓得更紧了,然后人群发出了低沉的吼声:“一!”。仿佛一扇隐形的大门升了起来,四周的人们——男人、女人和孩子——都涌入了大海。大卫拽着我的手,我们一起向前跑去,洛伦佐在他怀中颠簸着。在转身背对木板步道上的灯笼时,有那么一会儿,我什么也看不见,只觉得眼前越来越暗。然后,突然之间,我的双脚沾到了水,身体前部溅上了凉水。我放开大卫的手，屏住呼吸，掉进了水面下的平静世界。

浮出水面时，我吸着气，喷着水雾。天空不再漆黑一片，而是红色、橙色和白色混杂在一起。头顶上空响起了噼噼啪啪的雷鸣般的声音。有那么一小会儿，我吓得畏畏缩缩，搞不清发生了什么事。之后，我看到了五颜六色的光点纷纷扬扬自天而降；天空的正中心又喷散出一团颜色，似乎就在我的头顶正上方。烟火。

我听到了身旁有溅水的声音。我感到大卫又抓住了我的手，听到洛伦佐发出了一声难以理解的尖叫，其中有害怕，有惊奇，也有快乐，且三种成分各占三分之一。这尖叫声是我内心感受的完美表达。

"看到颜色了吗？"我问，"看到那些漂亮颜色了吗？"

我们看着烟火绽放。朵朵烟花大得连我都可以看到。整个场面激动人心，就像是被通上了电，而我则感觉自己被彻底接上了电源，就像头顶上空的烟花一样耀眼。

烟花照亮了海面，亮得我都能看清洛伦佐的小脸了。他那双蓝色的大眼睛一眨不眨的。他着迷了。

"谢谢您，"我祈祷着，"谢谢您让我看到这一切。谢谢您让我看着他，看到这一切。"

"真不敢相信啊。我们差点儿就错过了。"我小声对大卫说。

"是啊。"从旁边传来他的声音。

如果不是洛伦佐，我俩现在正呼呼大睡呢，用一个小时的睡眠换掉了这个千载难逢的经历。为了这场午夜狂欢，我们走了四千英里，还几乎没能走完最后一段四分之一英里长的路。不过，我们当中那个最小的成员让我们没有错过这一夜。现在，我们谁也不会忘记这个夜晚了。

那天夜里晚些时候，等洛伦佐终于向睡神投降后，大卫和我缠绵在一起。我俩完全恢复了自己的精力，而且依然感到很激动，再加上大卫第二天就要启程回纽约，我们的情欲被激发出来了。至少我的被激发出来了。大卫的情欲总是提前勃发，早早做好准备，如果我们有机会共享十分钟二人世界的话。

我们抱在一起亲热，突然大卫停下来拿避孕套，但我阻止了他。

“不要用。”我小声说。

这并不是我们事先计划好的。我是说我们之前讨论过最终还是会再生一个宝宝，但不一定是从现在起的九个月后。其他女人决定再要孩子时，她们会根据时间表、排卵表和利弊一览表。我就不一样了。我有两点要考虑：1. 我喜欢当妈妈；2. 我还没有失明。等的时间越长，我的视网膜就退化得越厉害；视网膜退化得越厉害，我养孩子就越困难，而酿成大错的概率也就越高。这个大错可能会使我失去再生孩子的正当理由，对信任并顺从我的大卫来说是如此，对我自己来说也是如此。

可能性的窗户仍然开着，但一直都在慢慢关闭。于是，我让大卫再放胆一试。

“你肯定吗？”大卫问。

“是的，”我气喘吁吁地回答，“是的是的是的。”

贴士十三：如何告诉孩子你正在慢慢失明

我建议你应该在孩子小时候把这件事告诉Ta。实际上，孩子应该要小得甚至都可能不记得这件事，词汇量小得也没法向别人说起这件事。小孩子是不会平白无故就保守秘密的，除非Ta不会说话。

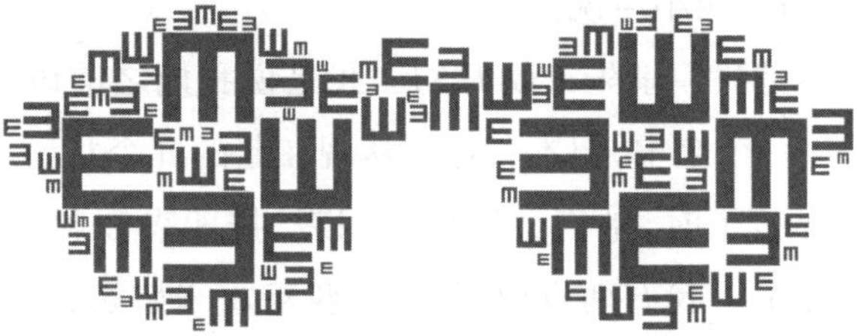

十三
二胎计划

“不！不！不!”洛伦佐喊着,用他的小胖手捏住我的嘴唇。

我把他的手拽开,迅速把他抱进起居室,然后把他重重地扔在他那一箱子玩具跟前。当然了,无论奇珍还是异宝都不能让他安心待在那里,一堆木头火车肯定也不行了。我跑回卫生间时,他就跟在我后面。没办法,我只能用胳膊背面挡着他,就像一个夜店保镖控制人群那样。我可不想直接吐到他身上。

“停狭,妈妈!!!”洛伦佐尖叫着,更加努力地阻止我吐出来。我真想听听他为什么要以一人之力对抗我的晨吐。但是,他现在还不到两岁,所以他是解释不清楚的。他就像一个有着良好意愿但神经错乱的义务警员,不管我怎么求他不要这样,他都会保护我,不让我呕吐。

我咬紧牙关，感觉自己就像《中国五兄弟》[①]（*The Five Chinese Brothers*）中那个能吞江吸海的老大。我用一只手挡着洛伦佐，不让他靠近；试着用另一只手用力打开马桶上的锁。我们之所以给马桶上锁是为了防止孩子把沐浴玩具扔进马桶里玩儿。这一招相当有效。这只锁太管用了。真的。

“妈妈妈妈妈妈妈妈妈！”洛伦佐尖叫着，急得发疯了。太好了。过一会儿，别的不说，我邻居就会过来敲门，问是不是发生什么事儿了。

就在我即将达到控制的极限，快要吐出来时，马桶锁“啪”的一声打开了。我仔细瞄准目标开吐。这套动作我练习了好几周。不到两分钟，我站在洗脸池那里漱口。

洛伦佐瘫倒在地，哭了起来。他又一次打了败仗。我真心为这孩子感到抱歉。

“哎，宝贝，”我坐在他旁边，低声对他说，“我很抱歉。妈妈控制不住啊。不过没事儿。不疼。我正在肚子里努力养一个小宝宝。”

进入中期怀孕才几周时间，但情况比我想象的要更加困难。

怀着洛伦佐时，我的晨吐非常严重。这种晨吐让我开始讨厌其他女人，因为我不得不在孕期有意尝试增重。我发现了令人信服的证据——唯一可以快速取得明显效果的饮食方案就是暴食暴饮。我并不推荐这个方案，但我宁愿一身肥肉，也不想边走边往手里吐。我尝试了所有的偏方：薄荷味口香糖、盐饼干、维生素

① 流行于英美的中国民间故事，主角为五个身怀绝技的兄弟。

B6、从唐人街买的姜汁糖。这些东西的效果只不过是让我呕吐时嘴里的味道变得不一样。我还试了试针灸、防晕手环,还像维多利亚时代的淑女一样对着洒上柠檬马鞭草油的手帕吸气。然而,我还是一直吐。当我生下洛伦佐后,马上感觉好多了。

怀上老二时,这种恶心呕吐马拉松在我脑海中的记忆依然非常清晰。可是,我坚信这一次会不一样。这一次,我会是一个非常幸福、容光焕发的准妈妈,做着下犬式动作[①],喝着冰沙。当然,最终我唯一的脸朝下动作就是把脑袋伸到马桶里。

实际上,回头想想,最糟糕的就是我一天要吐几次,还不能自由自在地吐,因为有个小疯子在拼命阻止我。

呕吐本身不仅仅是痛苦,它还提醒着我:我的身体处于巨大压力之下,而这使我担心自己的视力。第一次怀孕时,我注意到自己的视力恶化了,至少我认为自己注意到了这一点。很难讲,因为这种视力变化是模糊的,很难量化。现在,我已经很难看清杂货店商品上贴的价格标签了。现在,夏日刺眼的阳光对我来说就和黑夜一样“致盲”,我一出门就得戴上墨镜。当我在灯光昏暗的赤褐色砂石建筑中爬楼梯时,我要像使用盲杖一样用脚跟碰一碰每个台阶,弄清它的高和宽。当我用笔记本电脑写文章时,要一直放大字号,先是十四号,然后十六号,再之后,很不乐意地放大到了十八号。

简而言之,这一切都说明自第一次怀孕以来,我的视力已经恶化了。现在我又怀孕了,谁知道视力会再恶化多少呢?

---

① 常见的瑜伽体式。

我的新眼科专家一点儿也不让人反感，但是观点比较含糊。当我跟他提起视力变差的问题时，他说患有色素性视网膜炎的其他妈妈也有过类似的抱怨，但还没有确凿证据证明怀孕加速了病变。

我所知道的就是自己看上去就像一个被致命寄生虫慢慢侵蚀的女人：苍白、憔悴，容易昏迷。很明显的是，跟身体状况良好时相比，我会多失去几个视杆和视锥。我所能做的就是希望可以少失去几个。不管怎么样，跟回报相比，这只是很小的代价，而且担心也没什么好处。

不过，爸妈和外婆可不会这么看。他们天生就爱担心，不管事情是有益还是有害。所以我决定暂时不告诉他们怀孕的事情。可是，说着容易做起来难，毕竟我们三口人经常去班森贺的外婆家吃饭。

外婆总是关心放在客人盘子里的食物，肯定会情不自禁地觉得我吃得不多。我的盘子里就只有一片意大利面包和几节通心粉，只在边上抹有酱汁。这自然引起了她的怀疑。

“你怎么了？”她问，同时从火炉边用怀疑的目光望着我。她正在那边做油炸饭团[①]。“你什么也没吃啊！”

“吃着呢。”我说。

“怎么啦？不喜欢博洛尼斯肉酱(bolognese sauce)吗？”她继续说，“我早上四点就起来做肉酱了。”

“不，不，我喜欢，”我安慰她说，“只是——我——我在节食。用的是出了名有效的面包加意大利面这个节食食谱。”

---

① 意大利美食，具体做法是在米团外裹一层面包屑后油炸。

"哦——"她小声说着,点点头,"好吧。在生洛伦佐之前,你的身材很好。"

"谢谢外婆,"我瞪着她说,"真是谢谢啊。"

"你知道吗?很有效呢,"她说,"你减掉了不少。"

我想这可以骗她几个星期,但只骗了整整三十秒。

"够了,别减肥过头了!"她命令道,一边把一块砧板放在我面前,上面堆着切成片儿的萨拉米香肠,"吃一点儿我给你切的头肉香肠[①]。这是玛利亚的表姐从西西里岛带过来的,就放在她的手提箱里。"

我面前的香肠曾乘坐过洲际航班,躺在玛利亚她表姐的手提箱中,或许还为了能妥善保管被裹在一条老太太穿的内裤里。一想到要吃什么肉类食品,我就感到非常恶心,更别说面前这些香肠了。我被迫找个借口开溜了。

"你去哪儿?"外婆显然生气了。

"卫生间。"我咬着牙,努力从牙缝里挤了一个词。为了盖住呕吐声,我把洗脸池的水龙头和淋浴喷头开到最大,还一直冲马桶。

"你怎么了?"外婆一边喊着,一边使劲儿敲门,"你在我卫生间干什么呢?不要浪费水了!"

她的这种干涉方法就跟之前我呕吐时洛伦佐盖住我嘴巴那样让人几乎无法忍受。

怀孕十一周时,我终于拿到了产前检查结果:一切正常。此

① 意大利美食,用猪头肉、猪脚、猪舌等制成。

时,我和大卫决定公开消息,但我觉得自己还没有准备好。我的乳房膨胀得很大,需要买新的内衣。我的肚子太突出,需要解开牛仔裤最上面的那只纽扣。我还是觉得不能告诉家人。我编造谎言,掩饰自己明显的疲劳。我为自己吃饭时不喝葡萄酒寻找理由。就像我的眼病一样,怀孕成了另一个我需要保守的秘密。这很奇怪,因为这不是一个坏消息,远远不是。实际上,怀了第二胎,我心情愉快:这恰恰就是我想要的。

我把带有两道粉红线的怀孕初期检查结果放进了内衣抽屉。每天早上穿衣服时,我会看到它在那里,然后想到很快就要来临的好事,我就会微笑,仿佛圣诞节前夜的孩子,暂时忘记了明天会是他生命中最美好的一天。我非常兴奋。我只是害怕别人不会兴奋。

"也许我根本不会告诉家里人,"在外婆家吃过饭后,在回家的路上我跟大卫开玩笑说,当时大概是我怀孕的第十四周,"永远也不会了。我突然就要有第二个宝宝了,却根本不跟别人提这件事。生活一切如常。"

"你快要30岁了,"他说,"你知道吧?"

"你想说什么?"我反问道。

"我想说的是,你不该管别人怎么想。这是你的生活。我们的生活。"

第二天,爸妈带着朱尼奥尔餐馆的芝士蛋糕[1],顺路来看我

---

① 朱尼奥尔餐馆(Junior's Cheesecake)是美国纽约城著名的餐馆,创办于1950年,芝士蛋糕是其特色食物。

们。我开始觉得大卫的话是对的。我把最近一次看医生带回来的超声图递给妈妈。

“这是什么?”她问,“这是……这不是洛伦佐吗?”

“不是,”我告诉她,“这是他弟弟或妹妹。”

然后,我看到了那种表情——震惊、恐惧和兴奋被塞进同一个负荷过重的时刻,使妈妈脸上的肌肉不堪重负。就像我原来预感的那样,这很尴尬,但我马上觉得千斤重的担子从肩上卸了下来。

“这是个玩笑吗?”她问,同时看着爸爸。他转过身,期待地看着我,好像这很可能就是一个玩笑。

“不是玩笑,”我回答,从喉咙中爆发出神经质般的大笑,“大惊喜!我怀孕啦!这不是很好吗?”

然后,就跟上次一样,爸妈又一次自我镇静下来:爸爸给了我一个拥抱,妈妈则开玩笑说:“这公寓就跟鞋盒大小的老鼠洞似的,第二个孩子该往哪儿放呢?”尽管如此,在那天夜里的晚些时候,妈妈还是给我打了一个电话,真心表达自己的担忧,同时打破了已遵守了十年的缄默法则,提起了我的眼病。医生难道没说过怀孕会加速疾病的恶化吗?你怎么能追得上两个不到3岁的孩子呢?你考虑过这个问题吗?这是计划中的吗?

如此荒唐的问题。

“我当然有计划了。”我安慰她说。实际上,我有好几个计划。第一个叫“无论如何,别管正在逼近的失明”。第二个叫“恐惧”。第三个更详细一些,叫“承担重大责任,去做不可能做的事

情”,还包括以下几项行动:

·不要把不治之症遗传给孩子。

·不要在公共场合把孩子弄丢——让孩子穿霓虹色系的衣服? 拴上狗链? 用GPS定位?

·向孩子解释失明的含义,好让他们不要为自己的缺陷而感到羞耻。

·教孩子尽快识别颜色、读书、安全过马路。

最后一条很重要。我知道做到这一条可能使一切都进展顺利,但出于某种原因,这几乎是不可能做到的。

·向人们讲解视觉障碍! 你不能一个人做这件事! 别那么虚荣、固执了!

这就是我绞尽脑汁想出来的计划,接下来就该见机行事了。

在这个计划中,我认为现在就可以实施的是向洛伦佐说一下我的眼睛。他现在只有两岁,但我觉得他能明白,毕竟他都开始背诵莎士比亚的著作了。之前,有一天,他在浴缸里放了一个屁,然后说:“Bubble, dubble, toil and trouble。”[1]当时我就觉得他长大了,我该跟他谈谈了。

在我读过的所有关于育儿的书中,作者都建议跟孩子讨论重

① 《麦克白》第4场第1幕有一句台词:“Double, double toil and trouble; Fire burn, and caldron bubble。”译为:“不惮辛劳不惮烦,釜中沸沫已成澜。”

要而复杂的话题时，最好把事情说得简单些，不要用过多的信息把孩子搞糊涂了。于是，一天下午，当我在帮他整理托马斯火车玩具时，我若无其事地说："你知道我们必须整理火车的另一个原因吗？妈妈看不太清楚东西。有时候，我看不见放在地板上的小火车。如果看不见它们，我就会被绊倒，就会受伤，还可能弄坏小火车。"

"不！"他喊道，又震惊又懊悔，"不，妈妈！我的车车！"

"哎，妈妈不想弄坏托马斯，"我说明道，"可是我的眼睛没有你的眼睛那么好，所以有时候就看不见托马斯，特别是在天黑的时候。妈妈在黑处是看不见东西的。"

"黑？黑？黑？"他扭过头问我。他一双蓝眼睛总是睁得大大的。他永远都有疑问，永远都在观察。他眨眼的时候，我感觉他把各种事物的图画咽进肚子里。他一副毫无防卫的样子让我想要为他站岗，确保没有什么有害的东西能溜进那双眼睛。

我努力提醒自己此刻向孩子揭示的东西是有益无害的。

"是的，在黑处，在黑夜里，妈妈的眼睛没有别人的眼睛看得清。"我说，然后顿了一下，现在传达出来的信息似乎足以让一个两岁小孩儿理解了，"所以你愿意帮妈妈吗？你愿意整理小火车吗？"

"好。"他说着便拿起珀西(Percy)递给我。然后，他就跑到沙发后面藏起来，把屎拉到尿布上。就这样，谈话结束了。现在他知道了。世界上少了一个我不得不向其撒谎的人。

呕吐、起草计划、向家人透露让人难堪的消息，同时还怀着老二——我的工作很繁重。怀着洛伦佐时，我用胎教仪把莫扎特的音乐传进子宫，还给自己的肚子拍了四千张照片，但这一次，这些事情都没做。在一片疲累的迷雾中，时间一周周地飞逝。怀孕五个月的时候，要做超声检查，结果我比预约的时间晚到了半个小时，还找不到医保卡。我还打电话给外婆，大声教她怎么哄洛伦佐睡觉。这时，医护人员走进了检查室。

“准备好了吗？”她问我和大卫。

“好了。”我说着，把手机收了起来。

黑暗的监控器中出现了一个轮廓，模模糊糊的，而且画面的颗粒感很重。不过，我对它足够熟悉了——这是一张婴儿的脸，有眼睛、鼻子和下巴。突然间，我意识到自己身体里竟然有一个人类在慢慢长大。这太让人吃惊了，以至于我哈哈大笑起来。医护人员指出了婴儿的两条胳膊、两条腿、两个肾，虽然我都认不出来，但看到它们的位置和大小都很正常，我如释重负。

之后，她扭动机器上的一个旋钮，一种低低的声音响彻整个房间。第一次听到洛伦佐的胎儿心跳时，我吓坏了。当时，他的心跳快得不可思议，不合情理，让我确信因为自己偷偷地多喝了几杯咖啡，他患上了早期多动症。这一次，这个宝宝的心脏跳动有力而稳定，就像一只节拍器。

“心跳听起来很正常，”她说，“咱们现在看一看。”很快，她就一边点头，一边用手指着屏幕。在屏幕中，我可以看到一个闪烁不定的光点在宝宝心脏中心位置忽明忽暗,和心跳保持同步。

有两颗心在我体内跳动,我想。

之后,我听到她发出"啧"的一声,微笑起来。"好可爱啊!她在打嗝。"

我盯着屏幕,仔细看了几秒钟才明白她说的话。

"她?"我重复道。

她点点头,放大了宝宝身体的一部分,我原以为这部分是宝宝的私处。我没办法看清楚图像,一方面是因为屏幕太暗,一方面是因为我哭得喘不过气,浑身抽搐,结果肚子晃动起来,图像也就变模糊了。在离开之前,她说会给我和大卫一分钟的相处时间,并递给我一包纸巾。

大卫捏捏我的手,微笑起来。他知道我不是在悲伤。实际上,在那个友善的时刻,我觉得自己以前仿佛从没有经受过悲伤、恐惧或伤害。

我花了几个月时间,筑起了一道强大的忧虑大坝,让其他一切都待在港湾里。但是,当我听说自己要有个女儿时,这道大坝就崩溃了,情感的洪流汹涌而出,正是祈祷文和宗教书籍中描述的那种情感——至福。

"我们太幸运了。"我哽咽着对大卫说。

在我身体的中心有一个小人儿。将来有一天,她的身体中心也会有一个小人儿。我们就像一套俄罗斯套娃。我在屏幕里看不见多少东西,但我能感知到的是生命,是无限的生命潜力。其他一切都不重要。与此相比,其他一切都微不足道。

贴士十四:关于散步

城市的人行道不仅仅挤满了人。在路缘石附近,你会发现路标、路灯柱、消防栓、停车计时器、树木、自行车停放架以及塑料自动售货机——里面放着免费报纸,但从没有人拿走一张。在建筑物附近,你会发现长椅、花盆、儿童摇摆车、三明治式广告牌、或开或闭的地窖门。

对普通人来说,这些都是人行道风景中普普通通的元素。对你来说,它们则是障碍。想要对付它们,你有两种选择。如果有小孩儿的话,你可以用婴儿车作为缓冲器,这样前轮就能在你和孩子之前碰到障碍物。想要安全做到这一点的话,你需要一辆结实的SUV式婴儿车,前面带有一只突出的大大的慢跑轮。用伞形婴儿车的话,你的孩子就变成了缓冲器,这可就跟你的意愿相反了。假如这听上去很像是把婴儿车当折叠伸缩手杖来用,那是因为的确如此。

当然,你也可以走中间的道路。请照字面上理解,我是说你真得走在人行道中间。你肯定还是会撞上人的,但人总比消防栓要软一些吧。

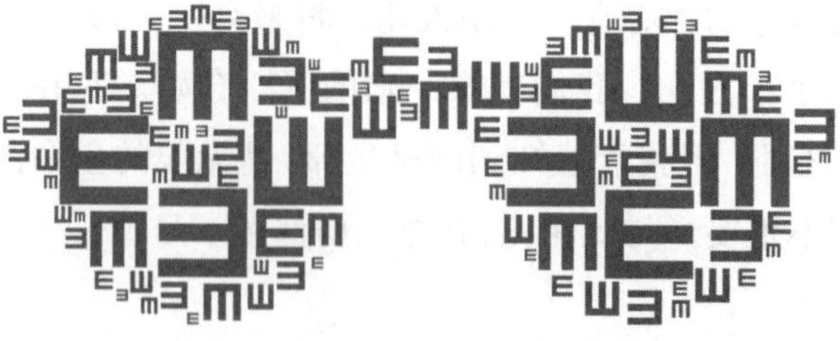

十四
理想医生

“感觉舒服吗?”黑暗中传来一个女人的声音。

我不得不笑。她是在开玩笑吗?

那个声音也笑了:“我是说,考虑到目前的情况。”

“一个人的眼球上放着电极能有多舒服,我就有多舒服。”我说,“另外,我生过两次孩子,所以现在ERG似乎没有那么难受了。”

八个月前,我的女儿罗莎(Rosa)出生了。当时我经历了多次宫缩,如今依然记忆犹新。我之前听人说生二胎就像闪电一样快,但我的经历并不属于这一种。实际上,分娩时间跟第一次差不多,但是舒服多了,因为这一次不是在感恩节晚餐期间破水的。另外,我这次的确和自己的礼物亲密接触:它就是改变我人生的宝贝——硬膜外麻醉剂。当然啦,孩子也是一个改变我人生的宝贝。

实际上,罗莎是一个理想的宝宝。她温柔、随和,看上去像一个小天使,你都会觉得她是直接从西斯廷教堂的天花板上飞下来的。我本来一直担心,害怕她作为第二个孩子,只能得到剩余的爱,但后来证明这种担心是没有根据的。就跟当时爱上洛伦佐一样,我也很快就爱上了罗莎。因此,当我去费城看古德斯汀医生(Dr. Goodstine)和他的研究助理团队时,我实在不舍得把罗莎放在爸妈那里一天一夜。

"不过,"我提醒自己,"我这是为了她,也是为了洛伦佐。"

如果有谁能让我乖乖配合临床试验或治疗,那就是古德斯汀医生了。这个男人就是一个超级明星,是世界一流的视网膜专家之一。而且几乎同样重要的是,他和他的团队差不多就是我有幸见过的最好的人类了。负责ERG的琳达(Linda)对人相当关心体贴,以至于我感到自己正在享受五星级的奢华实验室。这跟霍尔医生诊所的《发条橙》体验简直有着天壤之别。

测试的基本操作方法还是一样,仍然是同样的电极隐形眼镜,上面连着怪异的电线,但琳达的小小善举让整个过程变得人道起来。她从自动贩卖机给我买来了拿铁咖啡和小吃。她让大卫进去握着我的手。

还有音乐。先是黛娜·华盛顿[1](Dinah Washington)那天鹅绒般的颤音荡漾在漆黑的房间里,现在是约翰·列侬和小野对唱,唱的是他在刮胡子时呼唤小野的名字。这些音乐虽然是个小礼物,但我感觉意义重大。在我想要眨眼时,它吸引了我的注意力,使我平静。连续九个小时的测试,这可是很不容易的。

"差不多结束了吧?"我问琳达。

"我认为这个结束后,古德斯汀医生还想再做一个。"她说。

"好吧,"我表示同意,"不过,这个算是差不多结束了吧?"

"还没有完全结束。"她说。我知道这句话意味着测试才刚刚开始。在过去的九个小时里,我已经了解到琳达是一位专业的公关专家,总是强调积极的那一面。她不撒谎,只是不会提供让病人恐慌的细节。当我上午八点到达时,我问测试需要多长时间,她回答:"古德斯汀医生做事很仔细。我们肯定能让你吃上午饭。"假如当时她说我到晚饭时间还会待在那儿的话,我可能就直接夺门而出了,也不管能预约到古德斯汀医生是多么幸运。

那样的话,我就得再等差不多一年才能见到古德斯汀医生了。现在,我明白他为什么每周只看一个病人了。病人们也是研究对象,因此我们都同意接受很多测试。对我们个人来说,这些

---

① 美国布鲁斯、节奏布鲁斯以及爵士女歌手,生于1924年,卒于1963年。

测试或许没有多大影响，但可能会启发人类从总体上了解这种疾病。他们扩大了我的瞳孔，抽了一些血液，分析了DNA，对我的视野进行了一番探究，比马可·波罗当年探索中国还要仔细。我可不是在抱怨。不过，我真的需要抱怨一下。

“琳达？”我喊道，“不好意思啊。我只是——我需要抽一下。”

她无语了一秒钟，于是我解释道：“我的乳房。”

“哦——对，好吧，”她说，“我们休息一会儿。”

就在几分钟内，我离开了一台机器，再被连到了另一台机器上。助手们都回避了，但大卫被领进去陪我。我们用手电筒照明，把吸奶器准备好，好让我的眼睛继续习惯黑暗。

我们静静地坐了一会儿，听着奶水泵有节奏的哗哗声中点缀着奶水滴在瓶底上的叮铃声。

“我感觉自己像只跟母牛杂交的豚鼠。”我说道，两只手各捏着一个凸缘。

“是的，不过往好的方面想，我们一会儿也不用去专门给宝宝买纪念品了。”

“而且她配得上，”我说，“我爱死这个女儿了。”

罗莎确实好得几乎让人难以置信。她不但聪明、漂亮、爱笑，还很理智，而最后一条正是婴儿中很少见的性格特征。我给她一些豆子，她全都吃掉了。她在外面很乖。我推着双座婴儿车，走在自己专属的人行道中间，遇到胆敢踏入我地盘的行人，我就把他们撞翻，而罗莎就在车里轻声地哼叫着。最重要的是，她的睡眠很好。我们曾经努力让洛伦佐做睡眠训练，方法就是在他四个月的时候让他哭个够。在前三天的晚上，每晚他都会大哭整整一个小时。他在尖叫，外婆也在尖叫（“虐待儿童！这是虐待儿童！”），于是我们就没了决心，又像原来那样摇着把他哄睡着。结果，当他差不多3岁时，只有一群睡眠专家哄着他他才能睡着。当我们对罗莎进行睡眠训练时，她哭了五分钟就滑入了梦乡。我们真是生了一个“头奖宝宝”。

实际上，我们总的来说都抽到了头奖。我怀孕期间一直都在恐慌，因为自己的视力正在恶化，而且对这种恶化怀有一种无法矫正的厌恶之情，所以我不知道如何应付两个相差两岁的孩子。不过，自从有了罗莎之后，我就松了一口气。情况进展得比我预想的还要顺利，即使对洛伦佐这个新任大哥哥来说，也是这样。

他真的每天都会问我：“那个宝宝什么时候回到你肚子里？”而且，我给宝宝喂奶时，他都非常生气：“不！不要喂这个宝宝吃奶！”不过，在大多数时候，他只是忙着自己的事情，好像妹妹并不存在。但就我而言，这样对每个人来说都是最安全的。因为宝宝小睡频繁，而且时间不短，因此当洛伦佐跟我一起待在家里时，我们就能享受充足的高品质时光。甚至洛伦佐还在蹒跚学步时，他就走上了变成和我一样的大书虫的道路。他会爬到我的大腿上，听我一页又一页地读莫里斯·桑达克[1](Maurice Sendak)和莫·威廉斯[2](Mo Willems)的书。有时候，他甚至会听我读大孩子的书，比如《夏洛的网》(*Charlotte's Web*)。女儿在酣眠，可爱的儿子跟我共享爱好，我感觉自己似乎达到了养育儿女的涅槃状态。我仍然可以看清书上的铅字，这可真是锦上添花！我的意思是，我需要在光照良好的房间，拿书的姿势正好可以让自然光照在纸页上。不过，在书山小径上赶马车时，我依然没碰到多少障碍。

现在，我找到了古德斯汀医生：我的理想医生。他身材高大，为人谦和，留着灰色山羊胡，戴着眼镜，目光温柔。他身上很明显带着一种父亲的气质。他甚至送给我一副眼罩，让我带回家给洛伦佐扮海盗用。他做得很对。终于有一个医生明白我是个人了，而不是一堆细胞。在我19岁时，我并不觉得这是多离谱的要求，但在一连串看了这么多专家之后，我才知道做到这一点有多么可贵。这些专家中就包括"不要朝信使开枪"的霍尔医生，还有"不要告诉我你的感觉"的特纳医生。

找了这么多年，我才找到古德斯汀医生，不过他确实值得等待。晚上七点，最后一项测试结束后，他请我和大卫到办公室谈

① 美国著名儿童文学图画书作家及插画家，代表作为《野兽家园》。
② 美国著名童书作家、动画师。

一谈。他花了十一个小时给我看病,又抽出一个小时跟我们聊天,用“真人的语言”解释每一件事,并回答每一个我们提出的问题。在这些问题中,有的甚至都能让特纳医生把穿白制服的人叫进办公室,比如:

你认识其他患有色素性视网膜炎的母亲吗?她们的小孩儿没事吧?我是说,这些妈妈没有带着孩子意外走到车流中间吧?也没发生其他类似的情况吧?我正在做的事也不是完全不理智吧?

我确信他认为让我去精神病院待几天会对我有好处,但他还是回答了我的问题,也许因为他觉得别人也回答不了。

古德斯汀医生也有好消息。呃,有好消息,也有坏消息吧。乐观地看,尽管怀孕似乎让失明加速了,但测试结果中并没有确凿证据能证明这一点。没错,视野的确有一定程度的损失,但变化并不大。我的视敏度比原来差多了,但可能是因为——这是个坏消息——我得了白内障。他安慰我说,对于患有色素性视网膜炎的病人来说,这种情况是很常见的,不必担心。实际上,如果白内障太过严重,可以摘除晶体。不过,我得先斟酌一下,看看视力恢复的程度是否值得做手术。说白了,他的意思就是:到那个时候,我的视力可能会太差,再做手术就没有意义了。

当然,他又说了,我眼睛里面还有一些水肿。也不是真的水肿吧,只是一些类似水肿的肿胀,可能不值得用药治疗,因为好处不多,而副作用还会带来一些麻烦。

想起特纳医生那次失败的试验,我笑了。我现在是在测试古德斯汀医生,而他顺利通过了。

谈完后,古德斯汀医生推荐了一家可以吃到费城芝士牛排三明治的绝佳餐厅,就在出城的路上,然后他还把我们送到电梯门口。

我毫不吝惜对他的感谢,双手握着他的手,上下摇着。我怎么才能让医生知道他的能力和善意对我来说有多么重要呢?这个人奉献一生来寻找疗法,希望能攻克我这种罕见的怪病。每天都泡在实验室里工作。了解到这一点让我充满了希望。古德斯汀医生接手了我的治疗。无论他能否及时找到治愈我眼病的疗法,甚至最终能否找到这种病的疗法,其实都没什么关系,关键是他正在努力。我能怎么解释那对我意味着什么呢?当然不能了,但我的确试着解释过。

"上帝保佑您,"我脱口而出,然后就说个没完,"我知道这听起来挺疯狂。我是说,我听起来就像我的外婆,但我真的祈求上帝保佑您,古德斯汀医生。您是个很好很好的人,我永远也忘不了您。"

他咧着嘴笑了:"好的,我们会再见面的。你两三年后再给我打电话,到时候我再看看你的情况。也许到那个时候,我就找到了一个更有希望的治疗方法。"

在开车回纽约的路上，我给爸妈打了电话，向他们转达古德斯汀医生的乐观报告。他俩刚把两个孩子哄睡着。

“你看吧，”妈妈说，“一切都会好起来的。”

情况似乎是这样的。

然后，罗莎开始走路了。

贴士十五：如何紧跟学步婴儿

最好的办法就是把孩子困在婴儿床上，不分日夜，直到他们自己发育出控制冲动的能力。遗憾的是，人们并不赞同这种做法。

尤其是在公共场合，你会想最大限度地利用声音信号。你得避免培养出强壮的、安静的孩子，在这个方面，说话滔滔不绝的大嗓门正是你需要的。在孩子领子上系铃铛，儿童保护处(Child Protective Services)的人就会过来找你，但在孩子短袜上系铃铛，看起来会很标新立异，很酷，还带着一种轻微的东南亚风格。还有一种吱吱响的运动鞋，即“叫叫鞋”，在人们心中也是可以接受的，即使孩子穿上它每走一步都会发出烦人的声音，让你听了可能会在眼病之外患上心理疾病。

十五
好妈妈

妈的，我女儿又跑哪儿去了！

这是一个春光明媚的下午，我坐在自己家附近游乐场的一条长椅上，手里拿着一个脏兮兮的赤裸洋娃娃。她叫鲍比（Bobby）。女儿的洋娃娃还在，但女儿不见了。

她到底在哪儿呢？我扭头看着滑滑梯。就在一分钟前，我还看见两岁的罗莎和她的大哥在滑滑梯上玩。现在，洛伦佐还待在原地，假装被头朝下吸进了一个熔岩坑。可是，罗莎没跟他在一起。

她没有以闪电般的速度跑过晃晃悠悠的桥，也没有摇摇摆摆地爬下消防杆。她不在沙坑里，也不想爬猴架。据我所知，她不在游乐场里。

我站起身开始行动，紧紧抓着鲍比塞满豆子的身体；我不能把她深爱的洋娃娃也弄丢了。我心跳加速，快到后来只能听到血涌进耳朵的声音。

我怎么就没有一直看着她呢？我气坏了。我现在应该已经吸取教训了呀！

其实我当时就只有那么一会儿移开了目光，去寻找从尿布包里掉出去的鸭嘴瓶，可我还是责备自己太糊涂，接着我又责备自己浪费时间去责备自己。我需要采取行动。我带着孩子来纽约市中心一个挤满人的公共游乐场玩，结果我把她弄丢了！当我站在那里浪费宝贵时间的时候，她可能正往游乐场大门冲。那些自由散漫的该死的父母，从来不会随手关门！她跑出大门后，可能会接着跑向几步之外的四车道交叉路口。她可能在路上漫无目的地走着，结果走进了街角那家杂货店，或者正跟那个令人不安的中年男人聊天。他就坐在轮胎秋千旁边，但从来没有孩子跟他在一起。我不能光站在这里了。

"行动吧，"我告诉自己，"现在就行动。"

"洛伦佐，"我大喊，快速走到了滑滑梯那里，"你妹妹，你妹妹呢？"

他耸耸肩，冲下了滑滑梯，拼命喊叫着，模仿被岩浆活活烧死的样子。毕竟，他也不是妹妹的保姆。

这正是我需要向别人公开自己视力情况的原因，这样我就不会指望一个4岁的小孩子分担育儿责任了。

现在,我奔跑着,绕着猴架狂奔,抬头看着螺旋滑梯。我紧紧抓着鲍比柔软的手,一会儿往这个方向跑,改变主意后,又往另一个方向跑。鲍比在我手上甩来甩去。

“快点儿,宝贝儿,”我心里呼唤着,“来找妈妈呀。”

我试着制定一个计划,但我的大脑已经失灵了,里面只有两个字反复响起:“宝宝,宝宝,宝宝。”

我需要判断一下,看是否该寻求帮助了:其他母亲、警察、一个能做一些我做不到的事并找到我女儿的人。可是,我什么也不知道,因为大脑已经短路了。我甚至都不知道自己已经找了多久:一分钟?五分钟?十分钟?她穿什么衣服?我不记得了。我上次是在哪里看到她的?我已经忘了。我有她最近的照片吗?

“没有,妈的,没有,”我在大脑里这么哭喊着,“不可能发生这种事儿。”

我到了游乐场大门,门半开着。然后,我就没地方可去了。我在出汗、喘气,我头晕眼花。

我闭上了眼睛。

“求您了,”我祈祷着,“求您了,让我找到她吧,我再也不会让这种事儿发生了。”

我叫着她的名字,先是用疑问的口气,然后提高了声音。我叫了三四次,把声音像鱼线一样发出去,希望能捉住她。

“求您了求您了求您了!”

“妈妈!”

我转向那个声音的方向。她就在那儿，坐在几分钟前我坐的那张长椅上，晃动着小脚，脚上穿着粉红色喜健步鞋，手上拿着一袋金鱼饼干。她的那双眼睛，那双颜色如焰心的闪闪发亮的眼睛正在对着我微笑。她朝我使劲儿挥动着一只胖胖的、脏脏的小手。

突如其来的如释重负感使我的身体失去了平衡。有那么一会儿，我觉得自己就要栽倒了。

不过，我还是慢慢地走过去，在她身边坐下来，把她抱起来放到我的腿上。也许感到她的身体靠在我胸前能让我的心脏病免于发作。

我真想好好训她一顿，让她别再从我身边跑开。但是，我不能那样做，因为她很可能就一直坐在那里。

我想说些什么？比如"我很抱歉。我正在尽力。我会做得更好"。但如果我以为自己能向一个两岁孩子解释清楚自己的处境，那我就不正常了。我都不能把自己的处境向成年人解释清楚。我是说，我不愿意解释。我所能做的就是拼命保守一个越发难以保守的秘密。在我应该保护孩子的时候，我却死守着这个秘密。

我抚摸着罗莎的头发，与其说是为她好，不如说是为我好。她的头发是金色的，就像一个童话人物那样。不过，她的头发不仅仅有一种颜色。在她的头顶上，有一片厚厚的头发呈阳光曝晒后的银色，但穿插其间的浅色系的黄褐色头发看起来更像是狮子毛发的颜色。她脑袋背后的发色要更深一些，就像焦糖布丁外皮的颜色。

“鲍比正在找你呢。”我对她说，把洋娃娃递给她。她从我那只还在颤抖的手上抢走了鲍比，拿了一把金鱼饼干，朝洋娃娃的布质嘴巴塞过去。然后，她又拿了一把饼干，塞进我嘴里。

“好妈妈！”她尖声说道。

我嚼着脏兮兮的饼干，心里想：不，我不是，我根本就不是个好妈妈。

当罗莎踏出人生中的第一步时，我本能地想把她抓回来继续坐着。当然了，我没那么做。然而，我心中的恐惧还是那么强烈，那么有说服力。

“你完了！”恐惧咯咯地笑着，“祝你好运啊。”

内疚立刻冒出来。诡异的是，她说话的口气很像我妈。

“什么样的妈妈才会在这种时候让恐惧进来呢？”她责备道，把牙齿咬得咯咯响，“有些人就永远不应该有孩子。”

然后，在这紧要关头，“欢乐”做着后手翻冲了进来，然后使劲儿挥动着手中的彩球。很快，我也尖叫着，拍着巴掌，欢呼着，持续不断地喊着：“好姑娘！”这正是《年度妈妈手册》（*Mother of the Year Handbook*）中“里程碑”那一节详述的行为规则。

没事儿的，我能搞定。

当然，我完全错了。我根本就搞不定。

罗莎正学习走路，正慢慢成为她自己，茁壮成长为她注定要成为的那个女孩儿。

那个女孩儿并不温柔，甚至都称不上温和。

那个女孩儿是个全力以赴、寻求刺激、野心勃勃的恶魔。

那个女孩儿活力四射，有一种顽皮的幽默感。现在我才明白过来，她人生中做的第一个大恶作剧就是让我们在大半年里相信她是一个随和的孩子。

当我的女儿还在蹒跚学步时，人们对她这种孩子有各种不同的叫法。自由散漫的人说她“自由自在”；讲求实际的人觉得她“难伺候”；老派的严格管教倡导者则认为她是一个“捣蛋鬼”。不过，几乎所有人都认可的说法是“难管教”。从罗莎1岁到3岁，我们每一次外出都可以听到有人说：“哇，这孩子很难管，对吧？”

我不必考虑如何回答，因为我只顾抓着她的衣领，不让她跑到开过来的那些车辆中间；要么就把她拽回来，不让她摸死老鼠；要么把玻璃片从她手里打掉，不让她吞下去。

不要误解我。从一开始，我就喜欢女儿热情洋溢的性格。我敬畏她的活力，也备受激励。所以，在我醒着的每一刻，我必须要压制住她那活泼的性格，这可真是太糟糕了。

我还能干什么呢？毕竟我想让孩子待在自己身边。要让这个转来转去的小东西免受伤害，即使一个正常的妈妈也要经历一场苦战，更不用说已经半瞎的我了，而且我还得照顾另一个小孩儿。

她只要脚一沾地，就开始跑；她只要一跑，我就知道自己有问题了，一个很大的问题。

这不是视力有障碍的人所独有的问题。实际上，只要父母有不止一个孩子，但同时只长了一双眼睛的话，他们就会遭遇同样的挑战。当父母的人，都几乎会在某个时间点在人多的公共场所弄丢过自己的孩子，不管是游乐场、动物园，还是超市。只不过丢的时间不够长，不值得给警方打电话，或采取类似措施，但足以让你怕得要死，浑身难受，开始向上帝祈祷。大家都碰到过这种事，只不过对我来说是家常便饭罢了。

如果是洛伦佐丢了，那几乎总是虚惊一场。因为他是我第一个孩子，还因为他天生就很谨慎，所以他总是离我不远。在洛伦佐出生那天，在剪断他脐带的时候，大卫肯定留下了千千万万个隐形的橡皮筋，让洛伦佐总是能够弹回到我身边。

但是，罗莎就没有那件回到妈妈身边的飞去来器。在学会走路之前，她一直黏着我，但那只是因为我是她的交通工具。一旦可以自由行动，她就变成了一只冲天猴。她“嗖”的一声从耳边飞过，闪烁的金发随风飘扬，仿佛熔化的金属。我发誓自己当时还听到了她从牙缝里说：“再见了，撒瓜们！”

罗莎会跑掉，不再回来。有时候，如果大卫跟我在一起，我们就放开她，就算做个试验。我会看着她越走越远，希望她能停下来，甚至停一下回头看看。然而，我总是输了这场懦夫博弈，大喊“停下”，然后大叫：“大卫！抓住她！快点儿！”

所以，假如罗莎从我视野中消失，我有理由认为她正跑往游乐场的大门。之后，谁知道她会去哪儿呢？

不过，有时候情况就像那天一样：我手中攥着鲍比在游乐场到处找罗莎，而她只是从我那残缺的视野中消失了——坐了下来或者跑到了几步远的地方。那样的话，她就跑进了我的盲点，而那些盲点一直在扩大，而且越来越难以控制，就像长筒袜在脱丝。她是会消失的，虽然实际上近在咫尺。要避免发生这种情况，唯一的办法就是一刻不停地盯着她，连手表也不看，连掉在地上的鸭嘴瓶也不捡。

不幸的是，这让我成了一位"直升机妈妈"。这个说法是我从电脑中的育儿订阅电邮中学到的。"直升机妈妈"就像一架直升机，在孩子头顶盘旋，不停地监督和指导。与此相反的则是"放养妈妈"，这种妈妈给予自己的孩子各种自由，让他们探索自我，管理自我并犯错。

我妈对后者有另一种称呼，说她们是"永远都应该节育的傻瓜"。按照她的说法，不但不能给孩子自由，还要紧紧抓住他们的自由，直到他们从你那双冷漠无情的手中把它抢走。即使在那之后，你也要紧跟自己的孩子，直到他们即将走完自己的人生，就算那时候你已经去世，也要盘旋在他们的头顶。

其他的父母会回想儿时的好时光，说当时的情况是多么不一样，可以自己一个人上学，可以在街上玩棍球(stickball)，可以跑到街角商店给妈妈买烟。听到这些，我算是惊呆了。我小时候都不能在万圣节那天向陌生人要糖吃。妈妈不但陪着我们玩"不给糖就捣蛋"，还做我们的司机，开着车送我们一家接一家地去她朋友那儿要糖。甚至在我们吃糖之前，她还要检查一下那些糖果，因为她不敢完全确定外婆那位87岁的邻居不会在特趣巧克力糖(Twix)里放刀片。

“你难道不相信我?”我会发出抗议,拼命要逃离她的力场。

“我当然相信你!”她大声说,“我不相信的是别人!”

当妈妈的一大好处就是你可以让自己的妈妈看一看:你做妈妈可比她强多了。在我怀孕的时候,我觉得想要做到这一点的话,有个办法就是把自己不曾有过的自由给予孩子,让他们从自己的错误中学习,给他们成长的空间。

如果不是因为眼病,我很可能就这么做了,我也很可能成为一个冷静、自信、放松的妈妈,站在游乐场的边线上,一边品着拿铁,一边聊着无谷物蛋白小吃或者超级妈妈会谈论的任何话题,偶尔抬头看看孩子在哪儿,不过在大多数时候,我和孩子都是各忙各的。这听起来很梦幻。我敢打赌,这样的话,我的头发可以更浓密,皮肤可以更好,屁股可以更翘。

可是,结果呢?我成了一个头发油腻、眼袋下垂、屁股松弛的“直升机妈妈”。不过,用“盘旋”这个词形容我的所作所为实在太委婉了。“追捕”这个词更恰当一些。把孩子们一放开,我的目标就是把他们再抓回来,所以在游乐场里上演了没完没了的基斯通警察[①](Keystone cops)追捕场景。

不需要做多少试验,我就明白假如自己用自由放养的方法,孩子们最终会被送进急诊室,而我会被送进精神病院,而且这还是最好的结果。这里有一个典型例子:收获节大惨败。

---

① 基斯通是默片时代美国一家著名的电影制作公司。在公司的电影里,警察往往被耍得团团转。“基斯通警察”后来成为美国文化中“愚蠢、无能”的代名词。

当时是10月初，在我们经常去的公园坡游乐场里，人们正在庆祝收获节（Harvest Festival）。人们在里面举办了很多早期乡村集市上的活动：骑小马，爱宠动物园[①]（petting zoo），在南瓜上画鬼脸。因为我们城里人很少玩这些，所以都爱得发疯。我和大卫推着双座婴儿车就过去了，里面坐着4岁的洛伦佐和两岁的罗莎。到游乐场的时候，那里的人群熙熙攘攘，跟交通高峰期的地铁站台似的。更糟糕的是，两个孩子立刻朝相反的两个方向走去。

"瓦。"罗莎提出了要求。她嘴里咬着饰有珠宝的粉红色宾基奶嘴。阳光下，她的眼睛呈蒂芙尼礼盒的颜色，就和你会在礼盒里看到的宝石一样，这双眼睛闪闪发光，像是被利刃切割过一样。

"你嘴里咬着奶嘴说话，妈妈听不懂啊。"我那天解释了一百遍。最后，我们不得不让她停止使用奶嘴。然而，只有这个奶嘴才可以让她稍微安静一些，而我很难面对一个没有它的世界。

罗莎把奶嘴拿出来，清清楚楚地说："小马。小——马。"之后，她又学马叫："咴咴，咴咴，咴咴。"我总是感觉自己才是孩子，而她是一个不胜烦扰的大人，正在耐心忍受我的笨拙，但最后发现很难忍受。解释清楚自己的请求后，她又把奶嘴塞进嘴巴，重新吸了起来。

"不，不，不！我不想骑马！"洛伦佐尖叫着，"呸，呸，呸！我想在南瓜上画鬼脸。"

---

① 游客（尤其是儿童）可以触摸、喂养动物的动物园。

跟其他所有孩子不一样的是,洛伦佐不喜欢动物。他觉得动物很吵、难闻、无聊、粗野,各方面都让人恶心。

“我带他到南瓜那边,你带女儿骑马去吧。”大卫提出这么一个办法。分而击之一直都是个好办法。我知道大卫之所以选择南瓜,是因为他跟洛伦佐一样不喜欢在粪便里走来走去的动物。

我把双座婴儿车放在了童车停放区,牢牢抓起了罗莎的手。

“我们到小马那儿,”我解释道,“但是你必须要抓住妈妈的手,不能跑掉。懂了吗?”

她点点头,一副很让人相信的样子。在往售票处走的那十步中,她确实抓着我的手。可是,她意识到自己不会立刻就骑到小马的背上,而是必须先在长蛇似的队伍里等待,就松开了我的手,开始攀爬木栅栏。

“你好啊!”我后面传来一个声音。回头一看,原来是希瑟(Heather)——洛伦佐学前班一个男同学的妈妈。希瑟有三个孩子:一个跟洛伦佐一样大,一个跟罗莎一样大,最小的那个正坐在一个靛蓝色的婴儿兜袋里。这几个孩子都长得很漂亮,仿佛她养他们就是要给盖璞公司(Gap)做广告一样。他们都长着蓝灰色眼睛、栗色头发,文文静静的,很讨人喜欢。她的儿子喜欢橄榄球,女儿喜欢芭蕾舞——都是一些正确的爱好。假如有一个小时,在大部分的时间里,他们会翻看图画书,自娱自乐。有一天,我请希瑟的儿子来我家里玩儿。他回去后,我郁闷了好几个小时,因为他被教育得实在太好了。一走进我的家门,他就要求洗手；玩完积木后，他还专门清洗了一下积木；喝牛奶而不喝果汁，喝完还一定要把杯子放在他称作“十二点钟方向”的地方，就在金鱼缸的正前方。我的儿子呢？他不知怎么就让有盖子的杯里的水洒满了胸前，身上那一层薄脆饼干渣全浸透了水。希瑟不忘回报，邀请我们去她家玩。在那里，她招待孩子们吃羽衣甘蓝蔬菜片，喝冰沙。直到现在，当我看见冰沙时，我还是感觉很丢脸，感到自己低人一等。

希瑟是超级妈妈中的超级妈妈。无论做什么，她似乎都能毫不费力地做得很出色，让我都嫉妒死了。

“我对着你挥手都挥了五分钟，”希瑟哈哈笑着说，“然后我就想还是自己走过来吧。”

“啊？是吗？”我尴尬地说，“不好意思啊，这里简直就跟疯人院一样。”

当我没看见别人向我招手时，我就说人太多，光太亮，干扰太多。这已经成了我的一个习惯，可是这一次，这种说法差不多是可信的。

“我知道。所有这一切都太棒了！”她指着面前丰富多彩的活动，夸张地说道。

“是啊，太棒了，”我表示同意，同时责怪自己之前态度消极，现在又试着迎合她的积极心态，还想最好能超过她，“尤其是骑小马。罗莎可喜欢小马了”。

我指着罗莎。这孩子的一条腿已经跨过了栅栏。

“不不不，宝贝，咱们还不能骑马。”我跟孩子解释着，想用抑扬顿挫的声调掩饰自己的失意。

当我把罗莎异常有力的指头从栅栏上掰开时，她瞪着我。她的双眼不仅颜色很浓烈，它们还能做手势般地表达自我。她的眼皮很灵活，生气时合得窄窄的，吃惊或害怕时就像遮光帘一样突然被拉开。她的睫毛带着节奏，可以讲故事：神经紧张时忽闪着，精神集中时仿佛在演奏低音，蔑视时一眨不眨。她金黄的眉毛充满活力，就像两个起舞的伴唱歌手。她的双眼就像一个舞台，总是上演着壮观的节目。没错，这一切都很让人着迷，但也让人疲惫。

我刚把罗莎放回地上，她又开始往栅栏上爬。我感觉自己就像西西弗斯。

“你别的孩子呢？”我问希瑟。

“哦，他们就在附近，”她轻松愉快地说，“德米特里（Dmirtri）今天上班，所以我就想今天下午可以过来这里。”

我想：如果不是他们的爸爸在看着他们，那到底是谁在看着他们呢？孩子没人管，她怎能如此漫不经心，如此默然处之呢？而且更重要的是，相比之下，人家会觉得我有多土气，多紧张呢？

“不过，我一会儿就该去接他们了。今晚我得请德米特里的家人吃饭，还缺几套餐具。总共有二十个人呢。”

最后那句话听起来几乎像是抱怨，但就在它变消极之前，她赶紧加了一句：“不过这也挺好，可以让孩子们练练希腊语。”

她要在家里给二十个人做饭？我很吃惊。给两个孩子做一碗意大利面，我都做不好。即使做好了，我们家的餐桌也坐不了六个人。即使是六个很瘦的人，而且习惯了狭窄的空间，他们也坐不下。

我正静静地以螺旋状陷入自我厌恶，希瑟又说了一句话，打断了我的思绪："你肯定懂的。你的孩子说意大利语，对吧？"

"呃——也不是，"我说了实话，"我对洛伦佐说过一点儿意大利语，但我老公不会说意大利语，我说得也不流利。太难了。"

"是啊，"她深有同感地点点头，"是挺难的。"

还没有难得让她做不到的，我心想。

"哦，看来你得往前走了，"希瑟说着，指着我前面队伍的空隙。我都没有注意到。跟大街上别人朝我挥手一样，我几乎从来注意不到队伍的空隙，除非别人指出来。

"好，罗莎，我们走吧。"我喊道，转身去看女儿一分钟前待的地方。可是，当我的目光转向栅栏柱时，罗莎并不在那儿。我沿着栅栏往右看，再往左看，她都不在。罗莎学会走路后，我常常有一种不祥的预感。现在，我又体验到了这种熟悉的感觉。那一刻，我真想把双手放在希瑟那光滑的脖颈上，当着一百个等着骑马的孩子的面把她掐死。因为虽然这么做可能没有正当理由，但我觉得假如这次丢了女儿，希瑟要负全责。

希瑟的孩子们有着完美的自控能力。当他们到处跑的时候，她也能看着我的眼睛，跟我聊天。不管什么时候，只要她想知道孩子在哪儿,她就会用自己那超人般的X光眼睛在四周一扫,然后就“找到了”!我可不行,我做不到边聊天边照顾孩子,至少在人多的公共场合是做不到的。如果想让孩子活着,而且还在我的控制之下,我就必须训练自己不停地盯着她,一刻也不放松,不能听别人说到宴会就和颜悦色地点头,不能微笑着对骑小马表达赞赏,无论什么理由都不能。我不像希瑟,永远都不会变成她。就在我假装自己是她的时候,在这片人山人海中,我已经把自己的小孩弄丢了。

“不好意思,我得去找罗莎了。”我向她告辞,转身朝秋千走去。

“哦,她就在那儿!”希瑟指着等待骑小马的队伍前部。罗莎试着插队早点儿进去,但没有成功。一个看起来挺无趣的十几岁小孩儿挡住了她。

我跑过去,听到那个大孩子随意朝着一个方向问:“这是谁家的小孩子?”在离骑马场门口几步远的地方,我的膝盖碰到一个障碍物,我听见“嘭”的一声,接着就是尖利的哭叫声。

我低头一看,发现脚边是另一个正在蹒跚学步的小孩儿。他坐在地上,伸着小手,哭着要爸爸。那些蹒跚学步的小孩儿都很矮,离地面很近,所以几乎总是处在我周边视觉的盲区。除非我直接看着地面,否则就看不到他们。罗莎已经习惯被自己的妈妈撞得一屁股坐在地上了。这个小孩儿可没有习惯。幸运的是,他的屁股垫得厚厚的,所以与其说他是伤着了,还不如说是被吓着了。

我尴尬至极，把他拉起来。

“真对不起，”我结结巴巴地说，“你没事儿吧？”

他不哭了，抬起头好奇地看着我，可能想弄明白我的意思：刚刚把他撞倒，紧接着又把他拉起来。我算什么人呢？敌人，还是朋友？

我用“没事儿的，会跟新的一样”的手势尴尬地拍着小男孩儿的头。就在我正要接着走完剩下的几步路去领走自己孩子的时候，小男孩儿的爸爸突然冲了过来，把他抱起来，然后问我：“你怎么回事儿？”

我认为这是一个反问句。

“真是很抱歉，”我说，“孩子没事儿吧？”

“不知道，我想应该没事儿，”他说，“但你到底怎么回事儿啊？”

“对不起，我只是——我没看到他。”我结结巴巴地说。由于尴尬、内疚和慢慢增强的愠怒，我的脸都红了。

“哼。”他气呼呼地说。虽然小男孩儿已经不哭了，但他还是拍着儿子的背：“你是在游乐场。看在上帝的份儿上，你走路看着点儿吧。”

他指责完了，心满意足地背过身，抱着孩子往爱宠动物园那边去了。

我使了很大劲儿才压制住冲他背影大喊的冲动：“喂！你这个笨蛋爸爸！你想知道我怎么回事儿吗？你孩子就在我脚边，我却看不到，因为我就要瞎了。给你带来了麻烦，我很抱歉。可是我已经道歉了，你那个熊孩子也完全没事儿。我还不敢说自己的孩子没事儿呢。我都到不了她的身边，因为一直都在忙着被你指责来指责去的，你这个傲慢、冷酷的浑球。”

假如希瑟原来认为我很土，那这一番痛骂可能就会加深这个印象。于是，我咬着舌头，就像我妈说的那样——“直到咬出血”。等找到罗莎时，我的愤怒已和悲伤融为了一体。我一边哭，一边把孩子扣在婴儿车里。不过，她只顾忙着自己哭，并没有注意到我也在哭。

我不可能再回去排队了。为了让罗莎原谅我，我就到索福蒂先生（Mr. Softie）的快餐车那里给她买了一只跟她的头一样大的巧克力蛋筒。她立刻就不哭了，但我还是戴着墨镜在路缘石上多坐了几分钟。

我没机会选择育儿方式，那对我实在太奢侈了。我意识到了这一点。

在我渐渐失明的过程中，我也渐渐失去了各种选择。那些都是些琐碎的小事，但全部放在一起就不会不重要了。我没机会选择穿高跟鞋还是平底鞋；穿着运动鞋已经很难应付楼梯和路缘石了，更别说让人走路摇摇晃晃的四寸高跟鞋了。有个朋友说我眼影涂得有点儿不匀，说了三次后，我就不涂眼影了；现在，我不得不让眼睛周围光溜溜的，但这总比涂得跟小丑一样要强吧。如果下雨的话，我就不能开车送孩子看医生了。我们总是坐公交车过去。

有一个小小的妥协,但我感觉根本就不小,那就是我不能选择戴哪种手表。在我大学毕业时,外婆送给我一只瑞士军表。现在,用它看时间是越来越难了。当我去塔吉特商场购买可以替换它的新表时,发现了一种很适合我的手表。它表盘上的数字很大,几乎是人类制造史上最难看的手表:超大号的圆表盘上镶着水钻,还有粉红色的人造革表带。我唯一的选择就是:要么藏在袖子里,要么自豪地戴着,好像它是我有意选择的时尚用品。

我选择了后者。至少要戴着手表嘛。在爸妈看来,我还在竭力把失明这个丑陋事实藏在袖子里。然而,我总是会露出马脚,比方把那个小男孩儿撞倒在地。当时我就知道这个秘密隐藏不了多久了。问题是,在这么多年以后,隐藏已经成了我的本能。

把袖子往下拉一拉,遮起来。

Part 3
第三部分

贴士十六：跟失明搏斗

你不得不这么做，你知道的。不是在“你准备好的时候”，因为你永远也准备不好，但早晚得开始搏斗。

越早越好。

十六
最后审判日

派克大街那位医生说我还有十年的好视力。罗莎出生那一年就是诊断结果出来后的第十年。这一年来了又去,不可思议的是,预言并没有成真。

我还没有失明,还没有。

当然了,一年又一年,失明向我飞驰而来的迹象有很多,而且越来越多。首先是医学证据:视野测试表明我的视野越来越狭窄;隐形眼镜的推荐度数越来越高,直到古德斯汀医生说已到达极限,不管怎么调整度数,我的视力也改善不了了。已经很难判断我佩戴隐形眼镜的方法是否正确,因为不管戴还是不戴,这个世界在我眼中都是一个样子。

还有白内障、水肿以及色盲。幸运的是,我已经教会洛伦佐如何识别颜色。他会防止我看上去仿佛摸黑穿衣服。如果我一个人的话，基本上就是在摸黑穿衣服。如果你要依赖一个5岁的孩子提供时尚方面的建议，你就知道自己正在走向灾难。

不过，比起穿衣方面的灾难，我还有更大的问题。等罗莎过3岁生日时，我已经看不清正常的印刷字体了。当我在儿科医生诊所和学前班填表格时，发现难度越来越大。我在餐厅经常点凯撒沙拉[①]（Caesar salad），因为虽然我看不清菜单上的字，但上面肯定有凯撒沙拉这道菜。我经常会把小腿撞到咖啡桌上，把额头撞到猴架上。我下楼梯会踩空，握手时会抓空，在表格上签名会签错地方。熟人差点儿要撞到我身上了，我才能认出他们。

我也不能再朗读苏斯博士（Dr. Seuss）的书了。这是一个很大的打击。

我每天都会擦屁股，擦鼻子，擦眼泪，在公共场所想方设法不让孩子走丢。忙忙碌碌之中，对我来说，跟孩子蜷缩在沙发上读着苏斯博士的绘本《绿鸡蛋和火腿》（*Green Eggs and Ham*）就是最暖心的一件事了。

给孩子读书一直都是我最爱的育儿活动。它可以让我把两个最大的爱好结合起来——文学和躺着。结果就是，只要一有机会，我就给孩子读书。我不做饭，也不打扫浴室；我不做手工，也不会为了孩子们的生日而制作纸杯蛋糕。这是我为了努力冲进"年度妈妈"决赛而做出的唯一尝试。

---

① 用柠檬汁、橄榄油等调拌莴苣、大蒜、鳀鱼、油炸面包丁等做成的沙拉。

可是，罗莎3岁、洛伦佐5岁时，我的视力严重恶化，朗读《绿鸡蛋和火腿》这个活动就从快乐变成了痛苦。

前几页很容易就能记住的。

“我是萨姆！”我精神抖擞地开始了。

“萨姆就是我！”

耶！小菜一碟嘛。

读完了前面几页，情况就难以预料了。不是因为词语太复杂或什么的，而是因为“house”和“mouse”，“box”和“fox”之间的词意差别太大了，并且孩子们还会仔细聆听着每一个单词。他们不知道怎么回事儿，会觉得自己听到的正是一个正在变成文盲的女人的声音。五年前，同一个女人还在用《牛津英语词典》查单词，写一篇关于弗吉尼亚·伍尔芙的硕士论文。可是现在，她却呆呆地盯着一个“b”开头的四字母单词，不知道该怎么念。我敢说你肯定以为通向识字的道路是一条单行道。可不能一概而论啊。

“我会在——会在——一个——一个——吃他们。”（“And I would eat them on a—on a—bbbb—booo—”）

我的主要策略是拉长单词的第一个音，以此拖延时间，直到我能猜出来后半部分是什么。结果就是我的孩子们可能会以为“here”和“there”这样的词语各有四个音节。

“我会在——会在——一个——吃他们。”（“And I would eat them on a bo-booo—”）

我知道这个单词还有两个字母，但是哪两个呢？看起来像是个“U”。可能是吧。接下来是个“L”？我感觉自己好像又一次考砸了高中视力测试。不，不会是“UL”。“boul”不是个词，即使在苏斯兰[①](Seussland)也不是个词。我差不多要猜出来了，妈的，快了。等等，也许是“WL”。那是个词儿！讲得通啊。是的，就是它了！

“我要在一只碗上吃他们！”(And I would eat them on a bowl!)

“不对，妈妈！”洛伦佐大声说，“不是在碗上！在船上！”

“说得对！你听得很仔细！”我开心地说，至少我是在训练孩子的预读能力，“好吧，我要在船上吃它们，我要把它们跟一件外套一起吃。”(Okey, and I would eat them on a boat, and I would eat them with a coat.)

“妈妈！”洛伦佐尖叫道，咯咯大笑，“不是外套！山羊！山羊！”(Not coat！GOAT！GOAT！)

“哇，你好聪明！很快你就可以给我读这本书了！”我无声地加了一句，“越快越好。”

“这俩孩子什么时候会学会读书呢？”后来我问大卫，“我们先优先解决这件事吧。”

“买个放大镜吧。”他已经无数次提过这个建议了。

“放大镜太麻烦了，”我反驳道，“用放大镜看东西让我恶心，还很贵啊。”

---

① 由绘本作者苏斯博士的名字“Seuss”和“land”组成的合成词。这里指苏斯博士书中的虚构世界。

实际情况是，我已经试过药店和书店出售的那种放大镜了，几乎没什么用处。我家里的东西乱七八糟，从中间会很难找到放大镜，而且承认自己需要放大镜也让我感到难过，所以用放大镜实在划不来。最后，我需要一个很大的高倍放大镜，但现在还不需要。我的情况还没有那么糟。

当你在忍受一种缓慢恶化的退化性疾病时，你会发现一件很奇怪的事：即使有医学证据可以证明病情是逐渐恶化的，但你从来就没有这种感觉。

我知道自己的视力正在缓慢恶化，每天都多死去几个视杆和视锥，有的月份比别的月份要恶化得快些，但总的来说是缓慢且稳定的。然而，我对视力消失的体验可不是这样的。我眼中看到的图像并不会像你调节手动相机焦距时那样渐渐模糊，我眼中的光圈并不是慢慢缩小的。在我看来，我的视力很稳定，眼病似乎暂停恶化了，结果在突然之间，它往前跨出一大步，就像吃豆人把视力咬掉了一大块儿。这种情况发生时，前一天我还会做的事突然一下子就不会做了。第一天，我还能读出婴儿用美林退烧口服液量杯上的刻度线，但第二天我就不行了。第一天，我还能画好眼线，第二天就不行了。能做的事情越来越少，让我感到了视力正在慢慢消失。虽然这种视力的缓慢消失已经持续了很多年，但我仍然觉得它很不温柔。每一次的视力衰退都是剧烈、惊人和残酷的，就像我的腹腔神经丛被猛地戳了一下。我从来都没有做好准备。

因此，当罗莎刚过3岁时，我收到了好友薇薇安（Vivian）的生日派对邀请，我又抱怨又咒骂，但就是没有说：“我不去。”我对这个派对感到紧张，但我想我能搞得定。

有孩子的最大好处之一，除了盈满内心的爱，就是你至少会在两年时间内拥有了一个逃避大多数社交活动的借口。同事的退休晚宴？不好意思，宝宝感冒了。邻居的超级碗（superbowl）派对？抱歉，宝宝在小睡。家庭聚会？不好意思，宝宝吃了一些糟糕的东西。能用这种借口把社交活动推掉，分娩时的痛苦也就值了，尤其还是一次硬膜外麻醉的无痛分娩。

对我来说，这种借口特别重要，因为这些社交活动大多数都是在天黑以后举行的。因为我夜盲，所以有时候会忘记不是每个人都会觉得夜生活让人恶心。我总是感到很吃惊，因为许多朋友，尤其是单身的朋友，都非常喜欢夜晚，以至于他们在晚上创造出了自己的全部生活，这就是大家说的“夜生活”。我发现那些有夜生活的人不只满足于自己有夜生活，还想让你也参与其中。他们会一直邀请你参加晚宴和鸡尾酒会，直到最后你也有了自己的夜生活。

多亏有两个年龄相差两岁的孩子，我差不多有五年的产假，不用再参与夜生活，晚上可以穿着睡衣坐在沙发上享受每一分钟。可是，罗莎3岁之后，我的借口就到期了。我现在是有小孩儿，但他们可不是婴儿，没有什么理由不把孩子留给爸爸照顾了。

除非我需要孩子的爸爸跟我一起去参加夜间活动。当我请大卫陪自己参加派对时，不会说太多的理由。我们都知道请他同去不仅仅是因为他那迷人的陪伴。经过多年实践，大卫已经完全学会如何在晚上为我导航。更重要的是，他学会了偷偷为我导航，不会引起别人注意。有几个好朋友，包括薇薇[1]（Viv），都知道我视力有问题，但在诊断结果出来后，我们几乎就没有聊过这个话题，我也没有向他们提及：在过去十二年里，病情有一点儿恶化。那就没有办法了，就让大卫像安全别针一样把我糟糕的夜生活别在一起吧。

当我们生活在洛杉矶时，大卫就不喜欢当我的"导盲人"，现在也不喜欢。他骨子里就是个隐士，厌恶陪同别人，也厌恶必须和别人寒暄的场景。但是，他跟"诚实的亚伯"[2]（honest Abe）一样，也很讨厌掩饰秘密。他不止一次地告诉我，如果我一直拒绝公开自己的视力秘密，他就会迫不得已地一再"掩护"我。他问这不也是我们搬回纽约，让我重获自由的部分原因吗？所以，尽管挎着他胳膊的生活是容易多了，但只要有可能，我还是想一个人行动。

所以当薇薇举办她33岁的生日派对时，我就决定一个人参加，尽管这次活动的细节都预示着我会相当不便。我们共同的朋友都参加不了。派对是晚上九点开始，早就过了黄昏时间，地点是在西村一家新开的酒吧。我不仅完全不熟悉那个地方，还知道那里的灯光很暗淡，因为有一点你是可以肯定的：酒吧越时尚，光线就越昏暗。

① 前文提到的薇薇安的昵称。

② 人们对美国第16任总统亚伯拉罕•林肯的爱称。

我很严肃地考虑是否要告诉薇薇安我们出城了，或者罗莎的喉炎又犯了。可是，在过去三年里，我一直都这么撒谎，而且薇薇是我最好的朋友之一。我开始觉得自己除了撒谎，还是个浑球。

而且我想，我不是要及时行乐吗？不是要像今天就是生命最后一天那样活着吗？我在幼儿园待了一天，课间休息时训练孩子们如厕，还做了其他志愿者的工作，所以我有资格休息一晚上，侃侃大山，再喝上几杯定价过高的鸡尾酒。

管他呢，人只有一次生命。我下定决心了。

那天晚上，我找出了吹风机，掸去耳坠上的灰尘，对着放大镜般的镜子，花了整整二十分钟时间化妆。多亏维密那先进的乳房支撑技术，我得以重返哺乳前的“高峰”。我穿上了高跟鞋，心想也许会崴断一只脚踝，不过我也不用去抱婴儿了，所以没关系。当我踏上开往曼哈顿的地铁时，我的屁股扭动着，好像发出了“火辣冒烟儿”的声音。我又东山再起啦！

在坐地铁过去的路上，我没有被绊倒，也没有撞上别人。我努力看清了路牌，没费太多周折就找到了那家酒吧。我只迟到了半个小时，按我的标准已经算是很准时了。可是，当我昂首阔步走向酒吧前门时，我觉得自己的乐观精神却畏缩不前了。这个地方何止是昏暗啊，简直黑暗得不近人情，让人联想到冥界或者乡下。桌子上甚至都没有茶烛（tea candles），简直就是史无前例啊。我一直期待着最起码能有几支小小的茶烛。

令人难以置信，简直令人难以置信。我气得冒烟，用防卫心理来避免悲伤的情绪。难道就没有什么法令,规定商业场所必须有某种程度的照明吗?我是说,应该会有人上法院告他们的。

就这样,五秒钟之内,我的自信就烟消云散了。你只要有那么一会儿对它置之不理,那个反复无常的傻瓜就会飙走。没了自信,没了视力,对自己周围的情况也不了解,我怎么可以走进这个时髦的地狱呢?

该想想办法了。也许薇薇安会站在门口,等着迎接客人,这是有可能的。至少值得尝试吧。我最后一次请求自信回来,但是太晚了,它早就逃之夭夭了。我不得不独闯地狱。

等我走进沉重的玻璃门后,发现里面黑得超乎预料。透过临街那面墙上的玻璃照进来的一点点街灯灯光也被靠在窗户上的人群挡住了。薇薇安并没有站在门口。我之所以做出如此推测,是因为并没有听到她的高声招呼:“你来啦!赶紧过来呀!”

我想,或许我可以走到吧台边,点一杯饮料,然后等着薇薇从我身边走过。可是,我都找不到吧台在哪儿。接着,我身后的门开了,走进来一群嬉皮潮人。他们似乎充满了自信,摇摇晃晃地走过来,把我又往人群中间挤了挤。

恐惧慢慢渗入我的内心。我无法站着不动了,不断有人走进来,一点一点地把我往里面挤,很快我就迷失在这小小的酒吧里,连门都找不到。我就这样被困在那里了,没有薇薇,没有饮料。我这可不是在胡思乱想:这种事儿以前发生过许多次,每次我都是假装自己喝大了,说自己找不到门,可是门明明就在旁边。当我20多岁在好莱坞的时候,我会假装喝醉,掩盖自己的眼病,那样已经够过分了。现在,我已经是两个孩子的母亲了,再这样做就太丢脸了。

可是,我花了一个小时做准备,又花了一个小时坐地铁。我给薇薇带了一个礼物,我的双峰看上去又如此傲人,再说我离她那么近,可能就只有几步远吧。如果我现在转身回家,那就是脑子有病啊。

我一键拨号,给薇薇手机打电话,但马上被转到语音信箱了。我没有留言。我还能说什么呢?

“你好,薇薇。我打电话是因为……你可能不记得了:十二年前,我顺口提到了自己正在慢慢失去视力。我知道在那之后我再没提起过,但我现在的视力真的太差了,所以在这个被上帝所遗弃的地狱中都找不到你了。快来找我吧,要不我就自杀。十万火急。快来!”

我又拨了她的号码,希望至少可以听到附近有电话铃声,然后可以循着声音走过去。并没有。而且更加糟糕的是,当我把手机放进口袋时,我的胳膊肘碰到了旁边一个女人的胳膊肘。她碰巧端了一杯饮料,结果饮料全洒在她的身上。我马上就听见她大喊道:“咋回事儿呢?”当我碰到了别人,让他们手上的饮料洒遍了他们只可干洗的衣服,他们都会这么大喊。

“天哪,对不起!”我想递给她一片餐巾纸或别的什么东西,可是我连她的脸都看不见,更不用说餐巾纸了。

当她说“晕,天哪,真倒霉”的时候,我则跟着小声说“对不起,

对不起,对不起”。我的神经系统是这个样子的:假如我在十秒内说三遍以上的“对不起”,它就会触发“中止执行任务”的条件反射,而我就会立刻后退。这一次,我的后退让很多人手中的饮料都洒了,结果周围的其他嬉皮潮人都在小声咒骂,使我忙不迭地向酒吧里的所有人道歉。

当后背碰上冰凉的玻璃时,我如释重负地叹了口气。终于结束了。我溜出去,跑到一个街角,那里正好有一辆出租车穿过交叉路口。这就是我的救命车。我一下子钻进去,在放声大哭之前把自己的地址告诉司机。走进家门时,我还在抽泣。大卫刚把孩子们哄睡着。

“你怎么回来了?”他问。我看得出来,他挺失望的。他本来想一个人看一晚上僵尸电影的。

我边哭边把刚才的经历告诉他。他坐在那儿,先是伤心,接着就生气了。也许所有男人都这样,也许只有我的男人是这样子的:总是先伤心,后生气,然后集中全力制定一个计划,解决问题。我可以肯定这跟无力感引起的愤怒有关。不过,不管是什么理由,这对我们来说一直都是个问题。在我真的极度伤心时,我不想解决任何问题;我只想让他看着我哭,只想让他真真切切为我感到难过。

“下一次,你就告诉薇薇安,你在黑暗中什么也看不见,那样她就会在门口等你了。”

“不行,”我说,“那样太丢人了。”

“当然行,”他咄咄逼人,“你正把自己的情况搞得越来越糟糕。”

“你不懂。”

他叹口气:“我懂。”

“我已经很努力了。”我抽泣着说。

大卫安静下来。我知道我伤了他的心,但我实在太需要找个人诉诉苦了。必须要有人知道正在发生的事情啊。从他在结婚证上签字的那天起,他就确定了自己就是那一个人。

“我已经很努力了,不想再发生这种事儿了,但我现在是真的不行了。”我急匆匆地说道,“我已经被打败了。我被打败了。”

我觉得自己被打败了。这种失败不仅仅是象征意义上的,也是身体意义上的。在过去的十二年里,命运女神似乎一直就抓着我的头发,把我拽来拽去,现在决定好好揍我一顿了。

大卫看得出来,我需要一个人好好自怜一番,于是就去了卧室,而我则彻底崩溃了。我呻吟着,我哭号着,我哭得弯了腰。我高高地举起拳头,试着像莎士比亚戏剧中的人物那样撕扯自己的头发,不过真的很疼。

自从派克大街那个医生告诉我“不要朝信使开枪”以来,我一直在拒绝“温和地走进那个良夜”,但直到此时,我才“在日暮时燃烧咆哮”。[①]迪伦·托马斯[②](Dylan Thomas)可以为我感到骄傲了。

① “温和地走进那个良夜”和“在日暮时燃烧咆哮”都引自迪伦·托马斯的诗《不要温和地走进那个良夜》。

② 迪伦·托马斯(1914—1953),英国著名诗人,死于酗酒。

要是别人的话，他们就会给心理医生打电话。

这跟这次派对没有关系。这次派对只是谚语中说的“最后那根稻草”。

我终究还是失明了。我祈祷、抗议、假装没失明，但还是失明了。虽然在我19岁时，我非常害怕“自己终将会失明”这个想法，但当时我还没有什么可以失去的东西。现在我32岁了，我害怕失去自己的一切。我有两个孩子。他们给我带来了欢乐，让我生活有了意义。他俩都有着闪耀的未来。天哪，我想亲眼看到他们的未来。

我想带女儿去买毕业舞会穿的礼服。我不想让她买太短的、领口太低的衣服。我想看一看她那个鬼鬼祟祟的男朋友，朝他射去冰冷而疯狂的眼神：“敢伤害我宝贝女儿，我就把你的蛋割了。”我想看着儿子的眼睛，看它们是否会从明亮的天蓝色变成别的颜色，看他是否会长青春痘，看他是否会长喉结。我想检查他的数学作业。我想从露天看台看着孩子们，看他们打篮球，下国际象棋，玩花样游泳，还想在适当的时候，喊一些让他尴尬的鼓励话语，比如：“儿子，你就得这样做！”我想在儿子站在圣坛旁等待新娘时，把他的蝴蝶结扶正。我想看着女儿当妈妈，并告诉她小宝宝长得很像她。

我是看不到这些了。这不公平，但我没法改变。

我坐在沙发上，把“这颗苦药丸”含在嘴里，含了很久很久，仿佛儿时的海伦·凯勒在大发雷霆。我一直哭，直到脸都疼了，眼都肿了，直到心中已没有了怨恨。然后，我终于向命运投降。

对于慢慢失明，我什么办法都没有，但针对保守这个秘密而每天遭受的羞耻、自责和忧虑，我是有办法的。失明是无法避免的，但我没必要撒谎。

我正养着两个孩子，但自己依然跟孩子一样虚荣和固执。我在为他们树立什么榜样呢？我希望他们因为害怕别人的看法而把自身一些重要但不够完美，甚至和他人不一样的部分隐藏起来吗？我想象着成年的罗莎和洛伦佐在沙发上哭泣，为了自己的身份而感到羞耻，这感觉就像一桶冷水泼在了我的脸上。我不能将这样的遗产传给后代。这比把我的疾病遗传给后代更糟糕。这会成为不该有的遗憾。

充分享受生活的时候结束了，现在是我抚养一双儿女的时候了。我在掩盖疾病时用到了一些力量和智慧，现在需要拿来跟疾病做斗争了。我得学会在游乐场紧跟孩子们的脚步。我得学会如何去酒吧参加派对，如何检查家庭作业，如何购买毕业舞会礼服——在没有视力的情况下。我需要帮助。可气的是，除非你向他人发出请求，否则通常是得不到帮助的。

于是，我坐在电脑前，给薇薇安写了一封电邮。我说我去参加派对了，但找不到她，因为那里很黑，而我的眼睛在黑暗中不好使。大卫帮我删除了所有伤感、自怜的内容，让它变得简短而切题。写好电邮这件事是很重要的，不是为了这条信息本身，而是因为它标志着我为人处世的方式转变了。不到半个小时，她就回信了。她说自己没有忘记十二年前我告诉她的事情。她经常想问问情况,但不好意思提起这个话题,因为我似乎不想谈这件事。她很遗憾我当时不得不回家。她说下次会在酒吧外面等我。

一周后,我跟一个低视力眼科专家预约见面。他在纽约州盲人协会工作。

“我觉得自己是一名法定盲人,”我对接待员说,“我需要知道从这儿怎么走过去。”

贴士十七:关于打扫房子

失明的一大好处是:在看不到美好事物的同时,你也看不到难看的事物了。你看不到自己的鱼尾纹了,也看不到丈夫的头发越来越少了。当三只老鼠享用狗屎时,你也会毫不在意地走过去。你也不会注意到自己的家有多脏了。

不幸的是,其他所有人会看得到这一切。

那么,你怎么清理那些看不到的东西呢?如果卫生状况足够差的话,你就会感到、听到,或者更糟糕——闻到。一般来说,家中各种东西的表面是不会让人摸着沾手或者湿漉漉的,不会让人碰上时发出嘎吱声,也不会发出令人作呕的气味。假如这样的话,你就知道该打扫房间了。拿一块海绵,先处理掉那些令人作呕的区域,直到所有让人难受的气味、声音和手感都被清除。

还有一个办法:你可以请有洁癖的妈妈过来,给她一桶水和漂白剂,然后就顺其自然吧。

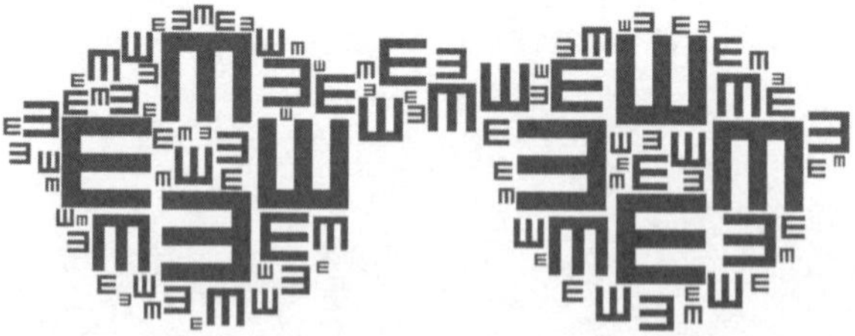

十七
衣柜里的骷髅

从一开始,我就知道自己必须要学着用盲杖。那位低视力专家确认了我是一名法定盲人,因此有资格享受纽约州盲人协会的服务。当然,我必须同意接受训练,学习使用盲杖。我还必须停止开车。

“没问题,”我向他保证,“我可没有杀人倾向。我好几年都没开车了。”

“很好,”他说,“也同意使用盲杖,是吧?”

我一会儿跷起二郎腿,一会儿让双脚平放在地面上,在乙烯基皮革的椅子上动来动去。

“我同意用盲杖。”我说。

我可不是真心的,甚至在当时都不是真心的。我只是想,等问题出现了我再去解决。我用不用盲杖还有待商榷。我一出现在盲杖使用培训矫正所(Cane Training Correctional Facility),或者做这种事儿的随便什么机构吧,负责人一眼就能看出我不需要盲杖。

"这显然是个错误。"盲杖师傅就会道歉。我想象出一位胖乎乎的中年男士,他戴着眼镜,镜片跟可乐瓶底一样厚,胳肢窝下面的衣服上全是汗渍。

"你不需要盲杖,你还没盲到那个程度。"他会微笑着,摆摆手让我离开,"你回家吧。搞错了,我们会负责处理这个问题的。"

结果呢,盲杖师傅和盲杖使用培训都完全不像我想象的那样。

埃斯佩兰萨第一次打电话的时候,大卫把她的电话给挂了。他以为她是电话销售员,是给盲人慈善机构募捐的。这种募捐我们见多了:他们总是寄来信封,在地址栏上贴着几枚假硬币;或者在信封上印着让人难过的文字,比如:"您只要捐一美元,就可以帮助4岁的卢基(Lukey)看到他人生中的第一次日落了!"

"谢谢,我们不想捐款。"大卫斩钉截铁地说道。

一分钟后,电话又响了。这一次,我拿起了电话。

"我是埃斯佩兰萨·埃斯皮诺萨(Esperanza Espinoza)。我不是募捐的。"她对我说,口气平静而坚定,"我是你的职业治疗师和行动指导师。"

我立即就喜欢上她了。我对她了解越多,就发现自己越喜欢她。这就是天意啊,我想。盲人协会派来了和我最为匹配的导盲大师。假如他们派来的是我想象中那个胖乎乎的中年男士,我可能还是不会接电话的。

埃斯佩兰萨年轻、漂亮。她小巧玲珑,长着心形的脸和活泼的眼睛。她极其温柔,从不会提高嗓门,也不会未加考虑就开口说话,跟我完全相反。

埃斯佩兰萨就是我的安妮·莎莉文[①](Annie Sullivan)。从柔和的西班牙口音到黑色的齐耳卷发,她浑身上下都散发着温暖。她如此温柔,如此随和,以至于在上了几节课后,我才真正明白她要教我什么。

在自我介绍中,她说自己是职业治疗师和行动指导师。这个头衔意义模糊,对我来说差不多是无意义的。过了一段时间,我明白过来了:她是在教我如何在失明时避免偶然丧命。前几节课还挺容易的:她过来我家,跟3岁的罗莎玩了一会儿,然后不经意间给我几条建议,比如怎么样才可以有效清理厨房(频度可以弥补准确性的不足),怎么样才可以在不烧掉房子的前提下做出意大利面(在烤炉控制盘周围粘上突出的圆点,标明低、高、炖)。

虽然我们的年龄差不多大,但毋庸置疑,她身上有种母亲的味道。所以,得知她有两个孩子时,我并不吃惊。她有一个儿子,一个小两岁的女儿,就跟我的两个孩子一样。我们在育儿方面聊了很多,从戒掉安抚奶嘴,到如何让男孩儿尿进马桶里,不一而足。

---

① 海伦·凯勒的老师。

关于如何在有视力缺陷的情况下养育孩子，她也有很多建议。

“咱们聊聊孩子和房子里的杂乱问题吧。”在第三或第四次见面的时候，埃斯佩兰萨建议说。我知道随之而来的基本上就是一个针对盲人的公共服务声明。如果是其他人发布这样的声明，我会不容分说地拒绝。不过，埃斯佩兰萨的这次小型演讲说得这么好，还这么实用，我不由自主地就会认真听讲。

“对视力有缺陷的人来说，更少就是更多，”她说，“把用的东西减到最少，找东西就更容易了，还能防止事故。”

我立刻想到了那次饼干成型器事件。几个月前，罗莎翻出了我那套过节用的饼干成型器——有复活节彩蛋、雪人、南瓜灯等各种形状。天哪！她用金属饼干成型器把自己的培乐多彩泥手工提高到一个新的水平。做完彩泥手工后，她把那些饼干成型器留在了起居室的地板上，接着做了一个科学实验。在那个实验中，她把我那瓶香奈儿香水小样中的香水全倒进了暖气片。

当我跑过去拯救供暖系统和我的香水时，我的一只赤脚踩上了一个饼干成型器，就是那个呈蝙蝠形状双翅展开的成型器。

“耶稣啊，玛丽亚啊，约瑟啊！”我惊声尖叫。我实在太疼了，所以需要祈求他们三位的保佑，“我的天哪！妈妈的脚可不是饼干！”

听到我这么喊，孩子们都尖叫着大笑起来。

“让我们看看你脚上有没有蝙蝠！”洛伦佐扯着嗓门问。

我的脚上确实有蝙蝠，这让孩子们感到很开心，我却被激怒了。

“行了！”我说，“马上把这些成型器全扔进垃圾桶里！”

当然了，我没有这么做。不过，埃斯佩兰萨现在告诉我，我应该扔了，不必内疚。

我不知道她都是从哪儿知道这些关于盲人生活的好办法的，因为她的视力似乎很好，但是她满脑子还是有许多好点子。这一套安排很奇怪，但并不会令人生厌：我们坐在脏兮兮的餐桌旁，抿着格雷伯爵茶，她向我传授保命的智慧精华，或者让我做一个生活技能测试。

“切蔬菜水果时，怎么确保安全呢？”

“你是说盲人，对吧？”

“对。”埃斯佩兰萨说。

“盲人怎么安全地切蔬菜呢？”我重复道，“这是一个自带陷阱的问题吧？”

她微笑起来，不过我并不是在开玩笑。

“呃，我不知道……买那些事先就切好的冷冻蔬菜？”我猜了一下。

“嗯，这是一个办法，”埃斯佩兰萨总是在鼓励我，从不会直接说我错了，“不过我的目的是帮助你尽可能自立。所以，如果你想自己切菜的话——”

“我不切菜，”我告诉她，“甚至是现在，虽然我还看得见，也从来不想切菜。我已经在找不切菜的理由了,我觉得失明就是一个完美借口。”

“我明白。不过,如果你改变想法的话……”埃斯佩兰萨如此温柔,但也不会轻易放弃。无论我要不要,她都会给我配备保持自立的武器。“一定要用前面的指关节固定蔬菜,不要用指尖。一定要用可以抓得很牢的菜刀,避免手滑。”

我想象着未来已失明的自己在厨房里戴着墨镜,为宴会好好准备一顿烘烤大餐。现在,我从来不举行这种宴会,但出于某种原因,我想象自己将来厨艺退化后就会举行这种宴会。我想象着自己小心翼翼地拿着切肉刀,用指关节按住土豆,一下就削掉了那四个指关节,动作干脆利落。正常人削掉指关节,至少还可以找到断掉的手指再拿到医院缝上去。我呢?压根就找不到被削掉的手指,尤其是只有一只手可以用来摸索。雪上加霜的是,厨房里到处都是血,而我连拿来清理的手指都不够数。

是的,在失明状态下把食物削成片、切成丁似乎风险很大,但回报很少。不过,我不想把埃斯佩兰萨的建议当儿戏,所以就把这种看法藏在心里。

“那么,咱们准备好过渡到做肉的环节了吗?”她问我,“就用我带来的视力不佳者专用的厨房计时器吧。”

她是那么彬彬有礼,也没有问我计时器在哪儿。实际上,我把那东西藏到一只箱子里了,还在心里给那只箱子贴上“盲人玩意儿”的标签,然后塞到碗橱最上面的那一层。

埃斯佩兰萨给我带来了十来个居家物件，全是专门为视力有缺陷的人设计的。大多数的尺寸是正常尺寸的三四倍，就像5岁的洛伦佐说的那样——被大口径激光枪打了一遍。我的小公寓里塞满了大号物件，比如一个计算器，按键大得要用两根手指才能摁下去。

她很体贴，给我带了这些东西，不过我是不可能把它们放在能看得见的地方的。那会很丢人的，简直就等于把震动棒忘在了咖啡桌上。而且，如果外婆或妈妈意外发现了语音温度计，她们可能会双双自杀。

向外婆解释埃斯佩兰萨是谁还挺不容易的。我不打算让外婆知道我的长期训练计划。可是有一天，埃斯佩兰萨提前几分钟过来了，当时外婆还在我家，正准备拿上罗莎的东西带她去游乐场。

"那个女的是谁啊?"几个小时后，外婆和罗莎一起回家，她这样问我。

"埃斯佩兰萨?"我问，"她是……她算是一位老师。"

在向罗莎介绍埃斯佩兰萨时，我就是这么说的："这是一位老师，是来帮助像妈妈这样眼睛不好的人的。"可是，虽然这个含糊其词的解释能让罗莎满意，却没有让外婆满意。

"谁的老师？洛伦佐的?"外婆紧追不放。

"不是。"我说，开始觉得应该介绍她是一位也在养孩子的朋友。现在已经太晚了，无路可退了。

“她是——是我的老师。”我结结巴巴地说。

“你还需要什么老师?”外婆起疑心了。我知道如果不马上说清楚的话,她就会胡猜一通,有可能会以为我搭上了一个拉丁裔的同性恋秘密情人,然后会在一个小时内给我妈打电话。

“她帮助那些眼睛不太好的人,”我解释道,“是纽约州派她过来的。”

我想如果能避免使用“失明”或者“疾病”这两个词,她或许就会相信我。可是,外婆不是傻瓜。我一提到纽约州,她就能听出言外之意。她的表情从吃惊变成了震惊,似乎发现了之前被自己当作噩梦刻意忘掉的糟糕记忆根本就不是梦。然后,她伸手摸了一下我的脸,说:“别担心,妮科尔,上帝会帮助你的。”

“好的,好的。”我转开给罗莎切苹果。我用的是指头,而不是指关节。跟往常一样,我没有担心,可是她一告诉我别担心,我很快就开始担心了。

第二天,外婆再度现身,带了一小瓶圣彼得大教堂的圣水。她去求助大人物了。

“往眼睛里滴几滴。”外婆劝我说。她那双蓝灰色的眼睛里充满了痛苦。

我知道她只是想让我打起精神来。可是,她这么做是在提醒我治好眼病只能靠《圣经》中那样的奇迹,这可让我高兴不起来。于是,自此以后,我就调整了埃斯佩兰萨的上门日期。每当外婆在我家的时候,她就不会过来。可怜的外婆,她可没有存那么多的圣水。

埃斯佩兰萨给我的房子配备了一整套盲人设备，然后我就该走到教室外面接受训练了。当我们第一次外出冒险时，我像往常一样送洛伦佐上学，带着罗莎办事儿，而埃斯佩兰萨就只是跟着我。

"如果可以的话，我想提第一条建议，"她说，这足以证明我是多么喜欢她了，因为她如此高程度的礼貌都没有把我逼发疯，"我觉得你走慢点儿会很有好处的。"

"可能吧，"我说，"只是，你知道的，我有很多地方要去，有很多人要见啊。"我不想告诉她我走得比平常还快是因为害怕碰到熟人。我已经决定了，当我向别人介绍埃斯佩兰萨时，就说她是我大学时代的一个朋友。不过，谁知道她会不会配合我呢？最好能在露出马脚之前回家。

"要弥补视力不足，有一个办法是扫视周围环境，"她接着说，"用眼睛有条不紊地反复左右扫视，每次都要比上一次看得高一点儿，好充分利用自己的剩余视力。这样做是非常非常有用的，但也意味着你走路一定要慢下来。"

"你说得对。"我叹了口气，你不得不承认这位女士知道自己在说什么，"不过现在我想应该回去了，让罗莎小睡一会儿。"

几分钟后，罗莎安安稳稳躺在了自己的小床上，埃斯佩兰萨则准备结束今天的课程了。不过，在结束之前，她想给我看一样东西。她总是随身拖着一个小小的拉杆箱。现在，她把手伸进去，拿出一束紧绷绷的白色东西，放到了我们之间的餐桌上。

"我给你带了一只盲杖。"她解释说。

我抬头看着她，很吃惊。她知道我的感觉。

“听着，我真的很感谢你，”我告诉她，“不过，我不要这个东西。我只是现在还不需要。”

埃斯佩兰萨心平气和地解释说，我别无选择。

“如果你不接受移动训练的话，我们就没法继续进行下去了。”

“哦，还有什么呢？我是说，我觉得自己已经了解到了关于失明的方方面面。谁还能有什么可以教给我吗？”

当初给盲人协会打电话是因为我需要帮助，而且是真心想要得到帮助。可是，既然这个教学过程已经开始了，而且正让我感到有点儿不舒服，所以我就觉得自己可能已经不太需要这种帮助了。我好几次都向埃斯佩兰萨暗示了这一点，但她是不会这样回复我的：“谢谢你为我带来了美好的回忆，但别再给我打电话了。”

“虽然不敢肯定，”埃斯佩兰萨说，“但我觉得在我之后，你会跟适应技术中心（Adaptive Technology Center）打交道的。”她期待地看着我，等我做出反应。我没有任何反应，因为不知道适应技术中心是什么。听起来挺无聊的。

埃斯佩兰萨看得出来自己需要打出软广告了。“在适应技术中心，专家们会帮助调整你的设备，比如电脑、电话之类的东西，好让你充分利用它们的功能。”

哇，这个有意思。“他们能教我发短信吗？”我漫不经心地问道。这是一次谈判，我可不想因为表现得太过急不可耐而失去任何一个筹码。

在过去五年中的某个时刻，正当我为孩子和失明忙得不可开交时，电信业产生了剧变。手机不再是用来说话的设备了，而是用来打字的。这就给我带来了一个困扰，因为无论我怎么浪费时间改变手机的设置，我也想不出如何将短信字号调到自己能看清楚的程度。当手机发出“叮！”“哔！”的声音，我就知道有人想告诉我什么事情，但我压根儿不知道是谁，也不知道他们想告诉我什么。

我说我讨厌发短信，借口就是我是一个更钟情于语言交流的勒德分子[①]。然而，这个借口是越来越站不住脚了。我感觉自己就像这么一个人：付不起爱迪生联合电气公司的账单，却坚持认为垃圾桶里的火要优于集中供暖。甚至连妈妈都会发短信，虽然她搞不懂怎么用微波炉炸爆米花。我得学会发短信了。

而且，如果他们能教会我发短信，或许也能教会我使用手机里的通讯录，那样我就没必要像一个从中世纪穿越过来的人那样记住所有人的手机号码了。也许我还可以使用日历和电子邮件功能。适应技术中心有把我带入21世纪的潜力。

“我肯定他们会教你发短信的。”埃斯佩兰萨微笑着说，“实际上，我相当肯定，如果你符合标准的话，他们会给你提供一台电脑，还有一套自适应软件。”

那些狡猾的混蛋，他们算是把我给制住了。

---

① 原指19世纪英国工业革命时期，因为机器代替了人力而失业的技术工人。现在引申为反对新技术的人。

我的笔记本电脑已经用了十年，简直就是用胶带粘在一起的，而且每天至少自动关机一次，N键和G键按不下去，Delete键已经坏了。作为一位作家，这可不是好事。我发现自己之所以避免使用某些词语，只是因为很难打出来；我写作基本上不用“noggin”[①]这个词了（也许还是件好事），也彻底不用动名词[②]。

我迫切需要一台新电脑，可是没钱买。现在有人要送给我一台，而且一切齐备。能得到这一切，患上退化性眼病也差不多值了。我要做的就是接受培训，学会使用盲杖。

于是我告诉埃斯佩兰萨，我愿意接受培训。但是，她说我不能在房子里接受培训，得走出去，走到在公共场合。然后我想就算有人答应送我一台新电脑，再教我学会发短信，我也不会同意出去的。

“很抱歉。你知道我真的很想听你的话，但只有这一条是绝对不可能的。”我突然说出了这句话，“别人会看到我的。洛伦佐的学校就在几个街区之外。我可不能碰上老师，或者其他父母，或者，哎呀，我的邻居，还有住在附近的大学时代的朋友。他们会想知道我为什么要拿一根盲杖，然后我就得编个借口。不——不行。这太让人受不了了。我可不干。”

埃斯佩兰萨看得出我就要精神崩溃了，于是同意暂停训练。她把盲杖留下来，说过几天等我觉得可以接受训练了，再给她打电话。

---

① 有“脑袋”“少量酒精饮料”的意思。

② 英语的动名词以“-ing”结尾。

我用两根手指把盲杖捏起来，好像是在捏一块脏尿布。我把它拿到卧室，扔到衣柜的最里面，紧挨着那双七年没穿过的红色漆皮高跟鞋，还有一只没顾上修理的破手提箱。

从理智上讲，我知道可以将这根盲杖作为工具，随自己喜好多多使用或尽量少用，它是能帮到我的，不会害我。不过，我的理智已经被情绪给碾压了。从情绪方面来看，这根盲杖就预示着厄运。不仅仅是挫败或者失败，而是彻底的、无可挽回的、希腊悲剧式的厄运。只要打开那可恨的东西，我就成了一个瞎子，而且还不可逆转。只要我一抓住手柄，轻轻敲打在地上，我剩下的视野将陷入一片黑暗，而我就会生活在一个没有色彩、没有形状、没有图案、没有脸庞的世界。我再也不能阅读了。我再也看不到莫斯科了。我会忘记孩子们的模样。当我还没学会“适应技术”时，大卫就会突然和我离婚，而我就得靠食物券[1]过活了，接着就会失去对孩子的监护权，最后就会住在布鲁克林大桥下一个纸箱子里给自己注射海洛因。我宁愿拿起上了膛的枪，也不愿拿起这根盲杖。

麻烦的是，我不可能应付得了这根盲杖，也不可能忘了它。

时间一周周地过去了，这根盲杖越来越让我难以无视。它就像被我藏起来慢慢发臭的一具死尸。是的，它就像一具骷髅，在

① 政府发放给低收入者用来领取免费食物的券。

衣柜里阴魂不散。[1]我一关上衣柜门，就遭受了一场缓慢但强烈的精神崩溃，活像一个埃德加·爱伦·坡小说中的人物。

尽管在整整十二年的时间里，我一直拒绝承认自己在慢慢失明，但在突然之间，我脑子里就只存在这一件事了。在整整一天里，我都很痛苦，意识到了自己现在还能看到的一切，并想象着看不到这一切后的生活会是什么样子。怎么辨别洗发水和护发素？怎么切牛排？怎么刮腿毛？怎么看洛伦佐的成绩报告单？怎么坐地铁？

比想象着未来几年将要丧失的能力更糟糕的是对已经失去的能力念念不忘。对我来说，这是一个新现象，因为在眼病确诊后的那年夏天里，我一直就生活在一种差不多还算舒适的否认迷雾中。否认的独特之处，也是其真正神奇之处，就是你从来不会感觉很难受。如果对画面中缺失的那几块置之不理的话，我也就不会因为视力一点一点丧失而痛苦了。我意思是，我不得不注意许多事情，比如再也看不见麦片盒子上的营养信息了。但是，所有这些事情以及伴随而来的所有令人生厌的负面感觉，马上就被我推进心灵深处了。我知道所有的有毒情绪污泥都还在那里，在我内心的某个地方，但相当深，我是看不到的。

现在，埃斯佩兰萨来了。她把这些污泥全挖了上来，让它们大白于天下。她迫使我直面自己的失明。哎，真难受。超级难

① “a skeleton in the closet”的字面意思是“衣柜里的骷髅”，可引申为“难以启齿的秘密”。作者把盲杖藏在了衣柜里，并没有做到眼不见心不烦。盲杖仍然像不可告人的秘密，让她无法忘记。

受。就像被大象踩到了那样难受。

因为当你囤积了十年的悲伤,现在却要在一个月内排解掉,这时就会出现一个问题:你得承受着高浓度的痛苦。

我感到这个世界布满墓碑,都是那些过去能看到而现在看不到的东西的墓碑——粉色和橙色之间的区别,大卫用手指着的天上的加拿大雁,女儿脚上扎的木刺。失去这些东西让我感到难过,更糟糕的是,还让我无可奈何。

我意识到自己每天都要冒几千次险,而其他人则不必这样。我也意识到,我会在不知不觉中使自己的孩子们身处险境。在很长一段时间内,我都走在失明的钢丝上,没有低头看。现在我低头看了一下,却被吓坏了。站在台阶尽头,我因为眩晕而摇摇晃晃。每次领着孩子走下路缘石去过马路时,我的心脏都停止了跳动。我也做噩梦——可怕的梦,比大卫在我睡着后看的恐怖片还要吓人。在最可怕的那个梦里,我在做一个眼球摘除手术。我看着自己躺在手术台上,有个医生把我的眼球一次一个从眼窝里抠出来。最可怕的是眼球被抠出来时发出的声音——令人恶心的、吸吮的声音。我被惊醒,一身冷汗。

"我真不该开始这么一场磨难啊。"我向大卫吐露心声。

"黎明前是最黑暗的,"他安慰我说,"我这是一语双关。"

我又是拖延时间,又是重新安排时间,把盲杖培训开始日期拖了将近两个月。接着,在3月的一个上午,当洛伦佐去我衣柜里找自行车头盔时,他发现了那根盲杖。

“这是什么呀?”他拿出那束紧绷绷的白色东西。

我一把夺过来,紧张得脸都红了。

“这是大人的东西,”我训斥道,“没得到我允许,你就不能翻我的东西。”

为了让洛伦佐够不着,我把衣柜中的盲杖又放高了一层。我的心怦怦直跳。

我在辜负他们的希望。我不想做这样的母亲。

那天晚些时候,我给埃斯佩兰萨打电话,告诉她我已经做好准备出去走走了。

就这样,我站在了格瓦纳斯运河边,乔装打扮后拿着一根折叠伸缩手杖,感觉自己心跳过快。

“那我们开始吧?”埃斯佩兰萨开朗地问道。

我努力不让手发抖。我感觉那根盲杖在控制我,而不是我控制着它。我有点儿希望它会拽着我往前,把我拽倒,仿佛它就是一只兴奋过度的大丹狗。谁知道它会把我带到哪里呢? *不会是什么好地方吧,我想。*明天这个时候,我可能就正在地铁4号线上拿着纸杯卖铅笔呢。然而,我想不管目的地有多么差劲儿,努力到达目的地总好过等着到达吧,就像我的孩子们那样问:“我们还没到吗?”我最好把“创可贴”给扯掉。

我注视着手中那只长长的白色棍子。它最具个性的特点就是顶端那只塑料滚轮,大小和形状都跟棉花糖差不多。这不算是什么尖端设备。

“你会认为两千年后，有人会造出一个比棍子先进一点儿的东西来帮助盲人四处走动吗？”我说，“我意思是，我们把人送上了月球，造钱不再用纸，制造出能给地毯吸尘的机器人，但我跟海伦·凯勒用的却是一样的工具。难道我们就这点儿本事吗？”

埃斯佩兰萨笑了起来：“看得出来，你感觉好些了。”

我是感觉好些了。虽然我现在还没迈步子，但其实已经走出一步了。我就这样扯掉了“创可贴”，感到疼痛在减缓。

贴士十八:关于玻璃门

撞上玻璃门一次,丢人的是门。撞上两次,丢人的是你。撞上三次,你就该想办法了。

你可以将很多错误都掩盖起来,但一脸撞到星巴克的玻璃门再把滚烫的咖啡洒满全身可不是能掩盖的错误。做出防卫的姿势,低声骂出“这他妈什么地方,玻璃擦那么干净?我告死他们!”或“装个雾化玻璃能死吗?”这样的话——往好了说,你就像一个脾气很坏的老太太;往坏了说,你有精神病。

不行,这时你就得求助于自己那种自黑的幽默感了,这可是秘密失明人士手中王牌中的王牌。你得像一个马戏团小丑那样从玻璃门那儿往后退,然后必须声明自己是个傻瓜,完全可以这样自言自语:“看来我并没有什么超能力啊。”希望这个玩笑能够分散旁观者的注意力,不让他们去猜测你如此愚蠢的原因。

在你羞愧难当地离开时,请记住这一点:这不是你的错。人们制造玻璃这种材料,就是为了让它隐形的。这其中可是有魔法的。

十八
同病相怜

有好几次我都希望自己会用移形咒[①],那是其中一次。

“我可真是天才啊,坐到了前排,而没有坐在门边。”我喝着尿样杯大小的一杯咖啡,心里责备自己。

当然了,我一直以为互助小组会让人感觉好些,而不是毫无希望。

我正坐在大军广场(Grand Army Plaza)附近一家老年公寓的公共休息室里,周围有十来个患有视力障碍的纽约人,从像我这样有些失明的倒霉人,到史提夫·汪达那样完全失明的人,再到既失明又有些失聪的人。聚集在这里的人至少有三分之一是住在老年公寓的居民,用着步行架,其他的则在50岁左右,很多都手

① 《哈利·波特》中的一种咒语。

握白色盲杖。甚至还有一个戴着浅顶软呢帽的男人，手上牵着一只导盲犬。整个房间亮着刺眼的荧光灯，还散发出一股消毒剂的气味。

我努力提醒自己，好消息是我在这里根本不会碰到认识的人，所以我就一次也没有参加我家附近一家咖啡馆的聚会。那坏消息呢？其他的全是坏消息。

“最糟糕的是，我一直很喜欢读书，但现在看不清字了，”来自海洋公园大道（Ocean Parkway）、大概有80岁的埃莉（Ellie）说，“当然了，晚上走动是很困难的，而且你知道我也不是什么小姑娘了。现在连髋骨也断了，我必须要很小心。我可不能撞上什么东西了。”

我并不是看不惯老年人，只是我现在才33岁，不想和他们一样被人贴上“身体不行了”的标签。

时间一点点过去，我越来越恐慌，到后来都得深呼吸才行，想熬到中间休息时赶紧逃走。我坐在那里，听着埃莉透露她视力衰减的每一个悲惨细节，简直就像是在接受结肠镜检查。有人向我保证说这对我有好处，但是这压根儿就不好玩，而且我马上就明白自己为什么拖了那么久才参加。

是的，这就是我从不参加本地互助小组聚会的原因，虽然我有段时间一直收到相关的电邮通知。一方面，当你跟一群面临类似困难的人待在一起，感受那种“同病相怜”的感情，这是很有吸引力的；另一方面，如果那些人是一群可怜虫，丧失了活力，丧失了希望，那该怎么办呢？我想参加好莱坞演绎的那种互助小组，有很多漂亮、年轻的盲人，大家都很乐观，虽然聚会显得令人哀伤，同时却充满魅力。我想要那种大致以真实故事为原型的虚构故事中的聚会。现在这个可不是。这个只是一个真实故事，没有经过剪辑，没有经过润色，原始且容易激起负面情绪。我给它一个差评。

如果不是最近配合盲人协会完成训练，我根本就没有胆量来参加这种互助小组聚会。我熬过了这次对我头脑和秘密的考验，完好无损，感觉自己都可以征服世界了。对我来说，最困难的部分是在精神上做好面对盲杖的准备，一旦把它握在手里，其他的就是小菜一碟了。我只要乔装打扮后在格瓦纳斯运河附近走上几小段路，让埃斯佩兰萨相信我已经掌握了盲杖的基本使用方法。

“我怎么才能知道自己走到了马路上呢？”我问她。

“哦，盲杖会先碰到地面的。一般是这样的。”

“这个信号也太不明显了，”我说，“我意思是，只要高度有两英寸的变化，我就不会被马克卡车[①]压着了？”

“你可能还会听到越来越大的交通噪声啊。”她说。

“离万无一失还远着呢，”我说，“我意思是，我能平安过马路吗？马路上有成百上千辆车，还不把盲人给压成薄烤饼了？”

她微微一笑。如果她认为我是在反问，或者提出的问题很滑

---

① 美国一种重型卡车。

稽，就会这样微微一笑。这个埃斯佩兰萨！我已经真的喜欢上她那种沉静的、镇定自若的乐观精神了。她是一个不可多得的指导者，是我的维吉尔[1]（Virgil），引导我穿过了地狱。我会想念她的。

在培训课程即将结束时，她紧紧拥抱着我，抱了很长一段时间。

"你就加入一个互助小组吧，就当是帮我一个忙。"她敦促我说，"我知道你不想参加。刚开始你也可能不喜欢，但是会有用的。相信我吧。"

我的确相信她。我这位导盲大师似乎总是知道自己在说什么。她逼我直面盲杖的做法是对的。我既然已经照做了，就可以把它扔回衣柜里了。现在它就静静地、乖乖地待在那里，成了我又一件暂时不用但将来可能会用到的废物。她关于适应技术中心的看法也是对的，现在它成了属于我的彩虹尽头的金罐子。我得到了一台新电脑，所有的按键都完好无损。只要轻轻一点击，电脑屏幕就可以放大，我就可以轻而易举地获取万维网上的每一条信息。我的视力恶化时，接触了一些很巧妙的发明，比如把电邮读给你听的扫描器，声音很诡异，就像个机器人（"亲爱的妮科尔，关于，你的家，我们，有些，激动人心的，消息：房贷。"）；便携式电子放大器，可以把文字字号放大到正常字号的十亿倍，大到屏幕上一次只能出现一两个单词。就像埃斯佩兰萨保证的那样，知道还存在这样的工具，会让我对失明的恐惧和绝望稍稍减轻一些。

---

① 在但丁的《神曲》里，维吉尔引导但丁走过地狱。

最棒的就是我学会用手机做一些不可思议的事情了。世界上其他人在十年前就掌握了这些技能：发电邮、查看天气，对了，还有发短信。我发的第一条短信是给一位当妈妈的朋友的（“要见面喝杯咖啡吗？”），它带来的凯旋感让我飘飘欲仙。我再也不会被迫忍受只能用声带交流的耻辱了。要不是我鼓足勇气请求帮助，这一切就不会发生。

所以，当这群失明和部分失明的人将互助小组的聚会地点从那家咖啡馆搬到一家私人疗养院时，我就想：我应该这么做，我可以这么做。

为参加这次聚会，我好好地打扮了一番，穿着紧身牛仔裤、奶油巧克力色的靴子和一件印花衬衫。从家里出来之前，我踩到一只梯凳上，把那支新买的唇膏拿了下来。我把它藏在壁橱顶，这样罗莎就够不着了。她爱吃唇膏可是出了名的。

“哦——”看见我用红唇膏抹嘴唇，3岁的罗莎倒抽一口气，“你为什么看起来这么漂亮，妈妈？你要去哪儿？”

“出去交个朋友，”我说，“祝我好运吧。”

我有点儿担心疗养院的环境会让我情绪低落，但还是尽力保持乐观。

我肯定这是一家很好的疗养院，我在路上这样说服自己。它也许很高端。不告诉你的话，你甚至都不知道它是个疗养院。那里有公平贸易咖啡，有免费WiFi，有和我外婆一样活泼、漂亮、身上气味很好闻的老人。这个地方没有理由会让人感到情绪低落。

我不必情绪低落,但这个地方真的让人心情好不起来。

“我以为白内障手术会改善视力,可是没有。我想知道他们为什么要在我眼珠上动刀子呢?”埃莉非常难过,说了足足有十分钟。在我看来,埃莉视力出现问题,不是因为得了什么退化性眼病,而是因为她都快100岁了。我不得不控制住自己向她大喊的冲动:“你都活了整整一个世纪了,还不够吗? 你还想要双眼1.5的视力啊?”

互助小组组长弗兰妮(Franny)是一个圆脸女人,跟我妈一样大,患有视网膜黄斑退化病。她清了清嗓子。终于有人站出来了。

“埃莉,我很想再多听你说一会儿,但我觉得可能应该让下一位发言了,好让大家都有机会。”她插话道。

埃莉旁边那个女人向我们做自我介绍。她叫露丝(Ruth),患有乌谢尔综合征(Usher syndrome),在我看来那就像是色素性视网膜炎Plus(RP Plus)。她不但是视网膜在退化,听觉也在减弱,所以她部分失明,同时部分失聪。

我发现自己这种无药可医的眼病还算不坏,这让我十分欣慰,同时也很痛苦。

“我植入了耳蜗,有助于改善听觉,”露丝说,“可是很难听清你们当中一些人说的话。所以,如果你们说话大声一点儿,我会很感谢的。”

“好,我们一定会的。”弗兰妮表示同意。

“什么？”露丝问。

“我刚才说，我们都要大声说话。”弗兰妮重复道，更加精神饱满了。

“好的，谢谢你。”露丝说。

坐在露丝旁边的那个女人叫艾玛(Emma)。她没得眼病，不过她妈妈患有严重的乌谢尔综合征。老太太没有来，因为她再也不能出门了。

“她的病是慢慢发展的，不过现在已经完全失明，也完全失聪了，”艾玛一边说，一边低头看着手中那杯咖啡，“当她还能看见、能听见的时候，拒绝直面疾病，结果现在不知道该怎么办。她没有学过布莱叶盲文，也没有学过手语，现在已经太晚了。”

*我的天哪，这是未来的失明之鬼过来吓我的吗？它是要让我看看如果还是那么骄傲，会有什么下场吗？*我心想着，同时揉了揉太阳穴，缓解紧张性头痛。

如果真是这样，那它就是白费劲儿。我已经被吓坏了，被吓得不轻。要想让自己不冲出房门，接着在否认中度过余下来的五十年，并忘掉这件事儿，你需要非凡的控制力。

“我现在没办法跟她交流了，”爱玛接着说，哽咽得越来越厉害，“她只是坐在房子里，拉下窗帘，真让我担心。她好像不想活了。”

说到这里，爱玛一下子哭了起来。

我的妈呀，我想，眼眶里盈满了泪水。我一直就很容易受到别人眼泪的影响。这是从外婆那里遗传的:我们两个都长着一触即发的泪腺。

爱玛另一边的那个男人是带着导盲犬的费多拉(Fedora)先生。他伸出手去安慰她。他尝试了好几次,最后那只手终于拍到了爱玛的肩膀。我们其他人就只是坐在那里,沉浸在哀伤的沉默中,想不出来要说什么。

然而,露丝因为听不到也看不见,就不知道大家为什么那么安静。

"她说什么了?"露丝朝着弗兰妮的大致方位问道。

"她——呃——现在没说话,"弗兰妮用词慎重,"她在哭。"

"什么?"露丝又问,"我听不见你说什么。"

"她在哭。"弗兰妮的语气更加肯定。

"什么?"露丝穷追不舍,"我真的需要你大声讲话。"

"她没有说话! 她在哭!"弗兰妮喊了起来,看起来一副痛苦的样子。

整个对话让我觉得很滑稽,十分滑稽。我知道这是一种孩子气的防卫机制——对于让自己感到不自在的时刻,基本上一笑置之——但我也知道这并没有使这场对话显得不那么好笑。我觉得我好像正坐在自己的沙发上,吃着爆米花,看着《新科学怪人》(*Young Frankenstein*)中那个盲人用汤把周围搞得乱七八糟的那场戏。

笑意渗进我的喉咙,但我一想到笑起来会很不得体,就更难把笑意压下去了。如果我现在笑出来，将会比我在那次高中同学聚会时笑出来还要失礼。当时的我喝高了，大家都在为去世的同学默哀，而我竟然笑了。突然之间，我觉得自己肯定要笑出来了——不只是窃笑，而是发了疯地哈哈大笑，可能都会让咖啡从鼻子里喷出来——那样就糟透了，因为我直接就成了一个有史以来最烂的烂人，并且除此之外，我的问题已经够多了。当我正要大笑一声，笑到胃疼的时候，后面有个女人发出了一声叹息，分散了我的注意力。

我半个小时前进来的时候，没有人坐在我的正后方。我心中充满好奇，想知道后面那个人是谁。我很好奇，尤其是因为这个人似乎跟我一样都认为自己在看荒诞派戏剧。

我把二郎腿放平，让腿上的墨镜掉到地上，这样就有借口转过身去看看后面是谁了。一个女人坐在几英尺之外的椅子上。她看上去四十出头，长着一头黑色卷发，戴着黑色墨镜和一副耳坠。她似乎没有盲杖，没有导盲犬，也没戴助听器。她看上去百分之百正常。发现我看着她，她笑了。我也报以微笑。

请你得上一种可怕的不治之症吧，我想。

这听起来似乎很无情，可是我不想心中充满希望，还以为自己终于交了一位盲人朋友，结果却是空欢喜一场。这种事儿一年前就发生过，非常让我失望。

当时，一个全国性的盲人组织在中央公园举办午宴，为每年一次的步行马拉松筹集资金，并对大众宣传这场活动。我参加了这次午宴,这对我来说是极不寻常的。他们在我最喜欢的一家餐厅供应免费的香槟早午餐,那里涂有马斯卡普尼鲜奶油的比利时华夫饼也相当诱人,足以把我引到门里。大卫没法过去,因为轮到他看孩子了,所以我就不得不"单飞"了。

我在身上贴了一个姓名标签,拿上步行马拉松募捐的宣传材料。他们考虑周到,材料上文字的字号很大。我在房间里扫视了一番,想找个地方坐下。我看到一张桌子的四周坐着许多20来岁的女人,差不多坐满了,但还有空位。她们全都经过精心打扮,将自己的名牌手提包挂在椅背上。在这家餐厅,我感觉自己就像一个新来的女孩儿,问她们能否在桌子旁边坐下。她们热情地招呼我坐下。我听见她们谈起了一位计划到托斯卡纳[①]度蜜月的朋友。她们还谈到了上周逛过的六十年代小姐[②](Miss Sixty)样品甩卖。

她们并没有被失明缚住手脚,我这样想着,在心里松了一口气。她们看上去甚至都没有受到什么影响。我是属于这里的。

华夫饼撤下去后,咖啡上来了。我鼓足勇气问她们为什么要参加今天的午宴。

"哦,我们的同事莉莲(Lillian),"我旁边那个女孩儿说,"她有眼病,快要失明了,所以我们每年都参加步行马拉松募捐支持她。"

---

① 意大利中部大区,首府是佛罗伦萨。

② 意大利女装品牌,是全球第一个专注于女性牛仔裤的品牌。

她们看上去没有受眼病影响，因为她们就是正常人。我可真是一个傻瓜。

“你为什么来呢？”那个女孩儿问我。

“我在，”我提醒自己，”我在参加一个‘医治失明’的募捐活动。”如果存在一个我可以轻松说出自己失明的时刻，现在就是这个时刻。

“哦，我也有一个这样的朋友。”我撒了个谎。

当我正要离开的时候，那些女孩儿把我介绍给了莉莲。她谈吐文雅，微笑起来很好看。她的视力足够让她直视我的眼睛。她有一份稳定的好工作，远远不能算是慈善援助的对象。然而，她还是戴着厚厚的眼镜，穿着朴素而舒适的鞋子。她是乘坐残障人士专车来参加这次午宴的。她看上去并没有受到眼病的影响。眼病让她显得与众不同。观察到这一点后，我感觉自己就是一个浅薄、可鄙的人，我同时还很害怕。

我讽刺地意识到自己不属于这群酷女孩儿，也不应该跟这位失明女孩儿在一起。我不属于任何地方，要离互助小组远远的。

然而，现在在这家私人疗养院里，看起来我可能终于找到了一位朋友。于是，我祈祷这个黑头发女人也得了一种无法医治的退化性疾病。

她确实有眼病，这是我几分钟后知道的。当时，弗兰妮宣布我们休息一会儿，我正往杯子里加咖啡，那个女人静悄悄地走到我身边。

“选的地点太糟糕了，是吧？”她边说边往咖啡杯里加奶精，“这里有一半人根本就没有眼病。她们只是年龄大了。对了，我叫蕾切尔（Rachel）。我得了一种退化性视网膜疾病。”

“我也是！”我差点儿激动地尖叫起来。

“啊哈，”蕾切尔说着，朝着下面向我伸出的右手点了点头，“要不要握个手？如果不事先说一声，我知道自己是不能握手的。”

她这句话简直让我无法呼吸。因为她知道我是什么样的人，也知道我不是什么样的人。她都懂。在这么多年之后，在我度过整个成年阶段之后，我终于找到了另一个害怕握手的人。

“我是一个治疗师，”她继续自我介绍，“我有三个孩子：一个15岁，一个9岁，一个7岁。”

我吸了一口连声音都能听到的凉气。蕾切尔笑了起来。

“我太——太不敢相信了。”我结结巴巴地说。在我内心深处用焊条封起来的一扇门突然就被打开了。我心里想的是：我原来都不知道这也是可能的。我原来不知道你能有三个孩子。

我嘴里说的是：“我一直都想认识患有退化性视网膜疾病的妈妈。”

在我组织语言的时候，我突然意识到自己如此渴望认识这样的朋友，尽管我从来没有承认过这一点。因此，当蕾切尔建议我们悄悄开溜，到附近找一家咖啡馆开一场即兴的分组会议时，我就爽快地同意了。

当蕾切尔讲述自己的故事时，我仔细聆听着每一个字，从她十几岁时被诊断出眼病，到几次怀孕期间的视力衰退，再到我已经非常熟悉的凭借狭窄视野抚养孩子的艰难困苦。几年前，她有一次没有看到孩子丢在楼梯上的一只鞋子，结果摔断了脚腕。当她的孩子们每年在儿科医生那里做视力测试时，她都担心地屏住呼吸。几年前，她终于毅然下定决心，开始在晚上使用盲杖。我们各自的故事有着太多的重合部分，我非常吃惊。然而，真正让我目瞪口呆的是两个故事的差异之处。

蕾切尔不是家族里第一个患有退化性视网膜疾病的人。她的妈妈以及外祖父母中有一位也被诊断出得了这种眼病。她从来没有隐藏这个秘密，部分出于这个原因，部分由于她在情感上更加坚韧。她没有向孩子隐藏秘密，没有向朋友隐藏秘密，甚至都没有向雇主隐藏秘密。这只是人们知道的有关她的一个情况，她说，而且这真的没什么大不了的。

实际上，蕾切尔看起来相当自若，完全没有“狂飙突进”(Sturm und Drang)[①]的迹象。

“你会有负罪感吗？”咖啡快要喝完的时候，我试探着问，“会觉得对不住孩子吗？”

“你的意思是？”蕾切尔茫然地看着我。我感到很吃惊，因为我原以为她完全明白我在说什么。

① “Sturm und Drang”为德语。

“每当我撞上孩子,或者踩着孩子的脚,或者不能开车送他们去某个地方,我就会有负罪感。”我详细解释道,我从来都没有把这些告诉过其他人,甚至连大卫也不例外,“就好像他们在为我的问题而付出代价。”

“但所有的孩子都会付出代价,而每个父亲或母亲都会有问题,”蕾切尔回答,“况且这也不是你的错。”

“对。”我表示同意,同时低头看着咖啡。

“你为什么会有负罪感呢?”蕾切尔迷惑不解地说,“你是一个好母亲,跟你一说话我就知道了。”

“是啊。”我确定地说。在互助小组的这一天里,这些帮助对我已经足够了。我穿上了夹克衫。

“我是说真的。”蕾切尔重复道。

“好的,”我说着,拉上衣服拉链,“谢谢你啊。”

“你是一个好母亲。”她又说了一遍。

然后,就在我完美开溜的几分钟前,我崩溃了。这一次,我再怎么哈哈大笑也不能让负面情绪乖乖地待在原地了。互助小组的聚会撬开了我的外壳。现在,就在这家满是嬉皮潮人、自由职业者和带着学步婴儿的全职妈妈的现磨咖啡馆中,当我擦眼泪的时候,隐藏的情绪开始慢慢向外渗。

我花了五年的时间来安慰、喂养、教育我的孩子们。在整个过程中,我一直都感觉自己还不够好,我永远也不够好,我的孩子值得拥有更好的妈妈。在足足五年的时间里,我最想要的就是有人听了我的故事后说我是一个好母亲。我对这句话的渴望超过了意外得到一大笔钱,超过了一晚安眠,超过了免费海滨度假。现在真的有人说我是一个好母亲了,而我也相信了。

“我很高兴自己在互助小组的聚会上坚持到了最后。”我们站起来准备离开时,我抽着鼻子说道。

“我也是,”蕾切尔微笑着说,“你以后应该再试着参加一次。很多有趣的人都会参加聚会,而且你也真的能得到一些很好的信息。”

“可能吧。”我点点头,往门口走去。

“哎呀,小心玻璃门,”蕾切尔提醒道,“上次我来这儿的时候,一头撞上了玻璃门。你说我丢不丢人啊?”

我们交换了电话号码,还计划两家人一起吃晚餐。我蹦蹦跳跳地往家里走去,开心得忘乎所以,因为喝了很多咖啡而兴奋不已。我不虚此行,不仅得到了来之前想得到的,还得到了更多:一位朋友,外加一张“人生地图”。

贴士十九：关于阅读

一旦你学会认字，即使无意阅读，也会不自觉地去阅读。这是一种本能：看到文本，解读文本，除非你再也看不到文本——视力差得看不清字母和数字。到了那时候该怎么办呢？当然啦，你可以拿一只放大镜。这样做是明智而有效的，但并不很得体。假如你拿着一个巨大的放大镜看东西，就跟夏洛克·福尔摩斯一样，你是很难做到秘密行事的。

不，答案是很明显的：尽早教会你的孩子读书，迫使他们当你的文字—语音私人翻译。使用这个策略显得特别巧妙的是，让孩子给你读书看上去倒像是你在帮助孩子，而不是孩子在帮你。当你在超市购物时，没有人会认为你是在依靠正在上幼儿园的孩子，也没有人知道你正在让孩子告诉你什么服务变更会影响地铁6号线的运营。当你催促小家伙读出标签、标志或同意书上的字时，看上去就好像是你在给孩子们一个机会，让他们巩固自己的阅读能力。

这样的话，你就可以假装自己能阅读，同时也可以参加“年度妈妈”的竞选了。这可是一心多用的最高境界。

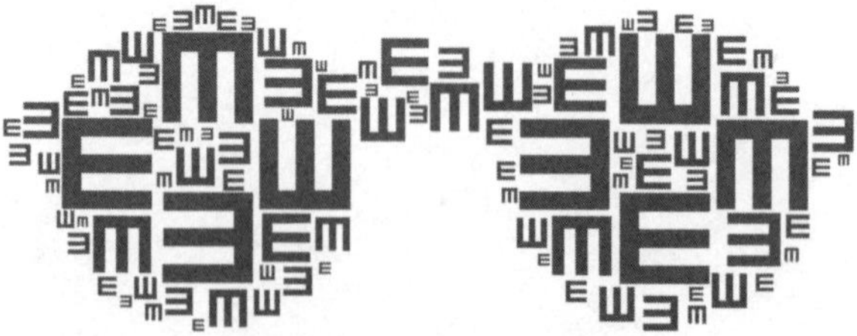

十九
上交

当洛伦佐还是个婴儿而我的身份仍在不断变化时，我参加了一个"妈妈与我"的瑜伽班。我从来就不喜欢瑜伽，尽管我一直都想喜欢它。抱着一个尖叫的婴儿，同时在一个散发着屎味儿的房间里做瑜伽，这并没有使这种运动更吸引人。结果，那是我唯一一次带着宝宝练瑜伽，不过，它的确留下了抹不去的记忆。刚开始，当我们正在展开瑜伽垫、打开婴儿襁褓时，教练就给我们讲了一个我永远也不会忘记的故事。她说她家里有两个小孩儿，而且她的肠胃炎刚刚治好。

"我当时上吐下泻，"她双腿打着莲花座，向我们讲述道，"但我竟然感觉如释重负。因为我知道这样我就能休息一下了。我之前有一两天感觉很糟糕，但还不至于不能做午饭，不能给孩子讲睡前故事或是做其他事情。然而,我现在上吐下泻,所以就再也做不了任何事了。我现在才回想起来,当时我就坐在马桶上,脸悬在垃圾桶上方,心里想'感谢上帝。'"

在放弃驾照的那一天,我终于明白了这个故事。用比喻的手法来说,我当时一屁股坐在马桶上,脑袋伸进了一只呕吐袋。但是实际上,我正弯腰趴在车辆管理局的柜台上,把驾照塞进玻璃窗口。

自洛伦佐出生后,我就再没有开过车,但我一直拿着驾照。原来,纽约车辆管理局那些傻瓜让你每十年更新一次驾照。我猜他们从来都不会想到在十年内,一个人会失去大部分的视力。所以我就开着车在城里转来转去,每当需要验明身份时,我就闪一下自己那张满分驾照。每次我把驾照递上去,心里就感觉很踏实。如果我还拿着驾照,眼病就还没有太糟糕。这张小小的压膜卡片是我自信心的脚手架上一根重要的支撑梁。我很珍惜它,尽管上面有一张我23岁时拍的难看照片。照片里的我留着乌黑的齐耳短发,穿着一件上面有几条中国龙的紧身背心。

过完33岁生日的几周后,我十年的宽限期结束了。驾照失效了。我不得不面对这个事实:这是我人生中的最后一张驾照。

我几乎都"驾驶"不了自己的身体。在晚上走动一直都很困难,但在过去的一两年里,即使白天在人群中走动都变得艰难了。考虑到在纽约是很难避开人群的,这实在令人遗憾。

当我走在人行道上,走在地铁站台上,在银行或游乐场排队时，我没有一天不会撞上陌生人。我已经开始厌狗了，因为它们老是给我带来很多麻烦。那些小小的、爱叫的小狗实在是太矮了，根本进不了我的中心视野；当我迈开步子时，会不可避免踩到它们的尾巴，或者不小心踢到它们的肋骨，这样总会使主人赶紧把正在嚎叫的“小毛球”揽入自己怀中，同时朝我射出令我羞愧难当的眼神。就算遇到了个头儿大一些的狗，假如它们被拴在一根十英尺长的皮带上，而皮带就斜着横在人行道上，非常像是完全置其他路人于不顾，它们也会给我带来麻烦。如果我像一个笨笨的卡通人物，每次被皮带缠住都能得到一美元的话，我就会富得流油，那么布鲁克林区就会禁狗了。

用自己的身体袭击他人和宠物已经够糟糕了，但更糟糕的是我还用婴儿车造成了伤害。在交通高峰期，我可能会推着婴儿车碾上某个商务人士那双锃亮的皮鞋，或者撞倒可爱的宝宝。夏天的时候，情况最糟糕，因为大家都脱下了防护装甲一样的靴子，穿上了凉鞋，暴露出了柔软的、毫无防护的跟腱。不管我推着婴儿车撞到那些跟腱上有多少次，我都无法习惯陌生人脸上的表情。他们的表情通常先是震惊，接着是迷糊不解，然后是愤怒。我总是一再道歉，但是这并没有让那些被撞瘸的布鲁克林居民感觉好受一些。

推着十一磅重的婴儿车都能造成那么大伤害，再想一想开车会造成什么后果，我就吓得直发抖。我是不可能再去开车了，甚至都不敢在换边停车日(alternate side parking days)开车。不行，一旦有了孩子，我就意识到了生命的宝贵，就对自己驾车采取了零容忍的态度。所以，当我的驾照最终到期时，我只能把它交给车辆管理局，换一张非驾驶人员的身份证。在车辆管理局“大龄司机参考资料”的网页上，我了解到了整个换证流程。我已经朝糟糕的开局跑过去了。

“我要上交驾照。”我告诉柜台后的那个男人。我努力把声音放低，但他还是在玻璃后面听到了。

他低头扫了一眼驾照，又推给我，还给了我一张空白表格。

“只是过期了，没必要上交，”他解释说，“填一下这张更新表格。”

我果断把驾照塞了回去：“不了，谢谢你。我不更新了。”

“那不难啊，”他安慰我说，“你只要交费就行了。再测一下视力。”

听起来确实很简单，如此简单，以至于我都想点头答应了。然而，我瞥了一眼他身后的视力表，想起来自己根本就没得选择。我几乎连最上面那一行字都看不清！

“谢谢啊，但不用了。”我依然在坚持。

“你确定？”他抬起眉头，“一旦上交，再想要回去可不容易。”

我感觉挺难受的。来市中心的布鲁克林车辆管理局已经够惨了，更别提还必须要面对自己患有不治之症这个事实了。最初我考驾照可没有这么难啊。现在，我似乎要被迫公开解释一番了。为了换一张通常发给90岁以上老人的身份证，我必须要哭哭啼啼的，让别人递给我一些舒洁纸巾，还得应付其他一些破事儿。

我努力不让自己的声音变得嘶哑:“是的,我确定。不更新了。我上交。”

“随你便吧。”那个男人耸耸肩,好像经过了那么多年,他终于学会了不能跟站在自己窗口的疯子们讲道理。

半个小时后,在我走出车辆管理局的那一刻,我已经失去了开车的权利,也不可能再拿回来了。这个权利就这么永远消失了。我感到非常难过,仿佛紧紧抓在手里的某件宝贝刚刚从手心掉出来,掉进了下水道格栅里。然而,这件事已成定局,我也感到如释重负。一直努力承受的压力也一去不复返了。我突然想起,当不得不拿着盲杖出门的那一天终于来临时,我可能就会觉得自己解放了。

自从去派克大街看过那位医生后,在这个属于视力正常的人们的世界,我渐渐失去了自己的立足点,被缓慢且不可阻挡地拉进一个处在有视力和失明之间的中间地带。我一直都在拼命抵抗,用否认、假装,甚至求助的方法来抵抗。我越来越绝望,竭力留在属于视力正常的人们的世界,哪怕只占据一点点的空间也行,因为我一直觉得最糟糕的事情莫过于彻底放弃。然而,在车辆管理局的那一天,我开始明白,也许最糟糕的其实是被困在中间地带。

实际上,在我开始尝试放弃其他东西后,上交驾照让我感觉很爽。有一天,大卫回家后发现我正在打包所有的玻璃制品,准备送给救世军,然后从宜家买塑料杯。

“再也不会有碎玻璃啦！”我正式宣布。

埃斯佩兰萨曾送给我一只圆顶放大镜(dome magnifier)。它是一块半圆形厚玻璃，形状及大小跟纪念品雪花玻璃球一样。我把它从衣柜里面拿出来，放进手提包，这样它就真的可以派上用场了。我又花了几个月时间，才鼓起勇气在公共场所拿出来用。第一次拿出来的时候，我尴尬得脸都发烫了，很确定当时上城区地铁2号线上的每个人都在盯着我。当然啦，坐纽约市地铁的一大好处就是没有人会在乎你在做什么怪事儿。不管你干什么怪事儿，他们要么已经见过更怪的事儿，要么自己就做过更怪的事儿。有一次，我看到了一个胖到可怕的女人正用一次性剃须刀刮眉毛，几乎再没有看第二眼。想让别人都往我这个方向瞥上一眼，我得脱光衣服，把放大镜插进肛门。我很快清楚地了解了这一点，所以短短几分钟后，我的脸颊就不再发烫了，我也可以放松下来了。当我第二次从手提包里抽出放大镜，我没有那么尴尬了，再往后就更放松了。

这让我想起了在公共场所哺乳。我第一次在一家餐厅露胸给洛伦佐喂奶时，感觉就像是在开着门上厕所。我当时花了几秒钟用一条山羊绒披肩遮住胸部，但我确定自己已经用裸露的乳头让整个餐厅的人大为震惊了，我等着有人大喊：“这是一家用来举行家庭聚会的餐厅，女士！”然而，几周后，我彻底用不着山羊绒披肩了。我会解开衬衫，几乎褪到肚脐眼的地方，突然干脆利落地拽出巨大的、渗着奶水的乳房，就好像《狂野女孩儿》(*Girls Gone*

Wild)录像中的女孩儿那样快速亮出自己的胸器；就像我告诉自己孩子的那样，任何事儿都能“熟能生巧”。

即使我可以自在使用放大镜了，用起来也尽量偷偷摸摸的。在孩子面前用放大镜是很难的，因为他们就是管不住自己的大嘴巴。我自己的孩子对这只放大镜已经习惯了，但是其他孩子会留意到的，然后就会非常好奇。有一次，在罗莎的幼儿园，当我正拿着放大镜在家长会报名表上签字时，有个小男孩儿突然说话了。

“嘿，真酷啊！这是什么呢？能给我玩儿一下吗？你是巫师吗？”

我在四周看了看，看有没有人在看。并没有。

“是的，”我眯起双眼，小声说：“我是巫师。”

他的嘴唇开始颤抖，接着跑回地毯上属于自己的位置。

当然啦，我尽可能不在熟人（尤其是已经相识多年的熟人）面前使用放大镜，因为那样我就不得不解释整件事的来龙去脉，而那就是我最讨厌做的事了，其厌恶程度甚至都超过了接受盲杖训练或参加互助小组。我知道他们会觉得奇怪，因为我从来不告诉他们如此重大的事情。当然了，我在告诉他们之前等待的时间越长，告诉他们时就显得越发奇怪。

我的问题是不知从何说起。开展这样的谈话可比你想象的要难，主要是因为从来就不存在一个自然的过渡。在谈话中，我一直都在等待可以进行顺利过渡的时机。比如，也许某个人有一天会谈起史提夫·汪达，然后我就会接过话头：“嘿，说到盲人，我有没有告诉过你其实我就是盲人？我是说，我失明了。”或者也许我等待的时间已经足够长，朋友们就会把他们的秘密告诉我，比如做了一个变性手术或者曾在中央情报局工作之类的，然后我就会这么说：“我很高兴你说起这些，因为我也有话一直想跟你说。”

如果这两种机会都没有自动出现的话，我就别无选择，只能自己想出导入话题的办法了。我用得最频繁的开场白是：“好吧，有这么一件很疯狂的事儿……”这确实不是最自然的过渡，但也没多大关系了，因为我就那么脱口而出，对方几乎都没机会充分理解我说的话，我就接着往下说了：“我得了一种不治之症，快失明了，但我一直保密来着。”然后，我就会突然发出一种神经兮兮的笑声，而这笑声绝对不会让任何人感觉不适。

在我所有当了妈妈的朋友中，格蕾丝(Grace)是我最亲密的朋友之一。当我告诉她这个秘密时，她真的是一头雾水。

“等等，你是开玩笑吧？”她问。

当我意识到自己把事情搞得一团糟时，我变得更慌张了。情况越糟糕，我就笑得越厉害。

“不是！”我哈哈大笑。

“你这个‘不是’是说你没得什么秘密眼病，还是说你不是在开玩笑？”格蕾丝看上去大惑不解。

“不是开玩笑。”我一边哈哈大笑，一边努力说道，“是的——我——就要——失明了。”

她歪着脑袋，疑惑地看着我。

“而且,”我喘着气说,“我还有情绪问题。这很明显嘛。所以我们还是再别谈这个问题了吧。”

“我们当然要谈,”她皱着眉头说,“接着你刚才说的,跟我讲一讲你到底在说什么。”

跟她讲完所有的相关细节后,她告诉我这下她真的放心了。这些年来,她留意到我有一些行为让她看不懂,而这些行为还跟她所认识的那个我不搭。为什么她把别人介绍给我时,我不跟人家握手呢?为什么当我的孩子或她的孩子就站在我跟前时,我却看不到呢?为什么那次我不挑出洛伦佐身上扎的刺,却让她去挑呢?这些怪异的时刻令人不安,因为她知道背后一定有某种完全合理的原因。你瞧瞧,原因现在不就出现了吗?现在她知道原因了,那些怪异时刻看起来也就合理了。

我很吃惊,她竟然感谢我把这个秘密告诉了她,好像我送给了她一件她很看重的东西。当然啦,我送给她的就是真相。

贴士二十:关于过马路

擅自横穿马路是诸多小小的奢侈享受之一。除非它们消失,否则你不会意识到自己已经失去它们了。请别误解。你失去的与其说是闯红灯节省下来的三十秒,还不如说是扫一眼就知道不会有事儿的那种自信,那种平安的确定感。

那种自信,还有让自己看上去不会像个假好人的感觉,因为每一个人都横穿马路,我是说每一个人:驼背的人、患有关节炎的老人、正成群出外游玩的日托所小孩儿、警察。然而,你得等红绿灯,你要孤零零地站在路缘石上,等上十秒、二十秒、三十秒,看着就像一个傻瓜,因为你跟这些人之间的巨大区别是他们可以看见有一辆车正在加速,而你看不见,至少不是太确定。你的孩子们会想知道为什么,为什么他们必须要等一等,而别人都在过马路。你要尽可能道貌岸然地向他们解释,说擅自横穿马路是违法的,而你是遵纪守法的。

"将来有一天,你们会感谢我的。"你会这样对他们说,虽然心里知道他们不会感谢你,也知道他们不应该必须感谢你。你想让孩子将许多事情都视作天经地义,而确保不让孩子意外丧命就是其中之一。

二十
奇迹

这些年来,我一直在祈祷,想得到很多东西,但从未想过出现奇迹。我总是觉得最好不要拿过于细小的事情来麻烦上帝,也不要太过贪心。所以当我为眼睛祈祷时,主要是感谢上帝将我的视力保留至今,并祈求祂赐予我勇气,去面对即将到来的困难。

刚过34岁不久,我就发现自己即使不是纯粹地祈祷奇迹发生,也是在怀抱着希望。我可不存什么奢望。我不需要那种老派的“盲人重见光明”的奇迹。一个小小的奇迹就足够了,或者表明奇迹即将降临的迹象也行啊,比如白内障正在缩小之类的。这并不是因为我的视力更差了(尽管情况的确如此),而是因为我太想要这么一样东西了。假如不和“大权在握”的人拉钩获得“情况会稳定一阵子”的承诺,我觉得自己是得不到这件东西了。我想再生一个孩子。

实际上，我很久以来就想再生一个宝宝。并不是因为前两个孩子有缺陷才让我如此渴求第三个孩子的，其实恰恰相反。养育洛伦佐和罗莎让我学会更强烈地去爱他人，比我想象的还要强烈。我的心仿佛在新兵训练营待了六年，又是举重，又是参加“铁人三项”的，最后变成了一块力量无匹的超大号肌肉。我的心渴望后代。我的身体渴望后代。我的大脑却说：“控制住自己，女士。”

我无法满足自己在家谱图上增加一个分支的欲望。六年前，洛伦佐出生时，我因为有了孩子而紧张不安，当时还能读苏斯博士的书。四年前，罗莎出生时，我再次感到紧张不安，当时还能看清婴儿食品罐上的标签。

现在，我已经看不清衣服吊牌上的尺寸数字了。在阳光灿烂的日子，刺眼的阳光让我很难知道交通灯什么时候由红变成了绿。现在，我衣柜里有一根盲杖，还有一张将我归类为“残障人士”的优惠地铁卡。我有资格享受纽约的残障人士专车，也有大声喊叫的资格。我80岁的外婆就是这样到处走动的。她不应该再去生孩子了，我也一样。我认为如果不能保障孩子的人身安全，生孩子就是自私的。

此外，我已经得到了自己一直都想要的家庭。我如此“富有”，都有点儿不好意思了。现在，索取更多似乎显得很贪婪，而且鉴于我的各种身体局限，那样做是完全不负责任的。当然，如果由于某种原因，我的身体局限不再那么大了，那也就不会显得那么不负责任了。作为一个乐观主义者，我觉得是有这种可能的。毕竟，妈妈年轻时就有过这种好事儿。但是，我不但乐观，而且注重实际，所以我给自己的奇迹定了一个最后期限。如果到我35岁的时候，运气还没有发生变化的话，我就会决定终止造人计划，最好是让大卫做一个输精管切除手术。一个人必须要会划定界限，或者截断路线——要视具体情况而定。在我的心中，我需要应对许多挑战。如果除此之外，我还要对付“高龄妊娠”，那就太过分了。

刚开始，我很随意就放弃了奇迹这种可能，简直就是随手一扔。在孩子出生后的最初几年，我并没有想太多关于奇迹的事情。我并不期待会发生什么命运的惊天逆转，也不期待什么天神下凡，让一切突然平安无事。然而，我一到34岁，失明的最后期限就迫在眉睫了，我那时才发现自己正在疯狂地寻找奇迹降临的蛛丝马迹。

我尽量无视自己对另一个孩子的渴望。但是，随着可能性的降低，我这种渴望越来越强烈，越来越迫切。当我再也不能选择无视时，我就劝自己停止渴望。

我已经有了两个健康的棒棒的孩子，而我也尽量不让他们受到伤害。难道这还不够吗？我怎么能这么没有感恩之心呢？

我提醒自己，自从罗莎越来越独立，我原来强烈的忧虑和愧疚感已经减弱了。如果再生一个宝宝，我又会马上陷入那个情绪的大漩涡，而且只会更加糟糕，因为我视野的小孔闭合得更紧了。

当我不能劝自己放弃生第三个孩子时，我开始拿这件事跟大卫开玩笑。事情是这样开始的：我们搬到了那个崭新的配有单间卧室的公寓。接着，几周后的一天晚上，我和大卫在卧室里挂图画。那不是一间真正的卧室，只是我们装了一扇玻璃门，把宽敞的起居室一分为二。我们组装起一只宜家衣柜用作墙橱。我们还挂起蓝色窗帘，不让街对面电器店的人看到室内。现在，我们正在做最后的点缀。

"房间看起来很棒，"大卫说，"大小也合适。"

"没错，"我表示同意，"我们甚至可以在床边放一只摇篮。"

他抬头看着我，扬起了眉毛。

"我在开玩笑呢。"我让他放下心，把螺丝钉放回工具箱。

"听着不像开玩笑啊。"

"别搞笑了，我们当然不可能再生孩子了，"我笑着，把锤子从他手里拿过来，然后又说，"除非你想。"

"妮——可——尔。"他发出了警告，听起来就像露西(Lucy)要实施一项愚蠢计划时，瑞奇·里卡多(Ricky Ricardo)叫她那样："露——西。"①

"怎么了？"我不满地说，"我告诉你，永远不要说'永远不'。"

"有时候，我们可以说'永远不'。比如，当你买了一个单间卧室公寓，而且家里四口人已经住在了里面，你就可以说：'我们永远不再生孩子了。'"

---

① 瑞奇·里卡多和露西为美国电视情景剧《我爱露西》(*I Love Lucy*)中的一对夫妻。

“我只是不想没有经过充分考虑就排除一切可能。”

“妮科尔，”他说，直直地盯着我的眼睛，“你还想再生个孩子？”

我做了一连串鬼脸，不确定最后该选择哪一个。第一个表情是“我就这么一提你就这么吃惊了”，接着是“才怪呢，我才不会呢”，然后是一个放纵不羁的微笑。

“对，”我说实话了，“我是想，很想。”

“天哪，”大卫叹了口气，“你这个疯女人。”

“不过别担心，我知道这很疯狂，”我说，“我知道我们不能这么做。”

他没说话。他正把挂在墙上的那张结婚照摆正。照片上的我们更加苗条，也没有那么多皱纹。照片中的画面定格在我俩站在布鲁克林大桥下接吻那一刻。

几天后，当我们开车送孩子参加一年一度的“摘苹果大冒险”时，由于某种前所未有的命运巧合，两个孩子同时在后座上睡着了。我心里暗暗想：这难道就是我一直在等待的奇迹吗？但我随即就觉得自己想多了。

我和大卫抓住机会，夺回了选择音乐的权利，选择了妮娜·西蒙娜（Nina Simone）的歌曲。刚开始听妮娜的歌曲，你会屏住呼吸，但在听了一个小时的《花园小子》[①]（*Backyardigans*）后，她的音

① 美国尼克公司出品的一部高质量CGI儿童动画。故事情节轻松有趣，画面鲜艳绚丽，人物形象生动可爱，是北美最受儿童喜爱的动画片之一。

乐简直会让你大饱耳福。当她唱《别离开我》(*Ne Me Quitte Pas*)时,我们沉浸在她那温暖、沙哑的歌声中,看着秋天赤焰般的树木从窗外掠过。我已足够放松,可以说出下面这句话了:“他们睡觉时好宁静啊。有点儿让人想再生一个了,是吧?”

“让谁想再生一个?”大卫反问道,他左手放在方向盘上,右手从我腿上的袋子里拿椒盐卷饼。他的开车技术很好,那么放松,那么自信,每一个动作似乎都轻松自如:“我才不呢。他俩让我很想享受这片刻的平静。”

“呵呵呵。”我翻了个白眼。

然后他叹口气,说:“我觉得你的视力越来越差了。你忘了一年前罗莎跑掉后你去追她的艰难啦?”

“是啊,”说着,我麻利地把一小块椒盐卷饼放进嘴里,“没错。这是一个坏主意。当我没说。”

妮娜已经唱到了副歌部分。

“除非有好事发生。”我又补了一句。

“你还在说这个?”大卫说。

我耸耸肩。

“什么好事?”他一脸怀疑的神色,“还能发生什么好事?”

“我也不知道。在接下来的一年里,如果我们中了彩票,如果有人造出仿生眼,如果我看到了迹象,一个很明显的迹象,我们就要再生一个孩子。”

“妮科尔,”他摇摇头说,“你是在跟自己过不去啊。”

我们沉默下来，让妮娜的歌声渗入我们内心，连同歌声中的痛。那首歌听完后，大卫又开口了："听着，在这件事上，我听你的。如果你真的认为这是好的，我就陪你做。但是，你必须确定这是件好事儿。"

这可不是一件小事儿。

我把利弊都列了出来。写满不利之处的清单有这几条：

孩子不安全，因为我视力不好
没钱
没地方
怀孕让我视力变得更差？

之后是让人难受的一条：

宝宝也得了眼病呢？

有利之处的清单上只有一条：

我想再生个孩子

我把两张清单并排放在一起。结论很明显。不，不行。说到底，我告诉自己，不能因为我想要什么，我就应该得到什么。很多人都想要不该要的东西——婚外情，再来一杯酒，别人钱包里的钱。作为成年人，你就得明白你不能总是得到自己想要的东西。

不过，我会跟孩子们一起举办茶话会，或者一起蜷缩在下铺唱着披头士的歌。到那时，我就会想，这两个孩子都得到了很好的照顾。我爱他们,非常爱他们。如果我这么爱孩子,再创造一个生命又有什么错呢?那怎么能叫自私呢?

我会告诉自己,人类取得的每一次巨大进步都是由疯狂的想法带来的。另外,我还会想,很多完全失明的人都有宝宝。做父母的都有一些局限,不管是抑郁症,食物成瘾,少一条腿,银行账户一直透支,还是极大的工作难度让他们没有多少时间陪伴自己的孩子。这是一个挑战,可不是什么制动器。怀孕需要勇气,但可以让我不必再做出基于恐惧的决定。

之后,我想到自己会被消火栓绊倒,趴在人行道上,心里想:假如我抱着宝宝呢?于是,一切从头开始。

你怎么会做出一个不大可能实现的决定呢?我不知道,因为我并没有做出这样的决定。大卫代劳了。

母亲节那天恰巧是我30岁和35岁的中间点。大卫带我出去吃了一顿远远超出我们预算的大餐。我看不清菜单,于是他念给我听。点完菜后,他伸手抓住了我放在桌子上的手。

“嘿,别吃橄榄了,先停一会儿。”他说。

“可是这橄榄好吃死了。”我说。说完我抬起头看着他。他的脸因为烛光而变得模糊,但我可以看到他的神情很严肃。

“怎么了?”我很慌。

“没事儿,没事儿,不是什么坏事儿,”他笑了,“只是……我考虑了很久,觉得我们应该再生个孩子。”

我忘记了呼吸。这完全出乎意料。

“你这么想要，我也想满足你，”他继续说，“说起来是陈词滥调，但人生确实苦短。我们可没时间恐惧了。”

“你确定？”我结结巴巴，“我不想让你觉得有压力。”

“我们都结婚一百年了，我早就学会了如何应对你的压力。”他微笑起来，“我确定。”

他的脸更加模糊了，因为我的眼眶里盈满了泪水。

“可是我不确定。”我又结巴起来。

“你应该确定，”他捏了捏我的手，“你只是紧张罢了，可我要告诉你别紧张。我知道你会照顾好这个宝宝的。”

他不是说“一个宝宝”，而是“这个宝宝”。

就这样，我们的小女儿照进了现实。就在两个月内，她出现在这个世界中，在我的身体里游泳。

我现在已经看不清怀孕初期检查试纸上的说明文字了，但幸运的是，我已经知道正确的使用方法。对于那两道粉红色的线，我是不会看错的。

一看到这两道线，我就放心了，开始发抖。突然之间，我明白我们做出了正确的决定，至少对我们来说是正确的。对，我们将会害怕、担忧、内疚，甚至会遭遇事故，但是永远也不会有遗憾。我的这个故事不会像一部三十分钟的情景剧或莎士比亚喜剧那样，所有问题在结尾处都得到解决。我的这个宝宝不会解决所有问题，甚至根本就解决不了任何问题。但是，我生这个孩子的本意并非是用她来解决问题。我一直在寻找的奇迹的确出现了。

它不是治病良方，也不是意外钱财，甚至都不能算是生活的奇迹。它是对一个尚未降生的生命怀有爱意的能力，虽然我完全明白自己将会面对什么。

我紧紧捏着那张试纸，幸福地看着那两道粉红线。它们是强悍的，毫无愧意的，就像我手提包里的“达尔优”（Dare You）唇膏，就像大卫胳膊上的文身，就像冰箱上挂的我两个孩子的自画像。它们都是原色系的，画出的线条都带着坚决。

尾声

开关“咔塔”一声响,婴儿室暗了下来。婴儿床旁边的墙上有一盏夜明灯,但我是看不见的,因为我的头并没有转到那个方向。我小心翼翼地向后退了三步,走到摇椅那里,我知道它就在那里等着我。我要坐在摇椅上哄露西娅(Lucia)睡觉。

她是饿了,猛地朝我胸部贴过去,边喘气,边哼哼,就像一只小黑猩猩。她现在已经六个月大了,吃奶不再需要我指引了,她知道我的乳房就藏在衣服后面。

“好吧,宝贝儿,”我对她说,“稍等一会儿。”

我感到摇椅的边缘顶到了膝盖边,就铺上了垫子。因为抱着宝宝的时间太久,我的背有点儿疼;因为带着两个孩子在城里到处跑——带他们去上学,去游乐场,去游泳,去我外婆家吃饭,我的两只脚阵阵抽痛。

还不到十秒钟，宝宝就找到了她要找的东西，发出了吸奶的声音。我听见大卫压低声音，在罗莎和洛伦佐的房间里给他们读睡前故事："艾达(Ida)很生气，知道哥布林[①](Goblin)到过那里。"是《在那边》(*Outside Over There*)。现在肯定轮到给罗莎读了。

宝宝正在吃奶，突然停了一会儿。我的胳膊感到她的小脑袋转动了一下。她肯定正在看着我。我把脸转向她。

"你在看着妈妈？"我问，"哦——我在呢。"

我不需要用眼睛看就找到了她喜欢被人亲吻的地方，就在她的耳朵后面、喉咙旁边一处柔软的地方。我用鼻子摩擦那个地方，她大笑起来，发出类似爆米花爆破的声音或者小小的烟火在空中炸开的声音。"哇咔咔咔咔咔。"哪儿都没有比这更好听的声音了。我在脑海中重现了跟孩子的笑声相配的画面，就在五分钟前，当时还没有关灯——她皱着鼻子微笑，粉红的小嘴张开，眼睛像灯笼一样闪着光。

宝宝的双眼还没有固定的颜色。刚出生时，她的眼睛是新生儿眼睛的颜色，其实就是没有其他颜色，只有黑色，好像在子宫里待的时间太长，眼睛里只有瞳孔。她的眼睛就像古埃及艺术中的荷鲁斯之眼[②]，是无所不知的。她哭的时候，这双眼睛里甚至都没有泪水。

现在，它们变成了正常的属于这个星球的眼睛。它们盯着感

① 西方传说中的一种类人生物，一般长着长长的尖耳朵。

② 古埃及神话中鹰头神荷鲁斯的眼睛，代表着神明的庇佑和至高无上的君权。古埃及人相信荷鲁斯之眼能在重生复活时发生作用。

兴趣的目标,当我在房间走动时会跟踪我。只不过它们几乎一眨也不眨。她似乎太渴望看东西了,一股脑儿地就把图像吞进去,也不停下来嚼一嚼。还有一点儿与众不同的是,那双眼睛的颜色一直在变化;有几个星期,它们是深蓝色的,之后颜色变淡了一些,好像知更鸟鸟蛋的颜色,之后又变成较深的天蓝色。不过,她的眼睛总是蓝色的,就像她爸爸的眼睛。我几个孩子的眼睛都像他们爸爸的眼睛,我希望他们的眼睛就一直这样。

她哇咔咔咔咔咔地大笑。她尽情享受欢乐,我也一样,暖暖的心里充满了她的笑声。

她笑完之后,我把她身子调转方向,让她到另一边吃奶,然后她又活力满满地吮吸起来。

我把头往后靠着铺在椅子上的毯子。那是一条有着粉红和绿色条纹的毯子,是外婆在我十几岁时给我织的。外婆是宝宝最好的朋友。一看见她,露西娅就满脸兴奋,小胳膊上下挥动,似乎就要飞起来了。当我去外婆家接露西娅时,刚走出电梯,我就能听到她俩在合唱一首意大利摇篮曲;由外婆领唱,带着颤音,露西娅的声音也很大,只是没唱歌词。听到她们唱歌,我也有了唱歌的心情,于是唱起了外婆最喜欢的那首摇篮曲,就是她唱给我听的那首歌,也是我唱给罗莎和洛伦佐听的那首歌。

是风吹倒了芦苇……

我之前把歌词翻译给洛伦佐听,然后只要我一唱这首歌,他就大笑。他欣喜地发现歌词不是关于“星星闪烁”或者“摇篮摆动”的，跟他想的不一样。他喜欢跟着我一起唱，不过是用英语：“我沿街道走着，到了一家餐厅。给我来半瓶葡萄酒。爸爸想要睡觉。”

宝宝一听到我的声音，就不再吃奶，而是跟着哼唱起来。

“啊——”她吟唱着，就像一个格里高利合唱团的成员，“啊——”

她突然打了个哈欠，暂停吟唱。她又找到了乳头，接着吃奶，吟唱的调子慢了下来。她一只手朝上伸向我的喉咙，想抓住她知道就挂在那里的一条项链。

罗莎出生时，大卫送给我这条项链。这是一条银链子，有两只薄薄的圆片形状的坠子。一只上面有“罗莎”的字样，另一只上面有“洛伦佐”的字样，背面则是孩子们的生日。露西娅出生时，我在项链上又加了一只坠子。现在，当我走路时，几只坠子丁零零地响着，就像铃铛一样。这丁零零的声音让我想起自己拥有一个如此圆满的家庭。

大卫则做了几个纹身。一侧胸肌上是“洛伦佐”，另一侧胸肌上是“罗莎”。等露西娅过1岁生日时，他会把她的名字文在左三角肌上，就在我名字的对面。然后，这样就都平衡了，四个名字互相对称。几个文身都很漂亮，让我都想做一套。但是，我不需要文身，孩子们已经在我的身体上留下了印记：我腹部上已经变淡的妊娠纹、我那已经变成泪滴形状的乳房、我额头的皱纹和鱼尾纹。我不知道你会在我眼细胞里发现什么印记，但这并不重要。无论我失去了什么，跟我的所得相比，都是微不足道的。

露西娅出生时，我哭个不停。诚然，荷尔蒙和忧虑让我难以承受，但其中也有感激之情。我总是突然哭起来，对大卫千恩万谢。这跟洛伦佐和罗莎的出生不一样，不是因为我这次更加高兴或者更加感恩，而是因为我知道我俩差一点儿就失去了这个宝宝。当我想到我们差一点儿选择不要孩子，差一点儿选择谨慎行事，我就感到非常宽慰。我是多么幸运啊！“心肝宝贝儿”这个词是远远不够的。

现在，当我在黑暗中摇着露西娅时，我产生了同样的感受。在这一刻，我什么都不缺。虽然现在我看不见宝宝，但这并不会带来丝毫的缺憾。再说了，到早上的时候，我就又能看见她了。我抚摸着她圆圆的小脑袋。我吸入她身上有些发酸的奶味儿。我听着表示她就要睡着的轻柔的哼哼声。这何止是满足啊？这就是无法想象的富有！

我听到另一个房间安静了一会儿，然后大卫又开始读《狮子、女巫和衣橱》(*The Lion, the Witch and the Wardrobe*)。该洛伦佐选故事了。在我昨天晚上给孩子们读的那一章里，阿斯兰(Aslan)被杀死了。今天晚上，我想，他该复活了。

露西娅松开项链，把小拳头收回去。“扑通”，她拍到了我的胸膛。

当她快要睡着时，她就会把两只脚对着摩擦，或者把头发绕在一根指头上，让自己平静下来。她可能是在模仿我，因为她每次吃过奶后，我都拍拍她，让她打个饱嗝。但我无法想象我拍她带给她的抚慰会大过她拍我所带来的抚慰。她又拍了一下，带着她独有的节奏。

"扑通，扑通，扑通。"

她胖乎乎的拳头在我左锁骨下面轻轻打了一下。在我心脏缓慢又平稳跳动的地方，充满了惊奇。

"扑通，扑通。"

致谢

养一个孩子需要全村人的努力,写出一本书需要的人也不会更少。没有下面各位以及多得无法一一列举的人们的不懈支持,这本书是不可能问世的。非常感谢。

我要对我的代理人及坚定的支持者迈克尔·布雷(Michael Bourret)说:“感谢你相信我!就算我写的只是关于一只难看的流浪猫的绘本小说,你也信任我。”我要对我的编辑萨拉·古德曼(Sara Goodman)说:“感谢你的正确指导和彻底信任,是你的远见赋予了这本书生命。谢谢你大胆尝试。”

感谢圣马丁出版社(St. Martin's Press)所有杰出头脑为本书出版所付出的惊人贡献:莉萨·森兹(Lisa Senz)、凯尔茜·劳伦斯(Kelsey Lawrence),以及销售部同营销部的所有工作人员——了不起的凯蒂·巴塞尔(Katie Bassel)、充满魅力的安吉·格拉马里诺

(Angie Glammarino)和苏珊娜·诺埃尔(Susannah Noel)。

感谢瑞安·奈顿(Ryan Knighton)和吉姆·尼普菲尔(Jim Knipfel)。你们写的关于失明的回忆录非常有趣,令人过目难忘,不论对我个人还是事业来说,都很有启发。感谢你们让我加入色素性视网膜炎俱乐部(RP Boys Club)。感谢杰出的多米尼卡·鲁塔(Dominica Ruta)、爱丽丝·布拉德利(Alice Bradley)、蕾切尔·德沃斯金(Rachel DeWoskin)以及珍妮·鲍曼(Jenny Bowman),谢谢你们阅读此书并给予支持。

感谢德布拉·努斯鲍姆·科恩(Debra Nussbaum Cohen),谢谢你让我想象不可能的事情。我的小女儿要谢谢你。

感谢美国抗盲基金会(FFB)公园坡分支机构的成员。你们的慷慨、机智和勇气鼓舞了我。谢谢你们让我成为资助对象。你们治不好我的色素性视网膜炎,但把我严重的否认病给治好了。

感谢我所有的医生,尤其是雅各布森(Jacobson)医生及其他团队中门萨(Mensa)成员级的天才们。你们的工作就是创造奇迹。谢谢你们,不仅因为你们不知疲倦地研究治疗方法,也因为你们给我带来了“希望”这件礼物。

感谢格蕾丝·基尼奥内斯(Grace Quinones)。上天派你带着一大包礼物来到了我的门口。我非常感谢你的善良,你的热情,还有你圣人般的耐心。

感谢那些极其慷慨的人。他们不但是我的读者,也是我的啦啦队和最最亲爱的朋友:米兰达·贝弗利-惠特莫尔(Miranda

Beverly-Whittemore)、克莱尔·路德伯格(Claire Lundberg)、埃米莉·拉伯托(Emily Raboteau),以及每天让我恢复理智的女士——金伯莉·麦克雷特(Kimberly McCreight)。非常感谢你们所有人,谢谢你们为我改了一稿又一稿,谢谢你们回答我一直提出的愚蠢问题,谢谢你们启动头脑风暴来解决问题,而且从未说过“够了”,尽管显然已经够了。没有你们的明智建议,我这本书就是一堆热气腾腾的大便。没有你们的友谊,我是坚持不到最后的。

感谢米切尔·弗拉克斯(Michelle Flax)、麦莉·科勒特(Merrie Keohlert)以及阿梅莉亚·肖(Amelia Shaw),谢谢你们无尽的鼓励和支持。

感谢世界上最棒的姻亲——丹(Dan)和苏茜·格林戈德(Susie Greengold),谢谢你们的爱和无处不在的坚定支持。我要特别感谢梅格·格林戈德(Meg Greengold),你挽救了这本书的名字。

感谢严厉而美丽的卡瓦里奇家的女人们——弗兰卡(Franca)、阿兰娜(Alanna)和西德妮(Sidney),感谢你们永恒的忠诚与信任(以及为照看孩子花的无数时间)。

感谢梅丽莎·哈蒂(Melissa Harty),我人生中的第一个好搭档。她6岁时在我的麦当娜翻唱乐队中为我伴唱。自那之后,她总是会支持我。感谢考特妮·卡卡沃(Courtney Caccavo)看到了我的优点。你曾经认为我能变成一条神奇大龙。我会努力的!

我简直可以另外写一本书,专门表达我对父母的感激之情。尼古拉斯医生(Dr. Nicholas)和玛格丽特·卡卡沃(Margaret Caccavo)是坚强、无私、忠诚的父母。谢谢你们热烈的、全身心的、无尽的、无条件的爱。谢谢你们！当我需要你们时，当我不需要你们时，当我坚持说不需要但实际上需要你们时，你们总是给予帮助。谢谢你们做出正确的决定，即使是艰难的决定。谢谢你们不知疲倦地工作，好让我不必辛苦。谢谢你们再三告诉我，说我可以成为任何想成为的人。正因为有你们，我才能成为今天的自己。

感谢我的孩子们。从你们出生的那一刻起，你们就成了疗法、奇迹、理由。我为这本书感到非常自豪，但你们才是我最伟大的作品，永远都是。我感谢你们给我的生命带来了一盏永不熄灭的明灯。感谢你们让我的每一天都充满无尽的欢乐、笑声和意义。不过，最重要的是，我要感谢上帝把你们赐给我，我的美女、我的姑娘、我的快乐男孩儿。你们是超出我想象的三件礼物，三件我要为之奋斗一生才配得上的礼物。

感谢我最好的朋友、在所有方面的搭档、根之根芽之芽[1]——我的丈夫大卫。没有什么力量比我对你的爱更强大了，也许除了对你的感激之情，因为它是难以衡量和描述的。你在我心中播下了写这本书的种子，也让我有了使其发芽并成长的水和阳光。谢谢你敏锐的视觉，灵敏的听觉，你的力量，你的慷慨，你的耐心，你伟大而无私的牺牲。谢谢你让我们有了这个家庭。谢谢你那让一切皆有可能的爱。让我们永远在一起吧！

---

① 根之根芽之芽(the root of the root and the bud of the bud)出自美国诗人卡明斯的诗歌《我将你的心带上》(*I Carry Your Heart With Me*)。

谢谢我的外婆维茹丝卡·赞戈里·卡瓦里奇(Verusca Zangoli Cavaricci),是你让我成了一个独一无二的人。你以身作则,教我如何做妈妈、女儿、姐妹、讲故事的人、朋友、一个有信仰的好人。非常感谢你送给我的所有礼物:歌曲、故事、晚餐、眼泪、微笑,还有伟大的爱。我爱你,直到永远。

图书在版编目(CIP)数据

不完美的我 / (美) 妮科尔·C. 基尔 (Nicole C. Kear) 著 ；冯春波译．—重庆 ：西南师范大学出版社，2019.5

书名原文：Now I See You：A Memoir

ISBN 978-7-5621-9716-4

Ⅰ．①不… Ⅱ．①妮…②冯… Ⅲ．①纪实文学－美国－现代 Ⅳ．①I712.55

中国版本图书馆CIP数据核字(2019)第075802号

不完美的我

BU WANMEI DE WO

[美] 妮科尔·C.基尔 著　冯春波 译

出 品 人：米加德
总 策 划：卢　旭　闫青华
责任编辑：何雨婷　特约编辑：郑新东
装帧设计：夏玮玮
出版发行：西南师范大学出版社　重庆市北碚区天生路1号　邮编：400715
http://www.xscbs.com　市场营销部电话：023-68868624
印　　刷：重庆市正前方彩色印刷有限公司
成品幅面尺寸：148mm × 210mm
印　　张：10.125　　字　　数：180千
版　　次：2019年7月第1版
印　　次：2019年7月第1次
著作权合同登记号：版贸核渝字(2019)第087号
书　　号：ISBN 978-7-5621-9716-4
定　　价：58.00元

读者回函表 Readers WIPUB BOOKS

姓名：________ 性别：____ 年龄：____ 职业：______ 教育程度：______

邮寄地址：______________________________ 邮编：________

E-mail：________________ 电话：________________

您所购买的书籍名称：《不完美的我》

您对本书的评价：

书名：□满意 □一般 □不满意 | 故事情节：□满意 □一般 □不满意

翻译：□满意 □一般 □不满意 | 书籍设计：□满意 □一般 □不满意

纸张：□满意 □一般 □不满意 | 印刷质量：□满意 □一般 □不满意

价格：□便宜 □正好 □贵了 | 整体感觉：□满意 □一般 □不满意

您的阅读渠道（多选）：□书店 □网上书店 □图书馆借阅 □超市/便利店

□朋友借阅 □找电子版 □其他 ________

您是如何得知一本新书的呢（多选）：□别人介绍 □逛书店偶然看到 □网络信息

□杂志与报纸新闻 □广播节目 □电视节目 □其他 ________

购买新书时您会注意以下哪些地方?

□封面设计 □书名 □出版社 □封面、封底文字 □腰封文字 □前言后记

□名家推荐 □目录

您喜欢的书籍类型：

□文学-奇幻小说 □文学-侦探/推理小说 □文学-情感小说 □文学-散文随笔

□文学-历史小说 □文学-青春励志小说 □文学-传记

□经管 □艺术 □旅游 □历史 □军事 □教育/心理 □成功/励志

□生活 □科技 □其他______

请列出3本您最近想买的书：________、________、________

请您提出宝贵建议：________________________________

____

★感谢您购买本书，请将本表填好后，扫描或拍照后发电子邮件至wipub_sh@126.com和xscbsr@sina.com，您的意见对我们很珍贵。祝您阅读愉快！